# JULIE BUXBAUM

Tradução de:
Natalie Gerhardt

1ª edição

— *Galera* —

RIO DE JANEIRO
2019

CIP-BRASIL. CATALOGAÇÃO NA PUBLICAÇÃO
SINDICATO NACIONAL DOS EDITORES DE LIVROS, RJ

B995q
Buxbaum, Julie
Quando não há palavras / Julie Buxbaum; tradução de Natalie Gerhardt. – 1. ed. – Rio de Janeiro: Galera, 2019.

Tradução de: What to say next
ISBN 978-85-01-11517-1

1. Ficção americana. I. Gerhardt, Natalie. II. Título.

18-49722
CDD: 813
CDU: 82-3(73)

Meri Gleice Rodrigues de Souza – Bibliotecária CRB-7/6439

Título original:
*What to say next*

Copyright © 2017 Julie R. Buxbaum Inc.

Todos os direitos reservados.
Proibida a reprodução, no todo ou em parte, através de quaisquer meios.
Os direitos morais do autor foram assegurados.

Texto revisado segundo o novo Acordo Ortográfico da Língua Portuguesa.

Editoração eletrônica: Abreu's System

Direitos exclusivos de publicação em língua portuguesa somente para o Brasil adquiridos pela
EDITORA RECORD LTDA.
Rua Argentina, 171 – Rio de Janeiro, RJ – 20921-380 – Tel.: (21) 2585-2000, que se reserva a propriedade literária desta tradução.

Impresso no Brasil

ISBN 978-85-01-11517-1

Seja um leitor preferencial Record.
Cadastre-se e receba informações sobre nossos lançamentos e nossas promoções.

Atendimento e venda direta ao leitor:
sac@record.com.br ou (21) 2585-2002.

Para Josh, o presidente de minha primeira tribo.
Fico muito feliz por me aceitar como membro vitalício.
Amo você.

E para Indy, Elili e Luca: meu coração,
minha motivação, meu lar, minha tribo, minha vida.

"o livro do amor é longo e chato. Ninguém consegue carregar."

— THE MAGNETIC FIELDS

CAPÍTULO 1

# DAVID

Um evento sem precedentes: Kit Lowell acabou de se sentar perto de mim na cantina. Sempre almoço sozinho, e, quando digo *sempre*, não é uma tentativa de usar uma hipérbole, figura de linguagem favorita de meus colegas de turma. Nos 622 dias desde que comecei o ensino médio, jamais alguém se sentou comigo na hora do almoço, o que justifica que eu chame a presença a meu lado — tão próxima que nossos cotovelos quase se tocam — de um "evento". Meu primeiro instinto é pegar o caderno e procurar seu verbete. Na letra *K* de *Kit*, não na *L* de *Lowell*, porque, embora seja muito bom com fatos e pesquisas acadêmicas, sou péssimo com nomes. Em parte, porque nomes são palavras aleatórias completamente destituídas de contexto, e, em parte, porque acredito que nomes raramente combinam com os donos, o que, se você parar para pensar, faz todo sentido. Os pais dão nome aos filhos quando têm menos informações sobre a pessoa a ser nomeada. A prática é completamente sem lógica.

Vamos pegar Kit como exemplo, que nem é seu nome de verdade, e sim Katherine, mas nunca ouvi ninguém chamá-la assim, nem mesmo no ensino fundamental. Kit não se parece nem um pouco com uma Kit, que é um nome para alguém quadrado e rígido, que só compreende instruções do tipo passo a passo. Em vez disso, o nome da garota a meu lado deveria ter uma letra Z, porque ela é tão imprevisível e intrigante, cheia de zigue-zagues, e aparece de repente em lugares surpreendentes — como em minha mesa na cantina; e talvez um número 8, porque o corpo tem a forma de uma ampulheta, e uma letra S também, porque é minha favorita. Gosto de Kit porque ela jamais é cruel comigo, o que não é algo que posso dizer sobre a maioria de meus colegas. É uma pena que seus pais tenham escolhido o nome errado para a filha.

Sou um David, que também não funciona, porque existem muitos Davids no mundo — da última vez que verifiquei, eram 3.786.417 somente nos Estados Unidos. Dessa forma, alguém poderia presumir que eu seria igual a um monte de gente. Ou, pelo menos, relativamente neurotípico, uma forma científica e menos ofensiva de dizer que alguém é normal. Esse não é o caso. Na escola, ninguém me chama de nada, a não ser um ocasional *bicha* ou *retardado*, sendo que nenhum dos dois termos é preciso; meu QI é 168 e sinto atração por garotas, não por garotos. Além disso, *bicha* é um termo pejorativo, usado para se referir a homossexuais, e, mesmo que meus colegas estejam enganados sobre minha orientação sexual, não deveriam usar tal palavra. Em casa, minha mãe me chama de filho — o que não me causa problemas, uma vez que é verdade —, meu pai me chama de David, o que me causa certo incômodo, como um suéter de gola muito alta que pinica, e minha irmã me chama de Dezinho, o que, por algum motivo inexplicável, combina perfeitamente bem, mesmo eu não sendo nem um pouco pequeno. Meço 1,90 metro e peso 75 quilos. Minha irmã mede 1,60 metro e pesa 47 quilos. Eu deveria chamá-la de Elezinha, para pequena Lauren, mas não o faço. Eu a chamo de Miney, que é como a chamo desde que eu era um bebê, porque sempre me pareceu, neste mundo confuso, que ela era a única coisa que era minha, e "mine" significa "meu" em inglês.

Miney está na faculdade agora, e sinto saudade. Ela é minha melhor amiga e, tecnicamente, minha única amiga, mas sinto que, mesmo se eu tivesse mais amigos, ela ainda seria a melhor de todos. Até agora, ela é a única pessoa que conheço capaz de tornar o fardo de ser quem eu sou menos pesado. A essa altura, você já deve ter percebido que sou diferente. Em geral, não demora muito tempo para as pessoas perceberem. Um médico achou que eu poderia ser um "caso limítrofe de Asperger", o que é burrice, porque não posso ser diagnosticado como um caso limítrofe de Asperger. Na verdade, ninguém mais pode ser, porque essa condição foi excluída do *DSM-5* (o manual de diagnóstico e estatística de distúrbios mentais) em 2013, e, agora, as pessoas com esse grupo de características têm o diagnóstico de autismo altamente funcional (ou AAF); também uma expressão equivocada. O espectro do autismo é multidimensional, não linear. O médico era obviamente um idiota.

Por curiosidade, fiz algumas leituras na área (comprei um *DSM-4* usado no eBay; o *DSM-5* estava caro demais) e, embora eu não tenha o conhecimento médico necessário para fazer uma avaliação diagnóstica completa, não creio que tal rótulo se aplique a mim.

Sim, tenho dificuldades em situações sociais; gosto de ordem e rotina; quando me interesso por algo, posso ficar tão concentrado a ponto de excluir todas as outras atividades; e, tudo bem, sou desajeitado. Mas, quando preciso, consigo fazer contato visual. Não me encolho se você tocar em mim. Tendo a reconhecer expressões idiomáticas, embora mantenha uma lista em meu caderno para o caso de precisar consultá-las. Gosto de achar que tenho empatia, mas não sei se isso é verdade.

De qualquer forma, não sei bem se realmente importa se tenho Asperger ou não, principalmente porque essa condição não existe mais. É só outro rótulo. Pense na palavra *atleta*. Se alguns psiquiatras quisessem, poderiam acrescentá-la ao *DMS* e diagnosticar todos os caras do time de futebol de Mapleview. As características incluiriam pelos menos duas destas: (1) destreza atlética principalmente enquanto usam roupas de ginástica; (2) tranquilidade não natural com o conceito de amarrar um protetor genital ao redor do pênis; (3) ser um babaca. Não importa se você me chama de Aspie ou de esquisito ou até mesmo de retardado. O fato de eu preferir ser como todos os outros permanece. Não necessariamente como os *atletas*. Não quero ser o tipo de cara que inferniza a vida de garotos como eu. Mas, se houvesse alguma chance cósmica de uma versão aprimorada de mim mesmo — trocar de David 1.0 para um David 2.0, que saberia o que dizer nas conversas do dia a dia —, eu a aproveitaria ao máximo.

Talvez quando os pais escolhem o nome dos filhos, eles o façam pensando no que desejam. Como quando você vai a um restaurante e pede uma carne malpassada, e, embora não exista uma definição universalmente aceita do significado de *malpassada*, você espera que chegue exatamente no ponto que deseja.

Minha mãe e meu pai pediram um David. Mas tiveram de se contentar comigo.

Em meu caderno:

*KIT LOWELL — altura: 1,65 metro; peso: aproximadamente 55 kg. Cabelo castanho ondulado, preso em um rabo de cavalo nos dias de prova, nos dias chuvosos e na maioria das segundas-feiras. Pele morena, porque seu pai — um dentista — é branco, e a mãe, indiana (do sudoeste asiático, e não uma índia* americana). *Classificação na turma: 14. Atividades: jornal da escola, clube de espanhol, organização de eventos.*

### Encontros dignos de nota

1. *Terceiro ano: impediu que Justin Cho me fizesse um cuecão.*

2. *Sexto ano: mandou um cartão de dia dos namorados para mim (Obs: KL fez um cartão para todos os meninos da sala, não só para mim. Mesmo assim. Foi legal. A não ser pela purpurina. Porque purpurina é uma coisa impossível de se conter, além de ter propriedades grudentas, e, em geral, não gosto de coisas que não podem ser contidas e que grudam).*

3. *Oitavo ano: depois da aula, ela perguntou quanto tirei na prova de matemática. Eu disse: "Dez". Ela disse: "Uau, você deve ter estudado muito". Eu disse: "Não, equações do segundo grau são fáceis". Ela disse: "Hum, tá bom". (Depois, quando reproduzi a conversa para Miney, ela me disse que eu deveria ter dito que havia estudado, mesmo que fosse mentira. Não sou um mentiroso muito bom.)*

4. *Primeiro ano do ensino médio. Kit sorriu para mim quando nossos nomes, o meu e o dela, foram anunciados como semifinalistas de mérito nacional no alto-falante. Eu ia dizer "parabéns", mas Justin Cho disse "Isso aí, garota!" primeiro e deu um abraço em Kit. E, então, ela não estava mais olhando para mim.*

### Características importantes

1. *Nos dias frios, cobre as mãos com as pontas das mangas em vez de usar luvas.*

2. *Seu cabelo não é cacheado, mas também não é liso. É como se fossem vírgulas alternadas e repetidas.*

3. Ela é a garota mais bonita da escola.
4. Ela senta como um índio em quase todas as cadeiras, até nas mais estreitas.
5. Ela tem uma cicatriz discreta, próxima à sobrancelha esquerda, que parece um Z. Uma vez perguntei a Miney se ela achava que eu poderia um dia tocar naquela cicatriz, porque tenho curiosidade de sentir a textura, e Miney respondeu: "Sinto muito, Dezinho. Mas minhas fontes dizem que não."
6. Ela dirige um Toyota Corolla vermelho, placa XHD893.

### <u>Amigos</u>

Quase todo mundo, mas ela anda mais com Annie e Violet e, às vezes, com Dylan (uma Dylan do sexo feminino, e não do masculino). Características comuns do grupo de amigas, com exceção de Kit, incluem cabelo pranchado, pouca acne, peitos maiores que a média. Durante cinco dias de aula no ano passado, Kit andou de mãos dadas com Gabriel pelos corredores da escola, parando algumas vezes para um beijo, mas agora eles não fazem mais isso. Não gosto do Gabriel.

Observações adicionais: legal. Miney a coloca na lista da confiança. Eu concordo.

É claro que não abro o caderno na sua frente. Até eu sei que isso não seria adequado. Mas toco a lombada, porque trazê-lo comigo diminui minha ansiedade. O caderno foi ideia de Miney. Quando eu estava no ensino fundamental dois, depois do Incidente do Vestiário, irrelevante para esta discussão, Miney decidiu que eu confiava demais nas pessoas. Aparentemente, ao contrário de mim, quando a maioria das pessoas diz alguma coisa, não necessariamente está dizendo a verdade. Por que mentir sobre estudar para uma prova? Ridículo. Equações do segundo grau são fáceis. É apenas um fato.

— Então seu pai está morto — digo, porque é a primeira coisa que surge em minha cabeça quando ela se senta. Essa é uma nova informação que ainda não acrescentei a seu verbete no caderno, porque acabei de descobri-la. Em geral, sou o último a ficar sabendo das coisas sobre os colegas, se é que fico sabendo. Mas Annie e Violet estavam conversando sobre Kit perto do armário de Violet hoje cedo. E o armário fica bem acima do meu. De acordo com Annie "Kit está arrasada com tudo isso que aconteceu com o pai, e eu sei que é difícil e tudo mais, mas ela meio que está sendo, sei lá... cruel". Não costumo ouvir a conversa dos outros na escola — a maioria das coisas que dizem é chata e parece uma música de fundo ruim, algo barulhento e sonoro, *heavy metal,* talvez —, mas, por algum motivo, assimilei essa informação. Depois, elas começaram a falar sobre o funeral, sobre como fora estranho terem chorado mais que Kit, que não é saudável para ela manter o peso das coisas dentro de si, o que é uma coisa ridícula a se dizer, porque sentimentos não possuem massa, e elas não são médicas.

Gostaria de ter ido ao funeral do pai de Kit, mesmo que apenas por sua menção em minha Lista de Pessoas Legais, e presumo que, quando alguém de sua Lista de Pessoas Legais morre, você deva ir ao funeral. O pai de Kit, Dr. Lowell, é — era — meu dentista e jamais reclamou que meus fones de ouvido antirruído o atrapalhassem com o motorzinho. Sempre me dava um pirulito vermelho depois da limpeza, o que parece um contrassenso, mas, ainda assim, muito apreciado.

Olho para Kit, ela não parece arrasada; na verdade, está mais arrumada que o usual, com uma camisa de botão visivelmente recém-passada. Seu rosto está corado, e seus olhos, um pouco úmidos, e eu desvio o olhar porque ela é linda de tirar o fôlego e, sendo assim, muito difícil de encarar.

— Gostaria que alguém tivesse me avisado, porque eu teria ido ao funeral. Ele costumava me dar pirulitos — comento.

Kit fica olhando para a frente e não responde. Interpreto como um sinal de que devo continuar falando.

— Não acredito no paraíso. Concordo com Richard Dawkins. Acho que é uma coisa que as pessoas dizem para si mesmas porque precisam tornar a morte menos assustadora. No mínimo, a mim me parece altamente improvável a versão de anjos em nuvens brancas de que tanto ouvimos. Você acredita no paraíso? — pergunto. Kit dá uma mordida no sanduíche, mas não se vira para mim. — Duvido que acredite, porque você é uma pessoa muito inteligente.

— Sem querer ofender nem nada, mas você se importa se não conversarmos? — pergunta ela.

Tenho quase certeza de que essa não é uma pergunta que ela quer que eu responda, mas respondo mesmo assim. Miney colocou a expressão "sem querer ofender" na Lista de Atenção. Ao que tudo indica, ela costuma ser seguida por coisas ruins.

— Na verdade, até prefiro. Mas gostaria de dizer uma última coisa: seu pai não deveria ter morrido. Isso é muito injusto.

Kit assente, e as vírgulas de seu cabelo balançam.

— É — concorda ela.

E, então, comemos nossos sanduíches — o meu de manteiga de amendoim e geleia, já que é segunda-feira — em silêncio.

Mas um silêncio bom.

Acho.

# CAPÍTULO 2

## *KIT*

Não sei bem por que decidi não me sentar com Annie e Violet na hora do almoço. Consigo sentir o olhar de ambas quando passo bem ao lado da mesa que costumamos ocupar, na frente da cantina; a mesa perfeita porque dá para ver *todo mundo* dali. Sempre me sento com elas. Sempre. As duas são minhas melhores amigas — somos um trio desde o fundamental dois —, então percebo que estou fazendo algum tipo de demonstração grandiosa ao não acenar para elas. Soube no instante que entrei e as vi juntas, conversando e rindo e agindo de forma normal, como se nada tivesse mudado, que eu não poderia acompanhá-las. Sim, sei que nada *mudou* de verdade para elas, que as respectivas famílias não estão nem mais nem menos ferradas que antes de minha vida implodir. Não conseguiria me sentar, pegar o sanduíche de peru e agir como a antiga e confiável Kit. Aquela que faria uma piada autodepreciativa sobre a própria camisa, que está usando em um estranho tributo, uma tentativa tola de se sentir mais próxima do pai, mesmo que faça com que se sinta ainda mais excluída e confusa que antes de vesti-la. Exatamente o tipo de lembrete do qual não precisa. Como se pudesse realmente esquecer, mesmo que por um único momento.

Sinto-me burra. Será que é isso que o luto faz com você? É como se eu estivesse andando pela escola com um capacete de astronauta. Uma redoma de embotamento tão impenetrável quanto vidro. Ninguém entende pelo que estou passando. Como poderiam? Nem eu mesma entendo.

De alguma forma, pareceu mais seguro me sentar aqui, no fundo, longe de minhas amigas que, claramente, já voltaram a atenção para outras coisas mais importantes — como o tamanho das coxas de Violet quando usa a nova calça jeans de cintura alta — e de todas as outras pessoas que me interpelaram no corredor nas últimas duas semanas, com expressão de falsa preocupação no rosto, dizendo "Kit, eu, tipo, sinto muito, muito por seu pai. Muito meeesmo". Todo mundo parece alongar o "mesmo", como se tivesse medo de ir além dessa única frase, de passar pela queda livre da conversa e ter de decidir o que dizer quando não há palavras. Minha mãe diz que não é nossa obrigação fazer com que os outros se sintam confortáveis — esse momento é sobre nós, não sobre eles, ela me disse um pouco antes do funeral —, mas seu jeito, que é chorar e abraçar estranhos solidários, não é o mesmo que o meu. Ainda não descobri qual é meu jeito.

Na verdade, estou começando a perceber que não existe um jeito.

Definitivamente não vou chorar. Parece fácil demais, até meio desprezível. Já chorei por causa de notas baixas e por ter ficado de castigo, e, uma vez, vergonhosamente, por causa de um péssimo corte de cabelo. (Em minha defesa, aquela franja acabou demorando estranhos e longos três anos para crescer.) Isso? Isso é grande demais para lágrimas idiotas. Isso é grande demais para tudo.

Lágrimas seriam um privilégio.

Acho que sentar ao lado de David Drucker é a melhor aposta, já que ele é tão quieto que você até se esquece de sua presença. Ele é estranho — senta com seu caderno e faz desenhos elaborados de peixes — e, quando fala, fica olhando para sua boca, como se você estivesse com alguma sujeira no dente. Não me leve a mal: me sinto esquisita e desconfortável a maior parte do tempo, mas aprendi a fingir. David, por outro lado, parece ter optado por ficar completamente de fora e nem tentar agir como o restante das pessoas.

Jamais o vi em uma festa ou em um jogo de futebol, nem mesmo nas atividades nerds extracurriculares que ele poderia curtir, tipo o clube de matemática ou aula de programação. Para deixar claro, sou superfã das atividades nerds extracurriculares, já que serão ótimas para minha inscrição na faculdade, embora eu tenda a ser mais literária e, dessa forma, um tipo ligeiramente mais descolado. A verdade é que eu mesma sou uma grande nerd.

Quem sabe? Talvez ele tenha descoberto algo ao excluir todo mundo. Não parece ser uma estratégia tão ruim para sobreviver ao ensino médio. Aparecer todos os dias e fazer o dever de casa e usar aqueles fones de ouvido antirruído gigantescos — e basicamente ficar esperando o fim de tudo isso.

Talvez eu seja um pouco esquisita, às vezes um pouco desesperada demais para que gostem de mim, mas, antes de tudo o que aconteceu com meu pai, nunca fui de ficar na minha. Parece estranho me sentar à mesa com apenas uma outra pessoa e querer bloquear todo o barulho da cantina. Esse é o oposto de minha estratégia anterior de sobrevivência, que era pular de cabeça na bagunça.

Por mais estranho que pareça, David tem uma irmã mais velha, Lauren, que, até sua formatura no ano passado, era a garota mais popular da escola. O completo oposto do irmão em todos os sentidos. Representante de turma e rainha do baile. (De alguma forma, ela conseguiu transformar algo tão clichê em uma coisa legal com o jeito moderno e irônico de ser.) Ela namorou Peter Malvern, que era idolatrado por todas as garotas, inclusive eu, porque tocava baixo e exibia uma barba que a maioria dos caras de nossa idade é incapaz de cultivar. Lauren Drucker é uma lenda viva — inteligente e maneira e linda —, e, se eu pudesse reencarnar como outra pessoa e recomeçar todo esse show, acho que a escolheria, mesmo que jamais tenhamos nos conhecido. Sem dúvida, ela ficaria linda de franja.

Tenho certeza de que, se não fosse por Lauren e pela ameaça implícita de que ela destruiria pessoalmente qualquer um que debochasse do irmão mais novo, David teria sido devorado vivo em Mapleview. Em vez disso, as pessoas o deixam em paz. Ele *sempre* está sozinho.

Espero não parecer grosseira quando digo que não estou a fim de conversar. Felizmente ele não parece ter se ofendido. Ele pode ser estranho, mas o mundo já é ruim o suficiente sem que as pessoas sejam más umas com as outras, e ele está certo em relação a esse lance de paraíso. Não que eu tenha qualquer vontade de conversar com David Drucker sobre o que aconteceu com meu pai — não consigo pensar em tópico menos atraente, a não ser, talvez, as coxas de Violet, porque *quem se importa com sua calça* —, mas eu concordo. O paraíso é tipo o Papai Noel, uma história para enganar crianças pequenas e inocentes. No funeral, quatro pessoas tiveram a coragem de me dizer que meu pai está em *um lugar melhor*, como se estar enterrado a sete palmos fosse o mesmo que tirar férias no Caribe. Pior ainda foram seus amigos, que se atreveram a dizer que *ele era bom demais para este mundo*. O que, se você parar e pensar por um minuto, não faz o menor sentido. Será que só pessoas ruins podem viver, então? É por isso que ainda estou aqui?

20

Meu pai era a melhor pessoa que conheci, mas não, ele não era *bom demais* para este mundo. Nem está em *um lugar melhor*. E, com certeza, não acredito que *tudo acontece por um motivo*, que essa é a *vontade de Deus*, que *tinha chegado a hora*, como se ele tivesse marcado um compromisso ao qual não pudesse faltar.

Não. Não acredito em nada disso. Todos nós sabemos a verdade. Meu pai se ferrou.

Por fim, David coloca os fones de ouvido e pega um grande livro com as palavras *Manual diagnóstico e estatístico de distúrbios mentais IV* na lombada. Fazemos quase todas as aulas juntos — estamos ambos nas aulas avançadas do segundo ano —, então sei que isso não tem nada a ver com a escola. Se ele quer passar o tempo livre estudando "distúrbios mentais", que bom para ele, mas considero sugerir que descole um Kindle, ou algo assim, para que ninguém possa ver. Claramente sua estratégia de sobrevivência deveria incluir a regra número um de Mapleview: não hasteie sua bandeira de bizarrice alto demais. Melhor manter tudo o que é esquisito enterrado e discreto, talvez sob um capacete metafórico de astronauta se necessário. Talvez essa seja a única forma de sair vivo.

Passo o restante do almoço distraída, mastigando meu triste sanduíche. Meu telefone vibra de vez em quando com mensagens de minhas amigas, mas tento não olhar para sua mesa.

Violet: Fizemos alguma coisa que magoou seus sentimentos? Por que você está aí atrás?

Annie: O que foi!!?!?!

Violet: Pelo menos responda. Diga o que houve.

Annie: K! Terra para K!

Violet: Diga a verdade. Sim ou não para essa calça?

★ ★ ★

Quando você tem duas melhores amigas, alguém sempre está zangada com alguém. Nesse momento, quando não respondo, estou basicamente escolhendo ser a excluída. Só não sei como explicar que não posso me sentar com elas hoje. Que me sentar àquela mesa bem na frente da cantina, e conversar sobre besteiras, parece uma traição. Até penso em dar meu veredito em relação à calça de Violet, mas a morte de meu pai teve o infeliz efeito de tirar meu filtro. E não preciso dizer a ela que, embora suas coxas estejam bonitas, a cintura alta a faz parecer que está com prisão de ventre.

Minha mãe não me deixou ficar em casa hoje, mesmo depois de eu implorar para que me permitisse faltar a escola. Eu não queria ter de entrar novamente nesta cantina, não queria vagar de aula em aula, me preparando para outra sucessão de conversas desconfortáveis. A verdade é que as pessoas foram genuinamente legais. Beiraram a sinceridade, o que raramente acontece neste lugar. Não é sua culpa que tudo — *a escola* — de repente pareça incrivelmente idiota e sem sentido.

Quando acordei de manhã, não tive aquela amnésia deliciosa de trinta segundos que me fez seguir em frente nos últimos dias; aquele lindo meio minuto quando minha mente permanece completamente vazia e sem sofrimento. Em vez disso, acordei com uma fúria pura e sufocante. Faz um mês desde o acidente. Trinta dias impossíveis. Para ser justa, sei que minhas amigas não podem ganhar: se tivessem mencionado isso, se tivessem dito algo solidário do tipo "Kit, sei que está fazendo um mês desde o falecimento de seu pai, então hoje deve estar sendo especialmente difícil", eu continuaria irritada, porque provavelmente teria perdido o controle, e a escola não é o local onde quero estar quando isso inevitavelmente acontecer. Por outro lado, tenho quase certeza de que

Annie e Violet não mencionaram nada porque esqueceram completamente. Elas estavam conversando e tomando o café com leite do Starbucks, falando sobre quem gostariam que as convidasse para o baile, e presumiram que eu só sofria um típico ataque de mau-humor de segunda-feira; queriam que eu participasse da conversa.

De alguma forma, para o resto do mundo, já deveria ter me recuperado.

Não deveria estar de luto, usando a camisa velha de meu pai.

Hoje faz um mês.

É tão estranho David Drucker, entre todas as pessoas, ter sido o único a dizer exatamente a coisa certa: *seu pai não deveria ter morrido. Isso é muito injusto.*

— Já faz duas semanas que você voltou para a escola — argumentou minha mãe no café da manhã, depois que fiz um último apelo para não ir. — O curativo já foi arrancado.

Mas não tenho um único curativo sequer. Eu preferia estar com os dois olhos roxos, ter quebrado ossos, sofrido uma hemorragia interna, ganhado uma cicatriz visível. Para simplesmente não estar aqui. Em vez disso: nenhum arranhão. O pior tipo de milagre.

— Você vai trabalhar? — perguntei. Se eu estava com problemas para enfrentar a escola, talvez fosse difícil para ela se vestir, colocar salto alto e dirigir até a estação de trem. É claro que minha mãe sabe o significado da data de hoje. No início, quando voltamos do hospital para casa, ela só chorava, enquanto era eu a paralisada de olhos secos. Durante os primeiros dias, conforme ela chorava, eu ficava sentada em silêncio com os joelhos no peito, o corpo tomado por arrepios apesar de usar várias camadas de roupa. Mesmo assim, um mês depois, ainda não consegui me aquecer.

Minha mãe, no entanto, parece estar se recuperando e voltando a ser alguém que reconheço. Você não notaria ao observá-la nos fins de semana, quando usa calça de yoga e tênis e um rabo de cavalo, ou pelo jeito que se comportava logo depois do acidente, destruída e cinzenta e encolhida, mas, na vida profissional, minha mãe é uma chefe durona. Ela é presidente de uma agência de propaganda on-line chamada Disruptive Communications. Às vezes, eu a ouço gritando com os empregados e usando o tipo de palavra que me faria ficar de castigo. Às vezes, sua foto aparece na capa de revistas comerciais, com manchetes do tipo "O futuro diferente da mídia viral". Foi dela a ideia daquele vídeo com cachorros e gatos cantando, que teve pelo menos 16 milhões de visualizações, e daquele ótimo *pop-up* de cereal matinal com pais homossexuais e inter-raciais. Antes de entrar no sofrimento da viuvez, ela era extremamente poderosa.

— É claro que vou trabalhar. Por que não iria? — Quis saber minha mãe.

E, com isso, ela pegou minha tigela de cereal, mesmo que eu não tivesse terminado ainda, e a jogou na pia com tanta força que quebrou.

Ela saiu, usando seu "uniforme de trabalho"; suéter preto de cashmere, saia lápis e salto alto. Pensei em limpar os cacos na pia. Talvez até mesmo me cortar "sem querer querendo". Só um pouco. Estava curiosa para saber se eu sentiria alguma coisa. Mas, então, percebi que, apesar de meu atual estágio de luto, quando até pequenas coisas ganham um significado maior, tipo usar essa camisa masculina de botão, aquilo seria metafórico demais. Até mesmo para mim. Então deixo a bagunça para minha mãe.

CAPÍTULO 3

# DAVID

Depois do almoço com Kit Lowell, tiro o fone de ouvido. Em geral, continuo o usando entre as aulas para abafar e desfocar o barulho enquanto ando pelos corredores. As conversas e o movimento fazem com que me sinta agitado e distraído, muito mais propenso a divagar. A menor distância entre dois pontos é uma linha reta, mesmo assim os garotos da escola passam de um lado para o outro, cheios de uma agressividade aleatória. Eles batem uns nas costas dos outros, abraçam os amigos pelo pescoço, sorrindo, e se cumprimentam batendo as mãos com força. Por que eles precisam se tocar de forma tão constante? Embora as meninas não ziguezagueiem tanto quanto os garotos, elas também param e, do nada, começam a se abraçar, mesmo que tenham acabado de se ver antes da última aula.

Fico ouvindo porque estou curioso para saber se alguém está falando sobre o pai de Kit. Googlei seu nome e li o obituário que foi publicado no jornal *Daily Courier*, seção A16, três semanas e quatro dias atrás. Apenas três frases curtas, e, embora eu admire o modo sucinto como foram escritas, acabaram deixando de fora alguns detalhes relevantes, como os pirulitos e toda a parte sobre ele ser um bom homem.

Robert Lowell, cirurgião-dentista, faleceu na sexta-feira, 15 de janeiro, em um acidente de carro. Ele nasceu a 21 de setembro de 1971, em Princeton, Nova Jersey, e tinha um consultório em Mapleview há 12 anos. Ele deixa a mulher, Mandip, e a filha, Katherine.

Os fatos que descobri até agora em minha busca rápida: (1) o nome do pai de Kit era Robert, o que faz certo sentido, uma palavra familiar e um número ímpar de caracteres. Sempre pensei nele apenas como Dentista, o que me parece algo muito limitante agora; (2) o pai de Kit morreu em um acidente de carro, o que é uma expressão equivocada, uma vez que, na grande maioria de acidentes de carro fatais, as pessoas não morrem no carro, mas sim mais tarde, na ambulância ou no hospital. Preciso descobrir os detalhes.

Enquanto cruzo o corredor, vejo Gabriel.

*GABRIEL FORSYTH: cabelo encaracolado. Olhos vítreos. Boca de palhaço.*

### *Encontros dignos de nota*

1. *Sétimo ano: pegou meus Oreos sem pedir. Pegou-os em minha lancheira térmica e foi embora.*
2. *Nono ano: ficou de mãos dadas com Kit L. (Não foi um encontro comigo, mas, ainda assim, digno de nota.)*
3. *Segundo ano do ensino médio: se sentava a meu lado na aula de física porque os lugares foram determinados pelo professor no primeiro dia. Quando ele viu como estava longe de Justin Cho, disse: "Ah, que merda, sério, Sr. Schmidt?" e recebeu uma advertência. Não mencionei que o lugar era relativamente bom em termos de acústica e da perspectiva do quadro negro. Miney disse que foi bom eu ter mantido a boca fechada.*

## Amigos

*O time de lacrosse, o time de tênis (que, obviamente, possuem agendas conflitantes na temporada). Melhor amigo de Justin Cho desde o segundo ano.*

*Observação adicional: Miney o coloca na Lista de Pessoas Não Confiáveis.*

Não olho para ele. Em vez disso, mantenho a cabeça baixa, concentrado em acompanhar o vaivém a minha frente.

— Ei, cara, Pizza Palace depois do treino — diz Gabriel.

Com base no tênis e no contexto, tenho 99 por cento de certeza de que ele está falando com Justin. Não vou colocar o verbete de Justin aqui, porque estou cansado de ler e reler minhas observações sobre ele e ficar me perguntando por que me odeia tanto. Uma equação sem resposta. Nossa lista de encontros dignos de nota tem cinco páginas. Ele é o presidente do Clube de Pessoas Não Confiáveis.

O Pizza Palace é o segundo melhor restaurante italiano em Mapleview, de acordo com o site Yelp. A maioria das pessoas prefere o Rocco's. Se Gabriel estivesse me convidando, o que não é o caso, eu sugeriria que fôssemos ao Pizza Pizza Pizza, que oferece duas fatias pelo preço de uma das 13h às 17h, e creio que a economia compensa mais que o suficiente a queda da qualidade. Dito isso, entendo por que eles escolheriam o Pizza Palace de qualquer forma, que não é nenhum palácio, diga-se de passagem — apenas uma loja na Main Street. Porque, por mais que a comida seja barata no Pizza Pizza Pizza, é um nome redundante e engraçado de se dizer em voz alta.

É o que estou fazendo agora, imaginando que Gabriel disse: "Ei, cara, Pizza Pizza Pizza depois do treino", e pensando em como isso teria soado ridículo, quando esbarro em um grupo de meninas reunidas em volta de um dos armários. Jessica, Willow (que notavelmente é a única Willow matriculada em nossa série de 397 alunos e em nossa escola de 1.579 alunos) e Abby. Miney as rotulou em meu caderno, usando letras de forma sublinhadas com marcador de texto: AS VACAS POPULARES.

Quando usou essa designação pela primeira vez, Miney teve de explicar, longamente, como isso não era um paradoxo. Como alguém poderia ser popular, que presumi atrair a estima de um monte de gente, e, ao mesmo tempo, ser uma vaca, pessoa com um comportamento que, imaginei, resultasse no oposto. Aparentemente, a popularidade no contexto do ensino médio é inversamente proporcional ao quanto as pessoas realmente gostam de você, mas diretamente proporcional ao quanto desejam ser suas amigas. Depois de uma análise cuidadosa, isso faz sentido, embora, nesse caso, eu seja tanto um excluído como, também, um grande exemplo de que a correlação não implica, necessariamente, causalidade. Sou legal com todo mundo, mas sem qualquer consequência positiva: as pessoas não gostam de mim nem querem ser minhas amigas.

— Olha por onde anda! — repreende Jessica, revirando os olhos, como se eu tivesse esbarrado nela de propósito. Será que algum de meus colegas percebeu que o sentimento se tornou mútuo? Eles não querem ter contato comigo? Tudo bem. Também não quero ter nada a ver com eles. Miney jura que a faculdade será melhor, embora eu duvide muito. — E por que está falando sozinho?

Eu estava falando sozinho? É totalmente possível, e um tanto irônico, que justamente todo o meu processo mental sobre o Pizza Pizza Pizza, e como é ridículo falar o nome em voz alta, tenha realmente acontecido comigo. Às vezes, eu me esqueço da barreira entre minha mente e o resto do mundo.

— Desculpe-me — murmuro, enquanto olho para o chão e pego o livro que ela deixou cair, entregando-o a ela.

Ela nem agradece.

— Aberração — debocha Abby, e ri, como se isso fosse engraçado e original. Eu me obrigo a olhar direto em seus olhos, porque Miney diz que o contato visual me humaniza. Novamente, não faço ideia do porquê preciso ser humanizado, por que todo mundo presume que sou algum tipo de exceção à regra universalmente reconhecida de que nós todos somos seres humanos com sentimentos. Mesmo assim, faço isso. Tamanho é o poder de Miney. — O que você está olhando?

Por um instante, considero perguntar a Abby de forma direta, falando em voz alta: "O que foi que fiz a você?". Esbarrei em Jessica. Não nela. Não tivemos nenhum encontro digno de nota, positivo ou negativo. Mas, então, o sinal toca. É alto e desagradável, e todos se apressam em ir paras as salas, e tenho aula de física. O que significa que precisarei passar os próximos 45 minutos sentado ao lado de Gabriel, tentando bloquear o fato de que ele tem cheiro do desodorante Axe e que fica batucando com o lápis na mesa em um ritmo errático e que pigarreia aproximadamente a cada 35 segundos. Sem dúvida, apesar da acústica e da perspectiva do quadro, eu teria ficado bem melhor sentado sozinho no fundo da sala.

Kit entra na aula dez minutos depois de o Sr. Schmidt ter começado a explicação da terceira lei de Newton, que anotei em latim para mantê-la interessante.

— Perdi a noção do tempo — desculpa-se Kit, sentando-se em seu lugar, a duas fileiras atrás e a uma coluna à direita do meu.

Não é uma justificativa muito boa, considerando que a escola usa um sinal bem alto para lembrar a todos das aulas. O Sr. Schmidt assente e não grita com ela nem lhe dá uma advertência, como normalmente faria. Uma vez, quando tivemos de fazer uma visita de *shivá* a nossos vizinhos, Miney me disse que as regras para aqueles que acabaram de perder alguém são diferentes. Eu me pergunto por quanto tempo isso dura, não a parte dos mortos, é claro, mas a parte do tratamento especial. Será que o Sr. Schmidt me faria concessões se meu pai tivesse morrido?

Provavelmente não. Meu pai é um pesquisador médico no laboratório Abbot. Duvido de que esteja na Lista de Pessoas Legais de muita gente, principalmente porque não é o tipo interessado em qualquer lista que não seja científica. Se minha mãe morresse, por outro lado, as pessoas notariam. Ela e Miney sempre foram parecidas nesse aspecto: todos as adoram. Minha mãe sempre para e conversa com outras mulheres na fila do supermercado ou da farmácia. Ela sabe o nome de todos os outros alunos de minha turma e de seus pais e, às vezes, até acrescenta informações a meu caderno. Foi ela quem me contou que Justin e Jessica estavam namorando — ela os viu se beijando no shopping — e, depois, que terminaram. Essa informação ela obteve, de alguma forma, enquanto estava na manicure, a mesma que faz as unhas da mãe de Jessica.

Miney é o oposto de mim. Ela ganhou vários superlativos no último ano: Mais Popular, Mais Bonita, a com Maiores Chances de Ser Bem-sucedida. Não acho que eu vá ganhar algum. Mas acho que Miney e eu temos uma coisa em comum: Miney é um exemplo de que a correlação não implica causalidade. Ela é popular, mas não é uma vaca. Infelizmente, ela também me levou a questionar todo o campo de genética, já que compartilhamos cinquenta por cento de nosso DNA.

Meus pais estão casados há vinte e dois anos e ainda se amam. Isso é notável, estatisticamente falando.

Minha mãe diz: "Os opostos se atraem."

Meu pai diz: "Eu tive muita sorte."

Miney diz: "Mamãe é uma esquisita por dentro, papai é uma pessoa normal no fundo, por isso o relacionamento dá certo."

Não penso muito sobre isso, mas gosto do fato de meus pais ainda estarem juntos. Eu não gostaria de arrumar uma mala nos fins de semana e dormir em algum apartamento estranho, ter de escovar os dentes em uma pia diferente. Minha mãe diz que meu pai e eu somos muito parecidos, o que me deixa otimista. Se ele conseguiu conquistar uma pessoa como minha mãe — alguém universalmente reconhecida como incrível —, e não apenas conquistar, mas a fez amá-lo o suficiente para passar o resto da vida com ele, então talvez também exista esperança para mim.

Na metade da aula, quando o Sr. Schmidt começa a escrever equações no quadro interativo, Kit se levanta e sai. Sem nenhuma explicação. Sem pedir licença para ir ao banheiro. Sem desculpas. Simplesmente sai.

Logo depois que a porta se fecha, os cochichos começam.

Justin: Isso foi demais.

Annie: Ela, tipo, precisa conversar com a gente. Ela está se fechando.

Violet: O pai dela MORREU, Annie. Morreu. Tipo para sempre. Dá um tempo.

Gabriel: Estou com fome.

Annie: Tenho uma barrinha de cereal.

Gabriel: Você, literalmente, acabou de salvar minha vida.

E é assim que as coisas são. As conversas acontecem a minha volta, e as palavras parecem desconectadas, como jogar fliperama de olhos vendados. O que a morte do pai de Kit tem a ver como a fome de Gabriel?

— Senhores, continuando — diz o Sr. Schmidt, e então bate palmas três vezes, *clap*, *clap*, *clap*, sem nenhum motivo aparente. Antes que eu perceba, levanto a mão. — Pois não, Sr. Drucker?

— Gostaria de permissão para ir embora — peço.

— Ir embora? Estamos no meio da aula. Vamos voltar ao trabalho?

— O que quis dizer é: posso ir à enfermaria? Estou com dor de cabeça — declaro, embora seja mentira. Miney ficaria orgulhosa. Ela diz que preciso treinar um pouco de desonestidade. Que não dizer a verdade fica mais fácil conforme praticamos. Considero gemer um pouco, como se sentisse dor, mas decido que seria um exagero desnecessário.

— Tudo bem. Pode ir — autoriza Sr. Schmidt.

Então me levanto e caminho até a porta, exatamente como Kit fez momentos antes. Não é como se eu fosse perder muita coisa. Li a matéria inteira verão passado. As poucas dúvidas que surgiram foram facilmente resolvidas com buscas no Google e esclarecidas com uma aula on-line gratuita no site de Stanford.

Quando estou no corredor silencioso, meu cérebro acompanha o corpo e compreendo o que faço ali. Embora a aula do Sr. Schmidt seja chata e uma completa perda de meu tempo, costumo obedecer às regras. Assisto às aulas. Mantenho a boca fechada durante a maior parte do tempo. Se quero concluir o ensino médio e entrar na faculdade, não tenho muita escolha.

O que percebo é: quero encontrar Kit. Preciso saber aonde ela foi.

Caminho apressado pelo corredor e decido seguir para a porta da frente, ignorando a Señora Rubenstein, a professora de espanhol, que me chamou com o pesado sotaque de Nova Jersey: "*A dónde vas, Señor* Drucker?"

Passo os olhos pelo estacionamento à direita, que está a aproximadamente 200 metros a nordeste da entrada da escola. Nada de Kit. Mas seu Corolla vermelho é o sexto carro da segunda fileira, estacionado na vaga número 43 da área reservada aos alunos dos últimos anos.

Contorno a escola e sigo para o campo de futebol, que tem arquibancadas altas e uma vista decente de Mapleview. Talvez ela esteja sentada ali para pegar um ar puro. Não gosto de eventos esportivos, são barulhentos demais e têm gente demais — mas sempre gostei de arquibancadas, ordenadas verticalmente da mais alta para a mais baixa.

— O Sr. Schmidt o mandou atrás de mim? — pergunta Kit.

Ela não está na arquibancada, que é para onde eu estava olhando, mas no estande de vendas, onde os alunos do grêmio estudantil vendem, a preços exorbitantes, cachorro-quente, limonada e doces nos jogos de futebol. As luzes estão apagadas, e ela está sentada no chão com os joelhos dobrados na frente do peito. Se não tivesse falado, não sei se a teria visto.

— Não. Menti dizendo que estava com dor de cabeça — confesso, forçando-me a fazer contato visual. É mais fácil, já que está escuro ali. As bochechas de Kit avermelharam por causa do frio. Seus olhos estão verdes. Claro que sempre são verdes, mas hoje, de alguma forma, parecem ainda mais verdes. Minha nova definição de verde. Verde costumava ser igual ao Caco, o sapo dos Muppets. E, às vezes, à primavera. Não mais. Agora os olhos de Kit são iguais a verde. Um elo impossível de desfazer. Exatamente como quando penso no número três e sempre, sem nenhum motivo que eu já tenha conseguido compreender, vejo a letra *R*.

— Eu não queria lançar uma nova moda de matar aula — anuncia Kit, e dou um sorriso, porque, se não foi uma piada, me pareceu uma.

— Se você ainda não notou, não sigo tendências — declaro, apontando para minha calça, larga, cáqui e, de acordo com Miney, "um crime contra a moda".

Minha irmã implora para me levar às compras faz anos, dizendo que eu ficaria com uma aparência tão melhor se me esforçasse um pouquinho mais. Mas não gosto de fazer compras. Na verdade, não são as compras que me incomodam. Não gosto de roupas novas, da sensação de um tecido não familiar na pele.

Kit olha para mim e, então, acima de meu ombro, para a escola atrás de mim.

— Então, você estava me seguindo? A enfermaria não fica aqui — comenta ela.

Não consigo definir seu tom de voz. Não sei se está irritada. A voz parece rouca, e sua expressão não combina com nenhuma das expressões nos cartões que Miney imprimiu para mim.

— Eu só queria saber se está tudo bem com você. — Ergo as mãos em um sinal que indica que não ofereço nenhum risco, como nos programas policiais.

— Todo mundo estava falando sobre mim quando saí, não é? Eu não queria causar uma comoção. É que, de repente, não consegui mais ficar sentada ali, entende? — admite ela.

— Claramente — respondo. — Estou me referindo a não conseguir ficar sentada e não à parte da comoção.

Enquanto estou aqui, conversando com Kit pela segunda vez no mesmo dia, sendo que não conversamos quase nunca, a não ser em nossos poucos encontros dignos de nota, percebo como estou fora da rotina. Nada disso era parte de meus planos para hoje.

Procurá-la, fora da sala de aula.

Decidir que tenho de verificar se ela está bem.

Redefinir o verde de forma tão repentina.

## CAPÍTULO 4

# *KIT*

Estou no estande de vendas, e David Drucker aparece do lado de fora. Tudo é tão estranho. Certamente ele sabe que só me sentei com ele no almoço porque estava procurando um lugar para ficar sozinha. Não quero nada dele; nem que a gente, de repente, se torne melhores amigos. Não estou dizendo isso de uma maneira cruel. Não costumo ser assim. Não abandono meus amigos na cantina nem saio da aula no meio da explicação do professor, nem tenho dificuldade para mentir e dizer "Sua bunda fica incrível nessa calça de cintura alta".

A camisa de meu pai está imunda.

Esse lugar fede a cachorro-quente podre e tênis velhos.

Tudo está errado.

Faz um mês.

Ainda estou toda errada.

— Eu não estava seguindo você — declara David, seus olhos passando pelas paredes até, finalmente, pousarem em mim. — Quero dizer, estava. Mas só porque alguém precisava segui-la. Isso faz sentido?

— Tudo bem — concordo, porque ele parece nervoso e faz com que eu queira facilitar as coisas. — Venha aqui, me ajude a levantar. Não quero encostar no chão.

David se aproxima pela porta lateral, estende a mão, e eu a agarro para dar impulso e ficar de pé.

— Este lugar é nojento.

— A arquibancada teria sido uma opção melhor.

— Quer saber? É uma ótima ideia. — Corro pelo campo e subo a escada, de dois em dois degraus, e me sinto bem nesse momento, o ar entrando diretamente em meu coração frio e morto. Quando chego lá em cima, me sento.

Tinha esquecido de como amo estar aqui no alto. Raramente falto a um jogo, não por me importar muito com futebol, mas porque amo fazer parte da multidão. Como se não houvesse nenhum outro lugar onde qualquer um de nós devesse estar a não ser exatamente aqui, torcendo por nosso time, adolescentes perfeitamente clichês apresentando-se para o serviço. Vejo David olhando para mim lá de baixo, provavelmente tentando decidir se deve se juntar a mim.

— Vem! — chamo.

Ele sobe a escada mais devagar que eu. Olha o chão para não cair. David é um desses colegas aleatórios sobre quem você simplesmente não pensa, mas, agora que o convidei para se sentar a meu lado, vasculho a mente e tento me lembrar de tudo o que sei sobre ele. Espero que isso me ajude a tornar as coisas um pouco menos desconfortáveis, porque, para ser sincera, prefiro ficar doente a ter de lidar com situações embaraçosas.

Mas a questão é que a primeira palavra que me vem à mente quando penso em David é *esquisito*. Não sei muita coisa sobre ele. Lembro que costumava ir a suas festas de aniversário, e, na de 5 anos, o tema foi o espaço. Todos nós ganhamos um distintivo maneiro da NASA (ainda tenho o meu, na verdade), e seus pais alugaram um castelo pula-pula parecido com a lua. Ficamos pulando e esbarrando uns nos outros, e, do nada, ele se jogou no chão e começou a chorar com as mãos cobrindo os ouvidos. Todos acabamos voltando para casa mais cedo.

O que mais? Já o vi tropeçar um milhão de vezes, e ele tem esse hábito horrível de esbarrar nas pessoas. Talvez seja porque ele anda por aí, com esses fones gigantescos cobrindo os ouvidos, e não consegue ouvir nada; talvez seja porque sua mente esteja ocupada demais resolvendo, sei lá, o problema do aquecimento global ou algo assim. E David está certo. Ele se veste muito mal. Parece um missionário. Ou um cara com um emprego de meio expediente em uma loja de eletrônicos no shopping.

Agora que ele está sentado aqui em cima, analiso rapidamente seu rosto e percebo como não é feio. Na verdade, é mais bonito que Justin e Gabriel — os dois se acham lindos de morrer apesar das espinhas no queixo. Se David cortasse o cabelo e deixasse as pessoas verem seus profundos olhos castanho-escuros, ficaria um gato. Para ser sincera, provavelmente só o chamei para se sentar comigo porque meu pai o mencionou do nada alguns meses atrás. Em uma noite, durante o jantar, ele comentou que eu deveria conhecer David Drucker melhor.

— Atendi David Drucker hoje e preciso dizer, o garoto é muito interessante. Ele conversou comigo sobre mecânica quântica — contou meu pai. E tenho certeza de que dei alguma resposta sarcástica do tipo "Fascinante, pai. Pode deixar comigo".

Quero voltar no tempo e dar um soco em minha própria cara? Com toda certeza.

— O estádio Arthur B. Pendlock pode acomodar 804 pessoas — informa David, sentando-se a meu lado, mas olhando para a vista. Dá para ver os correios daqui. E a loja de cupcakes. E a padaria.

— É assim que se chama esse estádio? Arthur B. Pendlock?

— David concorda com a cabeça. — Eu jamais soube disso. Acho que teria chutado mais de 804 pessoas. Fica bem cheio nos jogos.

— Eu nunca vim — revela ele.

— A um jogo? Sério? É divertido — respondo, embora eu me pergunte se nossa definição de *diversão* coincide.

Ele dá de ombros. Penso em perguntar a ele sobre mecânica quântica, mas nem sei o que é isso.

— Imagino que não seja fã de esportes, então? — pergunto de forma estúpida. Não sei por que sempre presumo ser minha a responsabilidade de manter a conversa. Metade do tempo, me sentiria bem melhor se ficasse de boca fechada.

— Não. Na verdade, não entendo o interesse. O suspense é bastante limitado. Seu time vai ganhar ou perder usando algumas variações de jogadas de bola. Dito isso, prefiro assistir que jogar. Por que você se colocaria em uma situação em que pode ser atingido, jogado ao chão, correndo o risco de uma concussão craniana? É confuso para mim.

— Consigo entender o quanto isso pode ser confuso — respondo, e me flagro sorrindo.

— Já pensei que alguns caras possam achar isso homoerótico, mas a maioria tem namorada, então provavelmente não.

Eu rio.

— Só estou brincando — esclarece David. Ele olha para mim, e, então, seus olhos se desviam de novo. — Podemos parar de falar, se você quiser. Presumo que tenha saído da sala para se afastar de todo barulho, embora a taxa de acerto de minhas presunções é de apenas trinta por cento, em geral.

— Foi por isso mesmo, na verdade — admito.

Consigo ver o estacionamento do mercado daqui. Foi onde meu pai me ensinou a dirigir, não muito tempo atrás.

Íamos até lá nos fins de semana, inclusive em algumas noites da semana, durante os três meses que antecederam meu aniversário. Ele sempre foi paciente, um bom professor, e só se irritou quando confundi o freio e o acelerador. Passei na prova de primeira, e meus pais e eu comemoramos com cidra servida em elegantes taças de champanhe. Meu pai brindou "A todas as estradas na vida de Kit". Então me fotografou com a carteira de motorista na mão e se emocionou um pouco, porque disse que já estava começando a imaginar como seria a vida quando eu fosse para a faculdade, como a vida teria um vazio de meu tamanho. Meu pai deveria sentir saudade de mim, e não o contrário. É como as coisas deveriam ser.

Não quero pensar nisso.

Depois de um tempo, a quietude se estabelece entre mim e David, e, surpreendentemente, isso não é nem um pouco esquisito. Na verdade, é até legal ficar sentada aqui, longe de todos da escola e longe de toda merda que me espera em casa, longe do conceito aterrorizante de um mês completo. É legal me sentar ao lado de alguém e não ter de falar quando não há palavras.


Não volto para a aula. Em vez disso, vou para casa e passo o tempo deitada no sofá, assistindo à Netflix. Embora já esteja aqui há horas, não estudei para a prova de física de amanhã. Não li cinquenta páginas de *Coração das trevas* nem pensei sobre a relevância de sua temática para minha vida (embora isso deva ser fácil) nem comecei o trabalho de história mundial sobre migração. Também não escrevi aquele artigo sobre a equipe de debate para o jornal da escola, mesmo que o prazo final seja amanhã às três horas da tarde. Talvez a gente tenha de colocar uma foto no lugar. Claramente esse não é o jeito de me tornar editora-chefe, meu objetivo nos últimos três anos, mas não sinto a menor motivação.

— Rolinhos primavera, panqueca de cebolinha, frango chinês. Todas as porcarias — anuncia minha mãe, colocando um enorme pacote de comida chinesa na bancada. Ela tira os sapatos. — O luto faz seus pés incharem? Porque esses saltos estão me matando.

— Sei lá.

Eu me levanto e arrumo a mesa para duas pessoas em vez de três. Preciso parar de notar detalhes assim.

— Como foi seu dia? Tão ruim quanto esperado? — Minha mãe beija minha cabeça e, depois, decide que preciso de um abraço também.

— Nem tanto. Tipo, não foi *bom*. — Não conto que matei aula. Não preciso deixá-la alarmada. — Mas você estava certa. Eu precisava ir. E o seu?

— Mandei bem. Acrescentei alguns nomes à lista negra e consegui uma nova conta. Nada mal para uma segunda-feira.

— Legal — comento, e nós fazemos um brinde.

— Preciso melhorar na parte financeira. — Rugas que eu não havia notado antes gretam seus lábios. Ela não deveria ter de melhorar. Já trabalha muito. Fica digitando no notebook depois do jantar, e envia e-mails tarde da noite. Quando eu era mais nova e mais levada, costumava reclamar que ela amava mais o trabalho que a própria filha. Agora, mais velha, percebo que não é verdade. Minha mãe é só uma dessas pessoas da qual você sente falta mesmo quando ela está sentada bem a sua frente.

— Eu ainda não tinha pensado sobre dinheiro — confesso, e sinto um aperto no estômago causado pela culpa. Logo precisaremos pensar nas despesas da faculdade. E no que vai acontecer depois que eu for embora. Minha mãe vai voltar todos os dias para uma casa vazia. Um time de três foi reduzido a dois e, então, restará apenas um. Será que ela vai vender esta casa? Espero que não.

— Não se preocupe. Ninguém vai morrer de fome. Mas você sabe o que realmente anda me estressando? Como sei quando devo trocar o óleo do carro? Qual é o nome da seguradora que cobre nossa casa? E todas as nossas senhas de internet... não sei nenhuma — admite ela. — É seu nome? Seu aniversário? Eu me sinto totalmente assoberbada. Posso lidar com o trabalho. É com o resto, com a vida real, que tenho problemas.

Penso em como minha mãe realmente não tem muita gente para ajudá-la, além de mim. Meus avós se aposentaram e voltaram para Nova Delhi há um milhão de anos. Ela e os pais têm um tipo de relacionamento complicado. Quando minha mãe era criança, os dois fizeram de tudo para se certificar de que ela assimilasse a cultura dos Estados Unidos — eles a matricularam em uma escola particular que mal conseguiam pagar, com uniforme pomposo e alunos brancos, e até preparavam sanduíches de manteiga de amendoim e geleia para sua merenda, porque os outros alunos costumavam implicar com o cheiro da comida indiana. Ela conta que eles a criaram como uma americana e, depois, ficaram ressentidos e surpresos quando ela demonstrou não compartilhar os mesmos valores antigos de sua cultura. Tenho quase certeza de que, nesse caso, "valores antigos" na verdade significa "discordam do fato de ela ter se apaixonado e casado com um cara branco", porque, fora isso, ela aceita completamente todas as outras crenças hindus; bem, a não ser pelo fato de ser uma carnívora voraz, e sem arrependimentos, e de cortar o cabelo e retocar as raízes a cada seis semanas. De todo modo, ainda vamos ao templo *gurdwara* em Glen Rock uma vez por semana, e meu pai às vezes nos acompanhava; menos por um despertar religioso e mais por causa da comida indiana caseira que — sou obrigada a admitir com mais idade e poder de escolha — é o motivo de eu ir também. A pedido de minha avó, minha mãe mantém contato com todos os parentes, mesmo que morem em Nova Delhi, Vancouver e Londres, e que sejam parentes distantes e bem chatos. Embora eu não seja fluente, minha mãe me ensinou panjabi o suficiente para eu me virar. Minha mãe pode ter nascido nos Estados Unidos, mas jamais se esqueceu de que também somos indianas.

Todos fingem que as coisas estão ótimas com meus avós impossíveis de agradar — vamos visitá-los em Nova Delhi a cada dois anos, embora meu pai sempre tenha ficado em casa "porque tinha de trabalhar". Fingíamos que isso era verdade, que sua permanência em casa nada tinha a ver com a desaprovação de meus avós. Sempre que minha mãe fala com a *bibiji* no telefone, usa um tom de voz que associo a seu trabalho, a voz de executiva da propaganda. Suas conversas com os pais sempre consistiram em um recital de pequenas vitórias — minhas notas, uma nova conta que mamãe conquistou, um prêmio local para meu pai — como se essas coisas fossem parte de uma apresentação de campanha endossando suas escolhas. E sempre que uso uma *lengha* ou um *salwar kameez* para a festa de aniversário de algum primo distante, o que exige três horas de viagem de carro até o meio da Pensilvânia, minha mãe se certifica de tirar uma foto e mandá-la por e-mail para a *bibiji* imediatamente. *Está vendo?*, assegura, *nada se perdeu aqui. Estou passando as tradições adiante.*

Eis a parte triste e aterrorizante: no instante que visto minhas roupas indianas, ela envia um aviso aos pais, mas, quando meu pai morreu, minha mãe só ligou para eles um dia *depois* do funeral. Minha mãe se justificou; eles estavam viajando naquele fim de semana por conta de um casamento e não poderiam chegar aos Estados Unidos a tempo, então não havia motivo para atrapalhar seus planos. Para ser sincera, acho que minha mãe não quis descobrir se eles viriam ou não se despedir.

É claro que gosto de acreditar que teriam vindo. Eles podem não ter aprovado o casamento de minha mãe com meu pai, mas não são monstros. Só são retrógrados. E, tudo bem, um pouco racistas. O estranho é que, embora eles não gostem de meu sangue miscigenado, sempre elogiam meu tom de pele. *Tão clara* é o que *bibiji* sempre diz, como se fosse uma coisa maravilhosa e importante eu ser alguns tons mais clara que minha mãe. *E vemos que você gosta de comer.*

— Vou ajudá-la com isso — aviso minha mãe. — Sinto muito.

— Ah, querida, não diga isso. Tudo vai ficar bem. *Você* não precisa se desculpar por nada. Eu deveria ter ficado calada.

Eu me ocupo servindo os pratos, colocando grandes colheradas para cada uma. Existem pessoas que não comem quando estão tristes, que perdem o apetite e ficam extremamente magras. Minha mãe e eu não somos essas pessoas.

— Amo você, mamãe — declaro. Assim que as palavras deixam minha boca, me sinto mal, porque seus olhos ficam marejados. Quero que ela saiba que reconheço minha sorte no departamento materno. Que, se eu tivesse de escolher qualquer pessoa em todo mundo para ter como mãe, seria ela. Apenas ela. Entendo que parte disso é o luto falando. Antes disso, minha mãe sempre me irritava muito. Ela é mestre em crítica sutil disfarçada de sugestão: *por que não alisa o cabelo? Não acha que suas mãos ficariam muito mais bonitas se você parasse de roer as unhas? Essa blusa está um pouco amarrotada, não?* Agora, porém, me sinto idiota por reclamar desse tipo de coisa. Ela pode morrer amanhã. — Desculpe por fazê-la chorar.

— Não. Essas lágrimas são de felicidade, eu juro — afirma ela, enxugando os olhos com papel toalha.

Não parecem lágrimas de felicidade. Ela parece prestes a cair no choro, a ponto de o nariz começar a escorrer. Não se parece em nada com a mulher que disse ter sido hoje no trabalho: forte, calma e totalmente controlada.

— É que sou tão grata por ter você, Kit. — Sei que não quer que as palavras sejam uma ferroada, mas é exatamente o que são.

— Não vou a lugar algum — prometo, erguendo o mindinho para um juramento.

— Um mês inteiro sem ele — declara ela, ignorando meu dedo. — Como é possível?

— Não sei.

— Kit? — Aguardo suas palavras, que mencione o acidente de forma direta. Talvez sussurre algumas palavras vazias que deveriam ser reconfortantes. Eu me preparo para falar sobre todas as coisas que ela evitou até agora. — Tem um pouco de cebolinha em seu dente.

## CAPÍTULO 5

# *DAVID*

Ela se senta a meu lado na mesa novamente. Não esperava por isso. Eu disse a mim mesmo que não importava. Que me sentei aqui sozinho 622 vezes, que gosto do ritual: o jeito como espero ser Disher, a moça da cantina, a me servir, porque ela sempre usa luvas e, nos dias bons, uma rede no cabelo; o jeito como espalho a comida diante de mim na ordem que quero comer — uma garfada de cada porção, do menor compartimento da bandeja para o maior e de volta; como mudo a música no instante que me sento, de Mozart, a melhor trilha para caminhar pelo corredor, para os Beatles, social na medida para uma refeição no meio do dia. Que eu ficaria bem, mesmo que jamais voltássemos a conversar. Eu tenho mais dois Encontros Notáveis para incluir no caderno e, em um deles, fiz Kit Lowell rir.

Gargalhar.

Ela até jogou a cabeça para trás.

— Tudo bem eu sentar aqui? — pergunta ela, embora já tenha se acomodado. Kit não espera minha resposta. Em vez disso, tira um sortimento elaborado do que parecem ser sobras de comida chinesa. Provavelmente do restaurante Szechuan Gardens, que é o melhor restaurante chinês de Mapleview; e também o único. Particularmente, gosto da sopa agripicante de lá.

— Você é sempre muito bem-vinda.

Pelo jeito que Kit olha para mim, presumo que isso seja uma coisa estranha de se falar. Em geral, a verdade é estranha. Não consigo pensar em muita gente a quem eu realmente daria as boas-vindas à mesa — talvez a José, que usa óculos bifocais, ou a Stephanie L., cuja voz nunca ouvi. Pensando bem, talvez não. José me convidaria para a Liga Acadêmica, o que já aconteceu 26 vezes nos últimos três anos. Stephanie L., embora conte com a vantagem de decididamente não ser muito verbal, parece ser uma daquelas pessoas que mastiga ruidosamente. Tenho misofonia e prefiro não ficar enfurecido por causa de sua mastigação intensa.

— Posso fazer uma pergunta? — Quer saber Kit. Abstenho-me de comentar que ela acabou de me fazer uma pergunta ao perguntar se poderia fazer uma pergunta. Recentemente, quando comentei exatamente isso com Miney, em nossas ligações pré-agendadas pelo FaceTime que acontecem três vezes por semana, ela perguntou "Dezinho, por que você é tão irritante?" O que obviamente também é uma pergunta, mesmo sendo retórica.

— Claro — respondo, agora para Kit.

— Por que sempre almoça sozinho?

Dou de ombros, algo que faço com frequência. É uma sensação engraçada levantar e baixar os ombros. Um gesto um pouco exagerado. Como uma pessoa confusa em uma peça de teatro.

— Não estou sozinho agora.

— Você entendeu o que eu quis dizer. — Ela saboreia um rolinho primavera, e seus lábios estão gordurosos, como se ela usasse brilho labial. Só mesmo Kit Lowell para transformar comida em maquiagem.

— Não existem muitas pessoas nesta escola com quem eu tenha vontade de almoçar — revelo, orgulhoso de mim mesmo por não acrescentar o que Miney chamaria de "informação demais": *quando digo que não existem muitas pessoas, quero dizer... só com você, Kit.*

— Não somos todos terríveis, sabe? — argumenta ela, fazendo um gesto com uma das mãos, como se dissesse *existem muitas pessoas aqui para você escolher,* embora seja possível que estivesse apenas espantando um inseto. Acho que tenho oitenta por cento de chance de estar certo.

— Sabia que vamos passar 185 horas e meia nesta cantina somente neste ano? Parece muito tempo para passar com pessoas sem nada em comum comigo, a não ser por três coincidências insignificantes. Número um: nós, assim como milhões de outras pessoas, nascemos no mesmo ano. Dois: estamos sendo criados na mesma cidadezinha. E três: nossos pais optaram por nos matricular na escola pública de Mapleview. — Enquanto enumero, indico os números nos dedos, um, dois, três, o que minha mãe considera um gesto detestável, e, pensando bem, até concordo, mas é um hábito difícil de quebrar. — A nível parental, consigo perceber como isso é o suficiente para desenvolver uma amizade, considerando todas as opções compartilhadas; onde morar, qual é a melhor hora para ter filhos... Mas, para mim, particularmente porque não escolhi nenhuma dessas coisas, e não teria escolhido se tivesse alguma opção, o que definitivamente não tenho, não são traços em comum o suficiente. E muitas dessas pessoas que você garante não serem tão "terríveis" tendem a não ser legais comigo. Então, para responder à pergunta, embora não tenha sido única, acho que três na verdade, tenho coisas melhores a fazer que perder meu tempo com... — Depois de decidir que tinha sido um gesto de abrangência, nada a ver com insetos, copio seu movimento de mão, um pouco teatral, mas adequado e também muito a cara de Kit. — Todas essas pessoas. — Discurso legal — elogia ela. — Também me sinto assim às vezes. Não em relação ao lance de as pessoas não serem muito legais, mas a parte de não ter muita coisa em comum. Quem sabe? Talvez todo mundo se sinta assim. Não perguntei o que realmente queria saber, que é, acho, minha terceira ou quarta pergunta: você se sente solitário sentado aqui? Sozinho o tempo todo?

Eu a encaro, e nossos olhares se encontram. Verde, verde, verde. Hoje ela não está usando uma camisa masculina. Em vez disso, veste um suéter que parece muito macio; como os que eu acariciava quando era pequeno e minha mãe me obrigava a sair às compras. É de um tom de amarelo bem claro, da cor de um pintinho. No pescoço, traz um colar de ouro fino, com um grande pingente da letra *K*, o qual ela esfrega bastante, usando o indicador e o polegar de forma rítmica, como se fosse um crucifixo ou as contas de um terço. A calça jeans está rasgada, e os joelhos aparecem pelos furos. Eu me pergunto se estão gelados.

A cantina soa barulhenta, ainda mais sem meus fones, que tirei quando vi Kit caminhando em minha direção. Eu me lembro agora de por que gosto de usá-los.

— Essa já é a quinta pergunta — esclareço. — E sim, é claro que me sinto solitário. Exatamente como todo mundo.

— Viu, temos mais coisas em comum do que você achava — argumenta ela com um sorriso, como se eu tivesse dito algo alegre, e não triste, o que é estranho, porque julguei claramente ser a segunda opção.

— Minha vez de fazer uma pergunta — anuncio. Uma declaração afirmativa, embora supérflua. — Por que você escolheu minha mesa?

— Sinceramente? Eu sabia que você me deixaria em paz se eu pedisse. Não estou lidando muito bem com as coisas no momento, se não notou ainda. — Eu não tinha notado, na verdade, mas não digo isso. Ela parece bem para mim. Muito melhor que bem. Iluminada até. — E não consigo aguentar todo mundo, sabe? Me encarando o tempo todo. Tipo, se eu estivesse comendo tudo isso na frente de Vi ou Annie, elas ficariam me julgando por estar afogando minhas mágoas na comida, sabe? E é claro que *eu sei* que é exatamente o que estou fazendo. E não preciso que elas fiquem jogando indiretas sobre eu não querer engordar mais.

— Mas isso implicaria que você já está gorda — respondo.

— E não está. Você também não é magra. Eu diria que está no peso médio para sua altura, talvez uns dois quilos acima, concentrados em suas pernas.

Ela ri. Essa é a segunda vez que eu a faço rir, e a sensação é tão boa quanto da primeira vez.

— Obrigada por dizer isso — agradece ela. — Acho que a sinceridade direta é uma boa opção.

— De nada. Você não deveria se preocupar com seu peso. Ainda seria bonita, mesmo se engordasse. Você ainda vai crescer bastante — Tento fazer contato visual novamente, mas, dessa vez, é ela quem afasta o olhar. Seu rosto está vermelho.

— Você está com calor? — pergunto.

— Está muito frio aqui.

Está fazendo aproximadamente 18 graus aqui dentro, mas, talvez, ela esteja com mais frio por causa dos joelhos desnudos.

— Você tem dermatite? — pergunto. Claramente seu sistema nervoso simpático fez com que os vasos sanguíneos se dilatassem. A melhor forma para eu descobrir a causa é por eliminação. Não sou bom em conversas sociais, mas sei o suficiente para não perguntar diretamente se a deixei envergonhada.

— Que pergunta mais aleatória. Não. Por quê?

— Por nada. — Ha! Outra mentira. Estou ficando bom nisso. — Gostei daquela expressão que você usou. *Afogar as mágoas.* Tenho uma lista de expressões idiomáticas. Vou ter de acrescentar essa.

— Você é uma piada — diz ela, e, a princípio, sinto um aperto no peito porque acho que ela está debochando de mim. Mas, quando ergo o olhar, vejo que ela está sorrindo de forma amigável. *Ela está implicando como amiga*, penso. É um gracejo, uma brincadeira, como nas antigas comédias românticas que minha mãe gosta de assistir. Nunca fui muito bom com gracejos, que exigem necessariamente rapidez de raciocínio quando, aparentemente, não há palavras.

— Muito obrigado por isso — agradeço. E é minha vez de enrubescer.

Não preciso passar pelo processo de eliminação. Sei muito bem o que provocou essa reação.

Assisto a muitos filmes, principalmente como uma pesquisa sociológica, mas, também, porque tenho muito tempo para isso, e umas das informações que consegui nesses filmes é que os adolescentes precisam detestar ativamente os pais. Devemos pedir a eles que nos deixem um quarteirão antes da escola, e, nos sábados, reclamar sobre o horário de voltar para casa. Devemos roubar bebidas alcoólicas no bar de nossas casas e ficar bêbados em estacionamentos com nossos amigos, e tomar decisões idiotas que levam a acidentes automobilísticos que poderiam muito bem ser evitados. Devemos ficar particularmente irritados quando um de nossos pais nos faz perguntas que envolvam nosso futuro ou qualquer tipo de planejamento.

Um dos benefícios de ser diferente é que nada disso me atrai. Meus pais fizeram uma péssima escolha em relação a meu nome, e minha mãe leva, em média, 13 minutos a mais que o necessário para comprar creme dental. Meu pai tem uma tendência a dar longas explicações sobre tópicos que me interessam muito pouco, como padrões de trânsito e ornitologia, e Miney me abandonou pela faculdade, mas gosto de minha família. Na verdade, me sinto ansioso por nossas conversas depois da escola.

— Como foi seu dia? — pergunta minha mãe, como faz todos os dias quando volto para casa.

Ela coloca a lasanha no forno. Hoje é terça-feira, dia de macarrão. Lasanha é aumentar um pouco a categoria "macarrão", mas meu pai e eu tentamos ser flexíveis. Terça-feira também significa aula de violão, que eu amo mais do que odeio meu professor, Trey, o que significa muita coisa; mais tarde eu terei 63 minutos de treino em artes marciais.

— Kit se sentou comigo na hora do almoço de novo.

— Caraca! — exclama minha mãe. — Sério?

— Sério — respondo, e ignoro o *caraca* recém-declarado, mesmo que ela saiba que eu não gosto de ouvi-lo. Porque me faz pensar em orelha suja, o que me faz pensar nos sons que não gosto de ouvir, como gemidos, gritos agudos e o som de mastigação. Também tenho uma lista de sons favoritos. Tem apenas um item: o riso de Kit.

— Vocês conversaram? Você tirou os fones de ouvido?

— É claro. — Minha conversa com Kit é outro Encontro Notável, um Encontro Notável *positivo*, tão agradável que não quero colocá-lo no caderno. Quero fingir, só por um instante, que não se trata de um evento raro, que esse tipo de coisa acontece o tempo todo comigo. Que não sou o tipo de pessoa que sequer precisa de um caderno. — Sei que ela acha que sou esquisito, mas é como se ela gostasse de minha esquisitice. Como vocês e Miney às vezes. Isso faz sentido?

Faço essa pergunta — *isso faz sentido?* — muitas vezes, em geral para minha família, porque aprecio a lógica e presumo que os outros também a apreciem. Bem como fazer o pedido do ponto da carne e escolher o nome dos filhos, a linguagem parece ser inerente e irracionalmente otimista; apenas presumimos que os outros entenderão o que falamos. Que estamos, como diz a expressão, na mesma vibe. Em minha experiência, não estamos.

— Muito sentido. Consigo ver os dois sendo amigos, na verdade. Kit sempre foi uma garota legal. Costumava vir a todas as suas festas de aniversário quando você era pequeno, sabia?

— Não, embora eu não tenha muita certeza do que as festas que você frequentou quando criança têm a ver com seu caráter no futuro. — Minha mãe não suspira. Ela é boa em controlar esse impulso. Mas, se Miney estivesse aqui, ela faria exatamente isso. Estou bem melhor em ouvir o que digo ultimamente, acho. Se ela tivesse suspirado, eu teria merecido. — O que quero dizer é que você está certa. Ela é legal.

— E estranhamente inteligente, como você — continua minha mãe.

— Não estou bem certo se a palavra *estranha* se aplica a Kit dessa forma. Ela é bem normal.

— E bonitinha — completa minha mãe.

Bonitinha não combina com Kit. Diminutivos não combinam com ela. Como seu nome.

— Bonitinha não — corrijo. — Linda.

\* \* \*

Trey chega na hora, como de hábito; ele sabe que não gosto quando as pessoas se atrasam. Está usando o de sempre: uma concha perdurada em uma tira de couro presa ao pescoço, que ele encontrou em "Bali, cara", uma camiseta velha com o slogan "Just do it!", ou outra banalidade qualquer, e chinelos de dedo, apesar de estarmos no inverno. Ele estuda em Princeton, mas não se parece em nada com os caras na capa do livreto de divulgação da universidade. Ele não usa calça cáqui nem cinto ou casaco, e não é branco. Uma vez perguntei o que ele era, e, depois de me explicar como essa era uma pergunta rude, ele respondeu que era 25 por cento chinês, 25 por cento indiano (do sudeste asiático, e não índio americano) e cinquenta por cento afro-americano. Kit é cinquenta por cento indiana (novamente da região sudeste da Ásia, e não índia americana), mas não se parece em nada com Trey, o que constitui apenas outro exemplo de como a genética é um campo tão fascinante.

— E aí, cara? — pergunta Trey, depois que terminamos os exercícios de aquecimento dos dedos. Percebo que isso é o que as pessoas chamam de conversa fiada. Também percebo que o mundo seria um lugar muito melhor sem ela.

E por que ele me chama de "cara"? Não temos uma relação de amizade, e sim de professor e aluno.

— Tudo bem — respondo, e indico o violão para nos manter no ritmo. Talvez Trey tenha distúrbio de déficit de atenção. Vou procurar os critérios diagnósticos em meu *DSM*.

— Então, eu estava pensando — começa ele, e eu gemo, porque essa é a questão com Trey... Por mais estranho que pareça, ele é a única pessoa em minha vida com um nome perfeitamente compatível: ele é um excelente professor de violão, mas não se restringe a isso, e eu gostaria que ele focasse no trabalho. Ele gosta de fazer discursos sobre a vida e de dar dicas para meu caderno, ou de me "desafiar" a fazer coisas que não me sinto confortável em fazer. Como conversar com alguém novo toda semana (o que eu fiz, finalmente, mas talvez não diga nada, porque não quero lhe dar essa satisfação). Ou pedir uma caneta emprestada a um colega (o que não faz o menor sentido, pois todos usamos notebooks). Ou entrar para a Liga Acadêmica (que parece ser um tema recorrente em minha vida).

*Então, eu estava pensando* é um código para *estou prestes a pedir uma coisa que você não quer fazer.* Em geral, não sou bom em ler nas entrelinhas, mas Trey tem uma caligrafia clara.

— Vou fazer um show.

— Não — respondo.

— Você nem sabe o que vou dizer.

— Não — repito. — Vamos trabalhar em "Stairway".

— Quero que você se apresente.

— Não.

— É em uma cafeteria. Uma situação sem nenhuma pressão. Outros alunos meus vão tocar também.

— Não. Não vai acontecer.

— David, isso vai ser bom para você. E acho que vai gostar dos outros. Eles são bem parecidos com você.

— Parecidos comigo... como? — pergunto, porque, mesmo sem saber o que ele quer dizer, não gosto do rumo que a conversa está tomando.

Ele faz uma pausa, coça o queixo sem barba. Um gesto bem típico de Trey, que eu já imitei algumas vezes na frente do espelho. Não combinou comigo.

— Todos são legais. E talvez um pouco tímidos. Não são o tipo de pessoa que se sentiria à vontade fazendo uma apresentação em um show.

— A lógica diz que não deveríamos fazer isso, então — declaro, e toco um acorde rápido para que ele saiba que a conversa acabou.

Mais tarde, quando faço o treino diário de Krav Maga, em vez de fazer de conta que sou atacado na rua por uma gangue de valentões que me confunde com um membro de uma gangue rival — admito que é uma história totalmente improvável, já que não moro em um lugar conhecido por guerras de tráfico —, eu me permito imaginar alguém tentando roubar a bolsa de Kit na Main Street. Em minha mente, corro atrás do bandido e o neutralizo com um chute no saco e uma cotovelada no queixo. Na verdade, no Krav Maga você deve evitar qualquer confronto e atacar apenas para se defender, mas essa noite eu abro uma exceção. Enquanto suo e chuto e soco repetidas vezes, começo a imaginar o rosto de Kit, o rosto corado, exatamente como hoje na hora do almoço. Mas, em vez de ser um sinal de vergonha, dessa vez, é um sinal de orgulho.

CAPÍTULO 6

# *KIT*

Violet e Annie me aguardam perto do laboratório de informática depois da escola, e estão com uma expressão que comecei a interpretar como falsa compaixão. Sobrancelhas levantadas, preocupação pingando dos sorrisos amarelos, como se estivessem prontas a encenar uma intervenção. Ou como se fossem *emojis* humanos, criados para enviar uma mensagem específica.

Ou talvez a compaixão seja verdadeira. Não sei dizer. De qualquer forma, não gosto dos sentimentos que isso desperta em mim.

Lembranças em todos os cantos.

— Oi — cumprimento. Mantenho o tom casual. Finjo que não quebrei várias das regras implícitas de nossa amizade e que não sei o que está por vir. Ignorei suas ligações e mensagens. Não almocei com elas nem dei explicações ou motivos. Não cheguei a expressar opinião sobre a calça jeans de cintura alta de Violet. — E aí?

— Acho que a gente precisa conversar — declara Annie.

Embora procure ser legal, tenho a sensação de que, no fundo, ela está puta da vida, mas sabe que não tem permissão para se sentir assim. A morte de meu pai é minha melhor e pior carta branca. Violet abraça meu ombro, e tento não me encolher. Não quero esse tipo de abraço — *um meio abraço para me dar força* —, mas entro no jogo. Pisco para afastar o primeiro sinal de lágrimas.

Violet veste seu uniforme usual, extremamente sofisticado e inspirado naqueles das alunas de escolas particulares: camisa de botão e colarinho, uma faixa na cabeça, que espreme seu cérebro e impede o cabelo louro de cair no rosto, e uma trança complexa e retorcida que descansa em seu ombro. Ela parece uma modelo de loja de departamento. É basicamente a pessoa mais branca que já conheci. Annie também é branca — Mapleview não é um lugar de muita diversidade: branco é o padrão por aqui —, mas ela é um pouco menos excessivamente branca, se isso faz algum sentido. Ela não é toda sofisticada como Violet, e seus pais não jogam golfe no *country club* nem ficam tentando mencionar casualmente qualquer coisa sobre a Índia ou algum indiano aleatório toda vez que se encontram com minha mãe. Os pais de Annie são judeus liberais que se conheceram enquanto trabalhavam para o Corpo da Paz em Katmandu. Eles parecem compreender que o mundo é um lugar grande e cheio de diversidade, e que pessoas diferentes não são uma ameaça. É incrível como as pessoas ficam completamente confusas quanto a isso.

Se eu não conhecesse Violet desde o quarto ano, quando sua família se mudou para Mapleview vinda de Connecticut, jamais adivinharia que seríamos melhores amigas. A questão é que, apesar do colarinho engomado, dos cintos delicados e dos pais sutilmente racistas que dominam a arte da microagressão, Violet, na verdade, é uma manteiga derretida. Ela é a primeira a avisar se eu tiver algo preso no dente ou no sapato. Escreve mensagens longas e cheias de piadas internas com caneta roxa e rosa em meu anuário. Assim que Violet ficou sabendo sobre o acidente, ela pegou o carro e foi direto para minha casa, e ficou esperando na porta da frente até minha mãe e eu chegarmos. E, então, me abraçou antes mesmo de eu ter a chance de sair do carro. Ela está fazendo tudo certo, seguindo o manual de melhor amiga ao pé da letra. Não é sua culpa que, de repente, eu não saiba mais como conversar com minhas amigas. Eu quase gostaria que elas sentissem raiva de mim.

Minha amizade com Annie e Violet sempre deu certo porque equilibramos umas às outras. As roupas de estampas escalafobéticas e macacões loucos de Annie combinam perfeitamente com sua personalidade. Sem ela, tenho quase certeza de que passaríamos as noites de sábado comendo biscoito recheado no porão de Violet, ou indo a festas fictícias via Instagram. Annie nos faz viver de forma mais ampla, obviamente de acordo com as referências de Mapleview, o que é o mesmo que dizer que ainda vivemos de forma bem-comportada. Mas, sabe como é, mais ampla do que sem Annie.

— Gente, todo esse lance do almoço não chega ao nível de precisarmos "conversar". Só estou um pouco perdida — confesso, usando essa oportunidade para trocar a mochila de ombro de modo a afastar o braço de Violet sem ser grosseira.

— Também estou muito ocupada esses dias.

Annie sempre foi a fonte de toda a minha vida social desde o primário. É por sua causa que passamos a maior parte das tardes no Pizza Palace, como satélites dos planetas Justin e Gabriel; é por sua causa que temos uma mesa na parte da frente da cantina da escola; é por sua causa que somos convidadas para festas de verdade. Em meu mundo, não existe estar ocupada sem ela.

— WTF? — pergunta Annie. Às vezes ela fala como se teclasse no whatsapp, um hábito que me recuso a seguir.

Em minha mente respondo: nd flw bjs.

— Calma, Annie — pede Violet.

— Desculpe, não foi o que eu quis dizer — reponde Annie, fazendo outra daquelas caretas, como se estivesse passando por algo doloroso, como depilar as sobrancelhas. — Estou preocupada, Kit. Você precisa conversar com a gente. Somos suas melhores amigas.

— Só preciso de um pouco de espaço — esclareço. — É claro que isso não tem nada a ver com vocês. O problema sou eu.

— Qual é a desse discurso de término de namoro? *Isso não tem nada a ver com vocês. O problema sou eu. Preciso de espaço.* — Annie ri, tentando aliviar a tensão. Como se pudesse transformar minhas palavras em uma piada para rirmos de tudo isso.

Quase digo: *plmdds.*

Quase digo: *não precisa tentar me fazer rir.*

Quase digo: *pare com isso, por favor.*

Quase digo: *sinto muito.*

— Não é nada demais. É só o *almoço* — digo.

— O que Kit quer dizer é que está passando por um período difícil. Por causa de tudo — explica Violet. Tento afastar minha irritação irracional diante do eufemismo. *Tudo*, obviamente, é o fato de meu pai estar morto. Por que ela não diz isso de uma vez?

Até mesmo quando o médico saiu do pronto-socorro para nos dar a notícia, ele usou o que minha professora de Literatura costuma chamar de "floreio". *Nós o perdemos*, disse ele. *Ele se foi.* Como se meu pai fosse um cartão de crédito esquecido no caixa de um supermercado ou um filhote de cachorro que fugiu pela porta da frente.

Ontem, David disse as palavras em alto e bom som. A verdade nua e crua.

— Dã! É por isso que você tem amigas. Para que a gente possa ajudar — argumenta Annie. Eu a encaro e me pergunto qual será sua definição de *ajuda*. Provavelmente quer ressuscitar a antiga Kit. A Kit antes de *tudo*. Mas isso é impossível. A antiga Kit está tão morta quanto seu pai.

*Nós a perdemos*, penso. *Ela se foi.*

— Isso não é saudável. O jeito que está nos excluindo — continua Annie.

— Saudável — repito em um tom duro, porque, de repente, não sei mais o significado dessa palavra.

O que *saudável* tem a ver com o modo como me sinto? O tipo de dor inimaginável que torna muito difícil que eu passe de um momento ao próximo? Sei que estamos aqui há apenas alguns minutos, mas parece que são horas, até mesmo dias. O tempo se transformou em algo interminável e impenetrável, algo que tenho de suportar, preciso seguir em frente, da melhor maneira possível. Estar saudável não é uma questão. Isso não pode ser curado com uma conversa ou com um remédio. Nada será resolvido depois de 48 horas de desintoxicação.

Gostaria de conseguir dizer tudo isso em voz alta, mas não consigo. Não sei como.

— Meninas! — chama de dentro da sala o Sr. Galto, o conselheiro do jornal, soltando o suspiro imemorial dos professores. Como se fôssemos internos difíceis, em vez de alunas da turma avançada. — Se querem uma chance como editoras--chefes, é melhor virem até aqui agora.

Como não tenho nenhum dom atlético, musical, nem nada disso, sempre quis a posição de editora-chefe. Violet e Annie também. É a oportunidade para garotas feito nós conseguirem um adicional nas fichas de inscrições das universidades sem ter de suar ou entrar na banda marcial.

Hoje é o dia em que lançamos oficialmente nossa candidatura. Perdi alguns prazos ultimamente, mas espero que minha carta branca sirva para as atividades extracurriculares também.

— Por favor — imploro a Annie e Violet, mas é a pior palavra que eu poderia usar, porque traz de volta aquela expressão ao rosto de ambas. Compaixão de verdade dessa vez. Consigo perceber através da névoa do luto.

— Por favor, o quê? — pergunta Annie, a voz tão gentil que quase me parte ao meio. Annie não deveria ser gentil. Annie tem de ser sempre agressiva, às vezes um pouco cruel, por ser a única de nós que se arrisca e faz as coisas acontecerem.

Annie deve me dizer para superar logo tudo isso e parar de me chafurdar na autopiedade, e talvez pudéssemos ter uma briga por isso — por sua incapacidade de entender pelo que estou passando no momento —, pois qualquer coisa seria melhor que o modo como está se comportando agora.

Meu lábio inferior começa a tremer, e percebo que, se eu continuar ali parada por mais um segundo sequer, vou explodir em lágrimas bem no corredor. Bem depois do último sinal. Na hora de maior movimento.

Não. Não vou chorar. Isso não vai acontecer.

— Última chance! — exclama Sr. Galto de sua sala.

Faço a única coisa que posso. Fujo. Jogo fora quase três anos inteiros de trabalho no jornal e minha única chance de chegar a editora-chefe.

Saio correndo pelo corredor.

Quando finalmente chego ao carro, que logo percebo ser o último lugar do mundo onde eu gostaria de estar, abro as janelas e ligo o ar-condicionado. Ligo o rádio. As lágrimas não vêm.

Estou abalada demais para dirigir. Em vez disso, fico ali sentada, olhando o relógio no painel, apreciando o fato de os números estarem parados.

— Por favor, por favor, por favor! — Fico repetindo em um sussurro, como um mantra vazio porque ainda não sei o que estou pedindo.

O telefone fixo — que tem um fio espiralado e está preso à parede, como se estivéssemos no século XVIII ou algo assim — toca. Nosso telefone *para o caso de emergências*, que meu pai insistiu que instalássemos, apesar de cada um de nós já ter o próprio celular. Ele era assim. Todo ano, para comemorar seu aniversário, ele trocava as pilhas de nosso alarme de incêndio e detector de monóxido de carbono. No caso de um furacão de categoria 6 ou de um apocalipse zumbi, temos um kit no porão cheio de carne-seca, comida enlatada e galões de água. E, na geladeira, há um cartão laminado com o número do Disque-Intoxicação, mesmo que, aos 16 anos, seja altamente improvável que eu, sem querer, beba detergente.

— Nunca se sabe — dizia ele. — Nunca se sabe. Coisas inimagináveis e terríveis podem acontecer.

Meu pai ficou órfão quando tinha 20 e poucos anos. Meus avós paternos morreram de câncer no espaço de um ano. Câncer nos ossos no caso de meu avô, e de mama no caso de minha avó Katherine, minha xará.

— Câncer em dobro — contava meu pai. — Uma coisa horrenda.

Jamais me ocorreu como fora para ele perder os pais. O que teria lhe custado ser obrigado a discutir casualmente o assunto comigo, que era tão burra e nunca tinha pesado a magnitude do "para sempre". Que ria da piada "câncer em dobro", como se fosse algo tão inteligente de sua parte.

Minha mãe disse que meu pai mudou completamente depois que meus avós morreram. Parou de sair para beber com os amigos, guardou a guitarra e cortou o cabelo, até então usado no estilo grunge. Começou a levar a sério o relacionamento dos dois, que ambos achavam ser apenas um lance de faculdade. Ele se candidatou à faculdade de odontologia, apesar de não ter nenhuma paixão em particular por dentes, gengiva ou pelo diagnóstico de gengivite. Praticamente do dia para a noite, precisou se formar na vida adulta. Ele escolheu a estabilidade e a praticidade em detrimento da paixão.

Agora penso na caixa que meu pai criou com tanto cuidado para mim — não apenas aquela no porão, mas nessa cidade segura, nessa casa com um sistema de alarme, nessa família de três pessoas — e em como isso não nos protegeu no final das contas. Eram apenas coisas que meu pai fazia para se sentir melhor. Percebo agora que todos nós andamos por aí fingindo que temos algum controle sobre o destino, porque reconhecer a verdade — que não importa o que façamos, as coisas darão errado sem aviso prévio — é insuportável.

O telefone toca de novo, e eu me sobressalto como em um filme de terror. Tenho medo tanto de atender quanto de não atender.

— Kitty? — É o tio Jack, melhor amigo de meu pai e meu padrinho. Ele era o colega de quarto de papai no primeiro ano de faculdade, foi seu padrinho de casamento e era um convidado frequente no último ano, desde que a esposa o deixou. Além disso, no último mês, ele também passou a ser o executor do patrimônio de meu pai.

— O que aconteceu? — pergunto, porque esse é o telefone *para o caso de emergências*. É usado para informar *emergências*.

— Nada. Está tudo ótimo. Bem, não ótimo, mas você sabe. Sua mãe, por acaso, está em casa? Liguei para o escritório, disseram que ela não estava lá.

Minha mãe saiu para o trabalho como sempre essa manhã, parecendo ainda melhor que ontem.

— Sinto muito. Ela não está em casa.

Conheço tio Jack desde sempre — o "tio" sendo uma honra indiana, um sinal de respeito, mesmo que essa pessoa tecnicamente não faça parte da família (ou seja indiana, nesse caso). Ele costumava tirar moedas de minha orelha e dobrar o polegar, como se o tivesse quebrado no meio. Ele foi em minha cerimônia de formatura do ensino fundamental só porque queria me ver cruzar o palco. Ele vem dizendo a mesma coisa de formas diferentes no último mês, e não quero ouvir aquilo de novo. *Foi uma coisa terrível o que aconteceu.*

Penso em como a polícia nos contou sobre o defeito do semáforo (havia um pedido de reparo para mais adiante na semana), sobre o teste do bafômetro duas horas depois do acidente, como o outro motorista estava no limite legal e como não havia crime ali. Nada para se abrir um processo. Penso no carro furando o cruzamento e seguindo diretamente para meu pai. *Diretamente.* Foi isso que o matou: o impacto.

Minha mãe não sabe que, no dia seguinte à morte de meu pai, enquanto ela dormia à base de remédios, peguei um táxi até o ferro-velho para ver o que restara do carro com meus próprios olhos. Eu precisava tornar tudo real. Ter uma prova de que meu pai estava morto de verdade. Não perdido, como o médico comunicou, não esperando em algum outro lugar até que o encontrássemos.

Não havia nada para ver, a não ser o origami de um Volvo. Tirei uma foto, mas não pareceu mais real que antes. O acidente era como um espaço em branco. Uma história que nos foi contada sobre personagens que não conhecemos, vidas com as quais não nos importamos. Mas lá estava o carro; meu pai estava morto, e eu não.

Eu não.

Não conheci os pais de meu pai, meus avós paternos, e, se um dia eu tiver filhos, estes não conhecerão meu pai. Se um dia me casar, meu pai não me conduzirá até o altar. Em minha formatura, será apenas minha mãe na plateia. Todos os momentos felizes, de agora em diante, terão o sabor prolongado e amargo da perda.

— Foi uma coisa terrível o que aconteceu — diz Jack, como eu já havia previsto.

É errado que as palavras ecoem de forma tão parecida com as de meu pai. Ele usa o mesmo refrão. Pela primeira vez, detecto a mentira implícita ali. Percebo que o fato de ser terrível não faz nada para atenuar a realidade. É uma pista falsa. É um truque verbal.

Não é a verdade. Não mesmo.


Naquela noite, minha mãe vem até meu quarto para me dar um beijo de boa-noite, algo que ela não faz há muito tempo. Anos talvez. Ultimamente, temos ido dormir no meio de uma atividade, empanturradas com muita comida de restaurante. Apenas continuamos fazendo as coisas até o corpo desligar.

— Querida? — Minha mãe se senta a meu lado na cama, o que faz as cobertas apertarem meu pescoço. Não peço para ela se mover. Tomei quatro comprimidos de Advil para me livrar dessa sensação indefinida, um vazio trêmulo, mas o remédio não faz efeito algum. — Eu me encontrei com a mãe de Violet hoje no trem.

— É mesmo? Ela mencionou *comida indiana*? — pergunto, como se não fizesse ideia do que viria a seguir. É claro que seria apenas uma questão de tempo até uma de minhas amigas contar algo para as mães e estas passarem para a minha. Exatamente como costumávamos brincar de telefone sem fio quando éramos crianças, sussurrando segredos de ouvido em ouvido.

Minha mãe ri da piada sem graça.

— Dessa vez não. Mas ela disse que Violet contou que você não tem se juntado às meninas na hora do almoço. — Minha mãe acaricia meu cabelo, que é dois tons mais claro que o seu. Eu sempre quis pintar o cabelo de castanho-escuro para combinar com o de minha mãe.

Quando eu era pequena, tinha certeza absoluta de que minha mãe era, na verdade, uma super-heroína. Que Mandip Lowell era apenas uma identidade secreta; que todos os dias, depois que eu dormia, ela passava suas noites lutando contra o crime, chutando os bandidos com um alto *hi-yah!* Agora acho que ela poderia muito bem representar uma daquelas policiais bonitas demais dos seriados de TV. Aquelas que correm por becos sem saída em um cenário de estúdio. Revólveres cenográficos em punho enquanto dizem: *Pare! Ou eu atiro.*

Ela é durona, minha mãe. E consegue correr de salto alto.

Mas vamos ser honestos. Ela acabaria sendo escolhida para representar alguma terrorista ou motorista de táxi ou uma balconista de alguma loja de conveniência. Não é comum ver pessoas com sua aparência nem com seu sotaque na TV.

— Não é nada demais, mãe. Eu só precisava de um pouco de espaço.

Ela assente, como se entendesse. E talvez entenda mesmo.

— Não consigo suportar a ideia de você se sentar sozinha.

— Eu tenho almoçado com esse cara, David Drucker! Ele é legal.

— David Drucker? O filho de Amy? Ele era bem esquisito.

Ela puxa uma mecha de meu cabelo entre os dedos, e, assim que a solta, uma onda volta a se formar. Sem dúvida, ela se sente decepcionada quando olha para mim, sua única filha. Mulheres bonitas deveriam ter filhas bonitas. No mínimo, ela esperava que eu saísse "exótica", uma palavra ofensiva já ouvida um milhão de vezes por todas as pessoas de origem multirracial. Embora, em meu caso, ela não se aplique. Os traços de meus pais se mesclaram, originando alguém com uma aparência facilmente esquecível. Minha pele tem um tom um pouco mais moreno, o que, nesse subúrbio altamente branco, às vezes induza as pessoas a ser levemente grosseiras: "De onde você é?". E elas parecem decepcionadas quando não me identifico como latina, que é o que todos pensam. Como se descobrir minha etnia fosse algum tipo de jogo.

— Você costumava ir a todas as festas de aniversário do David quando era pequena — conta minha mãe.

— Ele ainda é esquisito, mas acho que um tipo bom de esquisito, sabe?

Olho para minha mãe e penso em como não existem super-heróis com nosso tom de pele e no fato de que eu provavelmente sou muito gorda para aparecer na televisão. Talvez eu devesse alisar o cabelo. Escurecê-lo também. E me bronzear mais um pouco. Desse modo, minha mãe e eu poderíamos ficar mais parecidas. Sem meu pai, acho que não fazemos muito sentido juntas.

Queria dizer a ela que David era paciente de papai, mas não consigo pronunciar a palavra *papai* em voz alta.

— Sério? Você quer começar a andar com David de novo? — Minha mãe ergue as duas sobrancelhas.

— Não é bem assim.

— Ele ainda é bonito?

Percebo que estou sorrindo enquanto olho para o teto no escuro. E quase rio alto, porque de todos os caras na escola, de todos os caras de todo o mundo, estou pensando em David Drucker. O cara mais esquisito de todos.

Ele é bonito.

Mais ou menos.

Mas ele ainda é David Drucker.

— Qualquer porto em uma tempestade, filha. Qualquer porto em uma tempestade — declara minha mãe, rindo.

## CAPÍTULO 7

# *DAVID*

Cruzo os dedos. Um gesto infantil, eu sei. E, obviamente, irracional. Não sou supersticioso. Não acredito em coisas inventadas, como o destino. Acredito na ciência. No que podemos ver e sentir e calcular com instrumentos bem calibrados. Mesmo assim, ter a companhia de Kit por três almoços seguidos parece ser o equivalente à probabilidade de, ao jogar uma moeda para cima cem vezes, dar cara em todas elas. Esse tipo de coisa simplesmente não acontece.

Sem dúvida eu disse algo acidentalmente ofensivo ontem, como é minha tendência, e não vamos mais ser amigos, se é que você pode classificar dois almoços e uma conversa na arquibancada como amizade. É assim que classifico, é claro, mas sem dúvida Kit tem um ponto de vista mais exigente. Contei nossas conversas, palavra por palavra, a Miney, e ela disse que, em hipótese alguma, eu deveria voltar a falar sobre o peso de uma garota, mesmo que ela toque no assunto primeiro. Miney foi tão categórica que até me obrigou a incluir uma entrada na seção de "Regras" de meu caderno.

A conclusão é que só existe uma resposta correta quando uma garota perguntar: *eu pareço gorda*?

A resposta é sempre "não".

E é por isso que estou com os dedos cruzados, torcendo, por mais improvável que seja, para que eu não tenha estragado tudo e para que, apesar de todas as provas do contrário, querer muito alguma coisa possa realmente fazer com que ela aconteça. Cinco minutos depois do início do horário de almoço, quando meu otimismo está começando a se dissipar, lá está ela, Kit Lowell, caminhando diretamente para minha mesa. Talvez logo se torne *nossa* mesa, embora eu não saiba quantas vezes teremos de nos sentar juntos para que o uso do possessivo plural se aplique de forma adequada.

— Fiz anotações da aula de física para você ontem — aviso, assim que ela começa a pegar seu almoço, que são sobras de comida indiana. Espero que sejam do Star of Punjab, que é o segundo restaurante indiano de Mapleview mais bem avaliado pelo guia *Yelp*. Meu pai e eu nos recusamos a frequentar o Curryland, número um, apesar da significativa diferença estatística das adicionais sete críticas de cinco estrelas a seu favor porque, normalmente, evitamos restaurantes que dependam de uma espécie de cenário e de encenação, principalmente algo tão sem nexo como fingir que cada cliente é um turista em um lugar mítico chamado Curryland.

— Valeu — agradece ela, colocando arroz e um pedaço de pão indiano no prato. Duas porções de carboidrato, o que é uma péssima ideia se ela está preocupada com o peso, como deu a entender ontem. Guardo essa observação para mim mesmo. *Obrigado, Miney.*

— Em geral, não faço anotações e aposto que seus amigos também tomaram notas, mas as minhas são melhores — explico. Ela franze as sobrancelhas, uma expressão comum de desagrado, e me pergunto o que fiz de errado. Também resumi as aulas de literatura avançada e de história mundial, mas Miney me aconselhou a não oferecer a Kit, a não ser que ela peça. Não quero ser muito *creepy,* seja lá o que isso signifique.

— Minha nossa, você não brinca em serviço — admira-se Kit, enquanto olha minhas anotações, as quais incluem desenhos tridimensionais para cada etapa do experimento do laboratório com permanganato de potássio, e, com isso, seu rosto se transforma. Um sorriso. Que significa que eu a deixei feliz. — Deve ter levado uma eternidade para desenhar tudo isso. Está lindo. Sério mesmo.

— Não foi uma eternidade, foram aproximadamente 76 minutos.

— Isso não são anotações de física. Isso é arte. Sério. Não precisava ter feito isso.

— Sério, eu quis fazer — asseguro.

— Bem, obrigada. Sério mesmo — agradece ela.

Mais *gracejo,* que agora talvez seja minha nova palavra favorita.

— Star of Punjab? — pergunto.

— É. Não gosto do Curryland. Parece comida indiana para idiotas — declara Kit. Estou sorrindo e não consigo parar. — Quer um pouco?

Concordo com a cabeça, mesmo não gostando de compartilhar comida. Kit parece perfeitamente saudável, robusta até, e, de qualquer forma, vale a pena ficar doente por ela, presumindo que eu não vá pegar uma doença que tenha longa duração, como mononucleose. Em minha casa, meu pai é que costuma cozinhar, com a exceção da noite do macarrão nas quintas-feiras, já que minha mãe é italiana. Eu me pergunto se o dentista tinha interesse em culinária, o que explicaria o recente hábito da família de Kit de se alimentar com comida de restaurantes. Ela costumava só comer sanduíches, embora eu me sentasse muito longe de sua antiga mesa para decifrar o tipo.

— Você talvez fique surpresa de saber que sou um ótimo *chef*. Sei preparar isto — revelo, apontando para o frango *tikka*.

— Sério? Minha mãe vive prometendo que vai me ensinar a cozinhar um dia, mas nunca tem tempo. Como você aprendeu? Ela se inclina para a frente, apoiando o queixo em uma das mãos. Seu cotovelo está a 20 centímetros do meu. Nossos joelhos estão ainda mais próximos. Tão próximos que seria melhor medir a distância em milímetros. Gostaria de pegar a régua e fazê-lo, porque seria bom saber a distância exata. Uma medida que eu poderia anotar em um pedaço de papel e guardar no bolso, e tirar nos dias em que precisasse do apoio de um número.

— Gosto de ciência. Gastronomia me pareceu uma extensão natural. — Não menciono que também cozinho para ajudar em casa às vezes, principalmente com Miney longe, porque os filmes de adolescentes deixam bem claro que uma pessoa descolada não ajuda os pais. O que não faz muito sentido para mim, assim como nada relacionado à palavra *descolado*.

— Por favor, não me leve a mal, mas você é tão esquisito — declara Kit. Olho para ela, ou pelo menos para seu queixo, e descubro que um comentário inesperado de Kit pode alterar minha respiração. — Mas um tipo bom de esquisito, sabe?

*Um tipo bom de esquisito.*

*Um tipo bom de esquisito* é o que tenho dito a mim mesmo durante anos, pois ser apenas esquisito seria um fardo muito pesado. *Um tipo bom de esquisito* é a única solução para o problema quando normal não é uma opção viável. *Um tipo bom de esquisito* pode muito bem ser o oposto de descolado, mas eu jamais quis ser descolado. Pelo menos não a versão com a qual estou familiarizado.

— Obrigado.

— Falando em esquisito, tenho uma pergunta aleatória. O que você pode me dizer sobre mecânica quântica? — pergunta Kit, e um arrepio corre da base de minha coluna até a nuca.

Miney sugeriu que eu pensasse em alguns assuntos leves para conversarmos no caso de Kit voltar a minha mesa hoje.

O primeiro assunto de minha lista?

Mecânica quântica.

É quase o suficiente para eu reconsiderar todo o conceito de destino.


Talvez seja porque meu cérebro esteja tão saturado com Kit que me esqueço de manter a cabeça baixa e os olhos no chão. Estou com os fones de ouvido, é claro, mas o volume está bem mais baixo que de costume, porque, diferente do costume, não quero abafar meus pensamentos com o som. Quero pensar no almoço de hoje, repassar o *Bem, obrigada. Sério mesmo* repetidas vezes em minha mente. Seu sorriso também. Como nossa conversa se alternou de um para o outro de forma específica e precisa, sem deixar espaço para interpretações equivocadas.

— David! David! — chama José, acenando com as mãos em meu rosto, então não tenho escolha a não ser parar e pausar a música no celular. Esse encontro vai atrasar toda a minha agenda, o que significa que as chances de a Sinfonia número 36 em dó maior terminar bem quando eu me sentar na aula de física são mínimas. Droga.

*JOSÉ GUTIERREZ: ÓCULOS. Cabelo castanho, repartido ao meio. "Monocelha". Segundo aluno mais inteligente da escola, logo depois de mim.*

## *Encontros dignos de nota*

*Nono ano: queria pegar minhas anotações depois de ter faltado por causa de uma gripe. Eu as entreguei a ele, e ele disse: "Obrigado". Eu respondi: "Bem, presumo que, se eu ficar doente, possa pegar suas anotações emprestadas também, embora eu nunca fique doente". Ele retrucou: "Todo mundo fica doente. É biologia básica". E eu insisti: "O que quero dizer é que realmente não fico doente com frequência". E ele disse: "Tudo bem".*

### *Amigos*

*Aaron C. porque eles gerenciam o clube de física juntos.*

— David! — chama José pela terceira vez, embora a essa altura já esteja claro que ele conseguiu prender minha atenção.

— Por favor, não me convide para a Liga Acadêmica de novo. Você já me convidou 26 vezes, e eu já declinei 26 vezes — informo voluntariamente.

— Foram 27 na verdade, e essa será a vigésima oitava vez — retruca José, ficando inexplicavelmente parado a minha frente, impedindo minha passagem. — Você vai entrar para a equipe?

— Não — respondo.

Foram 27 vezes? Não é de meu feitio errar uma conta. Matemática não foi o campo que escolhi — estou mais interessado em ciências —, mas gosto de precisão.

— Precisamos de você. Temos uma grande reunião contra o Ridgefield Tech, e eles são muito bons. Diga qual foi o matemático que provou a infinitude dos números primos.

— Dã. Euclides.

— Viu? Você será perfeito.

— Sabia que Einstein definiu loucura como continuar fazendo sempre a mesma coisa, esperando resultados diferentes?

— Já ouvi essa frase, mas Einstein não disse isso. Na verdade, muitas das citações atribuídas a ele em contextos não científicos não são dele.

— É mesmo?

— Sim. E pensei sobre isso... percebi que, como cada vez que eu peço é uma vez mais que a última, na verdade, não estou fazendo exatamente a mesma coisa repetidamente, e, então, pelo menos existe uma pequena possibilidade de um resultado diferente. Logo se conclui que não sou louco. Pelo menos não por causa disso. — José recita esse monólogo para meu ombro esquerdo. — Além disso, você acredita em multiverso?

Culpo Kit e a conversa sobre mecânica quântica por me fazerem pensar que qualquer coisa pode acontecer, porque, por um segundo, imagino isto: eu em um palco, Kit na plateia, eu respondendo a todas as perguntas, salvando Mapleview da derrota nas mãos de Ridgefield Tech. Kit impressionada com meu vasto conhecimento de termodinâmica e excitada pelo tamanho do troféu que eu invariavelmente levarei para casa. Quando falamos de troféus, o tamanho realmente importa.

— Sim e sim — respondo.

— Sim, você vai entrar para a equipe *e*, sim, você acredita em multiverso?

— Sim — repito, e, então, José sorri e percebo que tenho algo novo para acrescentar a sua descrição em meu caderno. Como não notei até hoje que ele usa aparelho com elástico cor de rosa entre os ganchos? Espero que tal distração não prejudique meu desempenho.

★ ★ ★

Mais tarde, depois da escola, observo Kit seguir para o Corolla vermelho. Sua mão está trêmula enquanto pega a chave eletrônica e destranca o carro. Não está tão frio aqui fora, então presumo que o tremor se deva à ansiedade. Temos duas provas amanhã, história mundial e literatura inglesa, e ela faltou às duas aulas ontem. Fiquei aliviado por ela não ter fugido do campus hoje. As coisas são bem melhores quando ela está na escola, do outro lado da sala, a menos de 4 metros de distância. Sempre gostei que estivesse lá, mesmo antes de começar a conversar comigo.

Considero chamá-la, quebrando a regra de Miney. Minhas anotações *seriam* úteis e, de certo, melhores que qualquer coisa que os amigos tenham lhe passado. Mas não. Miney sabe sobre o que está falando. Melhor respeitar as leis da vantagem comparativa e terceirizar minhas decisões sociais.

— Ei! — chama Kit, e eu olho para ver com quem ela está falando. Provavelmente apenas Justin ou Gabriel. — Não, bobo. Você!

— Eu? — pergunto. Examino o contexto de nossa interação. Ela não está sendo literal. *Bobo* pode até indicar um termo de afeição aqui.

— É. Precisa de uma carona para casa?

Meu carro, um Honda Civic 2009 *hatch* com 151.077 quilômetros rodados está estacionado, como em todos os dias, duas fileiras e seis espaços atrás do dela. Vaga número 89. Não preciso de Miney para saber qual decisão tomar aqui.

Não é nem uma mentira de verdade. As pessoas usam a palavra *precisar* e *querer* de forma intercambiável o tempo todo.

— Sim, por favor — respondo. — Preciso de uma carona.

\* \* \*

— Explique novamente a teoria de que a consciência sobrevive à morte? Porque não parece ciência para mim. Parece muito com religião — pede Kit, verificando se meu cinto de segurança está afivelado antes de sair do estacionamento.

Ela segura o volante na posição dez para as duas e olha para o retrovisor a cada cinco segundos, como sugerido pelo guia distribuído pelo departamento de trânsito. Minha mãe, que ensinou a dirigir tanto Miney quanto eu, ficaria impressionada.

— Basicamente, o fundamento é que nosso cérebro seja o repositório de nossos sentimentos, pensamentos e desejos — explico, e enrubesço. Gostaria de não ter usado aquela palavra: *desejo*. — É a caixa de nossa consciência. E, quando morremos e tal fisicalidade se corrói, nossa consciência talvez ainda continue.

Ela une as sobrancelhas e se inclina ainda mais sobre o volante. Eu me pergunto quanto tempo conseguiria observá-la perdida em pensamentos sem me entediar. Estimo pelo menos 39 minutos.

— A dualidade entre o corpo e a mente é um espelho daquela relação entre onda e partícula, que levou os físicos quânticos atuais a postularem que a mente é regida pelas mesmas regras da mecânica quântica das partículas, como se fosse um objeto físico — continuo.

Fico pensando por um instante se estou certo. Considero toda essa área fascinante, mas muito escorregadia. Em um momento, tudo está claro em meu cérebro — consigo enxergá-la, a tridimensionalidade imagética da teoria diante de mim — e, no seguinte, ela desaparece.

— Meu pai me contou que vocês conversaram sobre essas coisas em uma de suas consultas. Foi sobre isso que falaram? Se a consciência sobrevive à morte? — pergunta ela.

Se soubesse que minha conversa com o dentista chegaria aos ouvidos de Kit, teria sido muito mais cuidadoso na escolha de palavras. Talvez até mesmo estratégico. Não existe algum tipo de confidencialidade na relação dentista-paciente? Sei que ela acha que sou esquisito, um tipo bom de esquisito, talvez, mas, ainda assim, esquisito. Não quero que ela pense que sou burro também.

— Na verdade, não. Conversamos sobre uma nova teoria quântica sobre o fluxo do tempo. Posso falar sobre isso também se você quiser.

— Não. Tranquilo. Meu pai sempre se interessou em coisas aleatórias. Tipo, ele tinha uma coleção de microscópios e lupas antigas. E amava livros de arte. Nossa casa é cheia dessas coisas. Ele era totalmente obcecado por meteorologia e o canal de previsão do tempo e aquelas arvorezinhas pequenas: *bonsais*. É assim que se chamam. De qualquer forma, estou divagando. A questão é que ele comentou que gostava de você.

Olho pela janela enquanto passamos pela rua principal da cidade. Embora ainda esteja frio, o tempo está ensolarado e as pessoas passeiam com carrinhos de bebê e cachorros, usando casacos de frio, porém abertos.

Tem muita coisa para olhar. Muitas cores e pessoas e formas. Bebês com gorrinhos de lã. Placas anunciando promoções. Um poste de barbearia daqueles vintage. Volto minha atenção para Kit e me concentro.

— O sentimento é recíproco. — Imagino o dentista, aquela lâmpada forte que usava na testa, e como ele sempre tinha cheiro de látex por causa das luvas de borracha. Eu teria adorado discutir meteorologia com ele, uma vez que meu próprio conhecimento na área é, no máximo, rudimentar. — Quem sabe? Talvez os físicos estejam certos e ele não tenha ido embora. O que quero dizer é: claro que seu pai está morto, mas é reconfortante acreditar ou pelo menos ter esperanças de que uma pequena parte dele, na verdade a parte mais importante, sua *consciência*, talvez ainda esteja por aí de alguma forma.

— É mesmo — concorda ela.

— Mesmo assim, é horrível saber que jamais vai vê-lo de novo. Digo, a consciência não garante que ele continue sendo seu pai. Obviamente esse seria um desfecho preferível.

Ela arfa. Não tenho ideia do que isso significa. Seja lá o que for, um bufo não parece algo neutro.

— Você, com certeza, coloca as coisas de forma direta. Quase ninguém faz isso, sabe?

— Sei.

— Ultimamente, todo mundo parece estar pisando em ovos comigo, sabe? Até mesmo minha mãe. Essa honestidade brutal é... revigorante de um jeito bizarro.

Digo a ela que vire à direita, minha casa é a da esquina. Ela estaciona, e agora não há mais nada a fazer a não ser sair do carro.

— Obrigado pela carona.

— Imagina — diz ela. — Sempre que precisar.

Quero perguntar a ela se está falando sério. Se é uma oferta sincera ou apenas uma cortesia. Nosso idioma, assim como todos os outros, é repleto de ambiguidades frustrantes. Bem, talvez exceto por *loglan*, que se deriva de princípios matemáticos de lógica para evitar esse tipo de confusão. Sinceramente, acho que todos estaríamos muito melhores se usássemos essa língua.

Quando já estou dentro de casa, observo o carro de Kit partindo. A distância entre nós aumenta de forma exponencial, e eu espero ali, com as mãos no vidro da janela, até não ter mais um senso dessa medida de distância.

Dez minutos depois, minha mãe dirige os 8 quilômetros de volta até a escola para eu pegar meu carro.

Ela sorri durante todo o percurso.

CAPÍTULO 8

**Para:** Kit
**De:** Mãe
**Assunto:** Os cinco estágios de tudo é uma droga

Já é de madrugada. Acabei de me deparar com o artigo anexo sobre os cinco estágios do luto:

1. Negação
2. Raiva
3. Negociação
4. Depressão
5. Aceitação

É claro que BACON definitivamente deveria estar no topo da lista. Além disso, decidi pular os três primeiros e mergulhar de cabeça na DEPRESSÃO. Está comigo nessa?

**Para:** Mãe
**De:** Kit
**Assunto:** Re: Os cinco estágios de tudo é uma droga

Você realmente deveria enviar mensagens como as pessoas normais fazem. Quem ainda usa o e-mail? Coisas que faltam nessa lista: chocolate, maratonas na Netflix. Pijamas.

Quanto à depressão, cheguei antes de você nesse estágio. Com certeza estou #curtindo o melhor que a vida tem a oferecer.

........................................................................................

— Oi! — exclama Gabriel, assim que entro no Pizza Palace. Parece estar excessivamente animado, como se eu não tivesse me sentado atrás dele na aula de cálculo, menos de duas horas atrás. Como se estivéssemos na área de desembarque de um grande aeroporto internacional e eu tivesse voltado de uma viagem de um ano pelo mundo. Ele solta Justin, que estava preso em sua chave de braço, para me envolver em um grande abraço.

— E aí, gente? — cumprimento, e meus lábios se movem de um jeito que julgo se aproximar de um sorriso. Isso requer uma complexa coordenação motora. Algo mais exaustivo que a aula experimental de pilates que Violet me obrigou a fazer.

Olho para a mesa, e Violet se levanta e dispara em minha direção. Annie faz uma saudação de escoteira, erguendo dois dedos, que é uma de nossas piadas internas; eu a ganhei só por ter aparecido. Isso me faz abrir um sorriso sincero, e, então, o sorriso me deixa com vontade de chorar, então paro de sorrir.

— Você veio! — declara Violet.

— Não posso ficar muito tempo. — Assim que as palavras saem de minha boca, percebo que são verdadeiras. Depois de deixar David em casa, ficar sozinha no carro pareceu insuportável, e o Pizza Palace é mais perto que minha casa. Desde o acidente, minha mãe tem me obrigado a dirigir em todas as oportunidades. Ela diz que não me quer com algum tipo de fobia eterna, e acho que seu plano está funcionando. Mesmo assim, quando estou sozinha no carro, eu me encolho ao passar por SUVs e estou sempre muito consciente da velocidade de todos os outros veículos, de como é tênue a linha entre nós e de como um erro pode facilmente nos matar a todos.

Carros são máquinas poderosas, destrutivas e terríveis. Talvez jovens de 16 anos não devessem ter permissão para dirigir. Talvez ninguém devesse.

Agora, aqui com todo mundo, não me sinto melhor que no caminho para cá. Nos últimos tempos, passei a suar quando estou com meus amigos, como se socializar fosse uma forma de exercício aeróbico, mas sem as endorfinas pós-exercício nem a autossatisfação. Preciso implorar a meu corpo para me levar adiante.

— Não acredito que você desistiu do jornal ontem — comenta Annie. — Depois de todo aquele trabalho, simplesmente vai jogar fora a chance de ser editora-chefe?

Dou de ombros, e Gabriel aproveita a oportunidade para começar a massageá-los.

— Você parece tensa — explica ele.

Gabriel e eu ficamos por um curto período no ano passado. Uma daquelas coisas idiotas que acontecem porque você se vê em um canto de uma sala em uma festa na qual todos estão bêbados. Ele me beijou de repente, como um passarinho voando para pegar o lixo em uma lata, e, depois que me recobrei do ataque surpresa, correspondi. Naquela segunda-feira, ele andou de mãos dadas comigo no corredor da escola, e depois ficamos nos beijando no estacionamento de uma lanchonete enquanto tomávamos refrigerantes. Duas semanas depois, ele terminou tudo, disse alguma coisa sobre funcionarmos melhor como amigos, o que foi bom para mim. Eu não gostava particularmente de Gabriel, mas era divertido ter alguém para beijar e andar de mãos dadas. Ter, por um breve período, uma distração prazerosa.

Agora, porém, eu realmente gostaria que ele parasse de tocar meus ombros. Na verdade, eu gostaria que houvesse um jeito de transferir suas mãos para Annie que, nos últimos meses, desenvolveu uma paixão inexplicável pelo garoto. Annie jamais admitiu em voz alta, mas Violet e eu sabemos que ela tem esperanças de que Gabriel a convide para o baile. Não há nada de errado com Gabriel na teoria, mas também não há muita coisa certa. Annie não é o tipo de garota que se satisfaria com distrações prazerosas. Ela é legal demais para isso.

Jessica, Willow e Abby entram pela porta em uma explosão de risos e param no balcão para pedir Coca Zero antes de se juntarem a nós. Não gosto muito dessas garotas — jamais gostei — mesmo assim, de alguma forma, elas ficam na órbita de nosso grupo de amizade. Tudo bem, vai, nós somos as orbitadoras, uma vez que o trio Jessica, Willow e Abby é, de longe, o mais popular de todo o segundo ano. Não tenho ideia de como elas conseguiram isso — a popularidade é uma coisa indefinível em Mapleview, e, pelo que posso perceber, envolve um monte de autoconfiança não merecida e conquistada sem o menor esforço somada à capacidade de atrair olhares sem nenhum motivo aparente.

Jessica é loura, Willow, morena, e Abby, ruiva, exatamente como o grupo de amigas de todas as séries de TV (no caso, faltando apenas a coadjuvante negra petulante). Bum! Melhores amigas para a vida toda. Presumo que haja mais nessa amizade que a questão da cor dos cabelos e uma afinidade por calcinhas fio-dental; que, se consideradas de forma individual, talvez exista a remota possibilidade de que essas garotas sejam, na verdade, pessoas interessantes. Duvido de que eu vá descobrir, porém, uma vez que elas só andam em grupo.

O motivo de eu não gostar do grupo não é por elas serem clichês ambulantes e, dessa forma, garotas quintessencialmente cruéis, mas porque o papo é chato. Vivemos em uma bolha pequena e privilegiada em Mapleview, e eu nunca compreendi o desejo de a tornarem ainda menor.

— Meninos — diz Abby, à guisa de cumprimento, e o jeito como pronuncia a palavra faz com que transmita tanto desdém quanto desejo. Pratico a entonação em minha mente e a arquivo para uso em um futuro bem, bem distante. Talvez seja útil se eu entrar para a faculdade. — E meninas.

Os meninos agem de forma diferente quando as três estão por perto. Ficam mais nervosos e barulhentos. Gabriel felizmente interrompe a massagem. Justin abre um sorriso brincalhão. Ele e Jessica eram namorados, mas, segundo o último boletim, ela havia terminado com ele porque estava saindo com um calouro da NYU. No mundo da ascensão social, garotos da faculdade sempre são superiores aos garotos do Ensino Médio. Dizem por aí que Justin ainda está arrasado com o término.

— Então, qual é o lance entre você e David Drucker? — pergunta Willow, dirigindo-se a mim, e, sem nenhum motivo aparente, cerro os punhos. Acho que estou passando pelos cinco estágios do luto no final das contas. E estou em minha segunda parada: a raiva.

— Nenhum lance. Somos apenas amigos — respondo.

— Fala sério, você não é amiga *de verdade* de David Drucker — contradiz Abby, dando um suspiro dramático. Como se tudo que eu tivesse a dizer fosse frustrante. — Sentar-se à mesa de alguém para almoçar não torna essa pessoa sua melhor amiga.

— E por que você está tão interessada? — pergunto. Eu me sinto um pouco ansiosa demais, disposta a discutir e acabar com elas. O que é idiota. Elas são minhas amigas. Mais ou menos. Isso não é o tipo de coisa que faço.

— Claro que não estamos interessadas — intervém Jessica, rindo. E é verdade. Tenho certeza que elas não estão nem aí.

— Mas ele entrou em seu carro hoje — comenta Willow. — Eu vi. — Decido de repente que odeio Willow mais que as outras. Ela nasceu com um pouco da magia de Lauren Drucker, mas sem o lado caloroso.

— Como eu disse: somos amigos. Ele é muito interessante, na verdade.

— Interessante? — pergunta Gabriel, embora de jeito algum isso seja uma pergunta. Gabriel é o mestre da reação mais fácil: sarcasmo vazio e reflexivo.

Minha raiva se esvai. Não é verdadeira mesmo. É só um estágio idiota em um artigo imbecil. Esse é o nível de desespero que assola nós duas, eu e minha mãe. Buscamos orientação em Oprah.com. Pena que eles se esqueceram de incluir mais um estágio na lista: não dar a mínima para nada. O que agora eu classifico como síndrome do capacete de astronauta.

De repente, olho ao redor e vejo todo mundo conversando e rindo, a menos de 60 centímetros de mim, mas parecem estar a quilômetros de distância. Somos todos estranhos uns para os outros no final das contas.

Parece que o luto não apenas altera o tempo, mas o espaço também. De alguma forma, aumenta a distância entre você e os outros. Acho que vou perguntar a David se existe alguma explicação científica para essa sensação.

— Tanto faz. Vamos falar sobre coisas mais importantes — sugere Jessica.

— Certo. Uma palavra — concorda Willow.

— O baile — conclui Abby.

Annie lança um olhar rápido para Gabriel, mas ele não dá sinais de ter notado.

— Nojento — diz minha mãe, enquanto dá uma garfada na receita de *fettuccine* Alfredo dos Vigilantes do Peso. Ultimamente, durante o jantar, conversamos com frases de apenas uma palavra, algo que adotamos porque estamos cansadas demais para qualquer outra coisa.

Quando fecho os olhos à noite, o projetor de meu cérebro se acende e, lá está, bem no teto: uma cena do acidente que se repete em *looping eterno*. Como se fosse divertido para mim assistir a esse filme de terror imaginário. Ficar ali parada e observar o outro carro — um Ford Explorer azul-escuro — atingir meu pai de novo e de novo e mais uma vez. Sinto o cheiro de borracha e de fumaça. Sangue, tão acentuado e reconhecível que não pode ser nada além do que realmente é. Um sabor e um cheiro metálico tão marcantes.

A vida e seu oposto.

Tento imaginar o ponto exato de frenagem para que a batida nunca chegasse a acontecer. Como se matemática do Ensino Médio fosse, pelo menos dessa vez, útil para alguma coisa.

Quando finalmente adormeço, tenho um sonho sobre a terceira lei de Newton: para cada ação, há uma reação igual e oposta. Força contra força. O carro batido e jogado fora, como um pacote vazio de salgadinho. Bate, quebra, lixo.

Aqui e agora, porém, somos só minha mãe e eu e o triste som de nossa mastigação. Então, inexplicavelmente, ouço o som de uma chave na fechadura.

Será que o médico estava certo e meu pai tinha apenas se perdido? Momentaneamente desaparecido? Ele vai entrar pela porta, despentear meu cabelo e me chamar de Kitty Cat.

É claro que isso não acontece. Meu pai não se ergueu dos mortos. Nem mesmo a teoria ridícula de David sobre a consciência permitiria isso.

É só tio Jack, a única pessoa viva que tem a chave de nossa casa. Claro. Muito mais lógico.

— O que você está fazendo aqui? — pergunta minha mãe. Seu tom é cortante e trai sua decepção.

*Tudo bem*, quero dizer. *Também achei que fosse papai.*

Normalmente minha mãe ficaria feliz em ver Jack. Logo que ele se divorciou, foi ideia de mamãe convidá-lo para dormir em nossa casa nos fins de semana em que os filhos ficavam com tia Katie. Ele também estava triste naquela época, e minha mãe preparava cafés da manhã saudáveis e reconfortantes. Panquecas, ovos com bacon e um bom café.

— A cura para um coração partido — diria ela, servindo a comida na louça boa, e, então, eles três, minha mãe, meu pai e Jack, se sentariam à mesa de jantar, trocando os cadernos do *New York Times,* enquanto eu ficava mexendo no celular.

— Esta é a definição de paraíso. — Meu pai costumava dizer. — Meu melhor amigo, minhas duas garotas e o jornal.

— Você não estava atendendo o celular, e eu fiquei... preocupado — responde Jack agora, encarando minha mãe, que está com o olhar fixo na massa gelatinosa em seu prato.

Ele é alto, careca e magro. Usa óculos com grande armação de plástico, um misto de boba e legal, e ternos pretenciosos importados da Inglaterra. Ele não é bonito — o nariz é grande demais para o rosto, os olhos, um pouco apertados atrás das lentes, e ele parece um pouco pálido —, mas há algo familiar e reconfortante em seu visual.

— Quer jantar? — pergunto, e me levanto para checar o congelador. — Temos uma caixa de lasanha congelada.

— Vocês sabem que isso não é comida de verdade, não é? — Ele mantém o tom leve, bem mais leve que a atmosfera da sala.

— Que tal uma taça de vinho? — pergunta minha mãe, descongelando de repente, como se o botão "ligar" tivesse sido pressionado, e então se ocupa de pegar uma garrafa e abri-la, servindo uma grande dose para si mesma. Ela vira o conteúdo e só depois serve uma taça para Jack e outra para si.

— Sorvete também — digo, entregando a ele um pote de chocolate com menta que encontrei no freezer. Ele pega uma colher na gaveta e come direto do pote. Tio Jack não tem se preocupado em fazer a barba, que está ficando grisalha. Parece quase tão deprimido quanto minha mãe e eu.

— Como está Evan? — pergunto, só para ter o que falar. Evan é um dos filhos de Jack. Tem 14 anos e frequenta Mapleview. Nós brincávamos quando éramos mais novos, quando nossas famílias viajavam juntas nas férias, antes do divórcio de seus pais. Evan, eu e seu irmão mais novo, Alex, fazíamos castelos de areia e nos divertíamos no mar, e eu costumava reclamar com tia Katie que eles deveriam ter tido pelo menos uma menina a quem eu pudesse me aliar. Essas viagens não parecem mais reais. São como lembranças de algo que vi na TV alguma vez.

— Parece que ele vai ao baile — conta Jack, com um sorriso.

— Isso é bem legal para um calouro — comento.

— E você?

— Não, eu não vou — respondo, evitando encarar minha mãe. Tenho a sensação de que minha decisão de não ir ao baile se enquadra na mesma categoria de não almoçar mais com minhas amigas. Isso vai dar início, no mínimo, a uma discussão.

— Seu pai gostaria que você fosse. Ia querer que você se divertisse — declara Jack. — E não ficar em casa com os mais velhos.

— Não vamos falar sobre os desejos de Robert — intervém minha mãe com voz gelada e cortante.

— Não quis me intrometer — desculpa-se Jack em tom suave.

— Então não se intrometa.

— Mandi, você não pode me evitar para sempre.

— Posso tentar.

— Só estou fazendo meu trabalho como executor. Existem questões imobiliárias que precisam ser resolvidas. Não tenho autoridade para...

— Nossa, está ficando tarde, e, na verdade, tenho um monte de trabalho para fazer. — Minha mãe se levanta e simplesmente sai da sala, levando consigo a taça de vinho.

— Eu ajudo — ofereço a Jack, depois do que parece uma eternidade na qual nós dois ficamos sentados ali, olhando o espaço vazio que minha mãe deixou para trás. — Só me diga o que preciso fazer, e eu faço.

Minha voz soa vazia. Sou tão imprestável quanto me sinto. Tio Jack me entrega o pote de sorvete, e ficamos passando de um para o outro até que termina.

CAPÍTULO 9

# *DAVID*

— Dezinho! — exclama Miney, e lá está ela, à mesa de jantar, ocupando a mesma cadeira que deixamos vazia em sua ausência por respeito ao protocolo. O cabelo está um pouco mais comprido, porém, pelo menos em um primeiro olhar, ela continua bonita. Ainda parece minha irmã. — Estou em casa! Sim, isso é óbvio, embora eu abra mão de comentar. Por experiências passadas, aprendi que isso é rude. O que não é imediatamente óbvio é o motivo de sua presença. Miney só deveria voltar para casa daqui a 49 dias, em suas férias de primavera, que não são na mesma época que as minhas. Já fizemos planos para contornar essa inconveniência. Vou faltar à aula naquela terça-feira, com autorização de meus pais — eles já concordaram em assinar um bilhete sobre uma importante consulta médica —, e minha irmã e eu vamos recriar o que concordamos ser o dia mais perfeito de todos os dias do mundo. Isso envolve um almoço no Sayonara Sushi, sorvete no Straw, 47 minutos em nossa livraria favorita e, por fim, uma ida ao litoral para visitar o aquário.

— Por que você está aqui? — pergunto.

— Algumas coisas nunca mudam. Sempre direto ao ponto — declara Miney, soltando um som semelhante ao feito por Kit no carro. Uma risada que não é bem uma risada, mas algo totalmente indecifrável. Alguém realmente precisa postar um tutorial no YouTube, ensinando a decifrar o espectro de sons femininos, não muito diferente daqueles para ávidos observadores de pássaros. — Eu só precisava de um tempo da faculdade. E estava com saudade de vocês.

Embora eu ache altamente improvável que Miney tenha sentido saudades de mim — acredito que ela se sinta irritada comigo oitenta por cento do tempo que passamos juntos —, estou felicíssimo por ela estar aqui. Kit em minha mesa de almoço e Miney em casa no mesmo dia parece ser mais que mera coincidência. Um alinhamento cósmico.

— Quando você vai embora? — pergunto. Partidas são mais fáceis se eu tiver algum tempo para me preparar e planejar, imaginar os cenários de antes e depois.

— Assim que eu descobrir, você será o primeiro a saber. Agora, venha aqui — diz ela, levantando-se e abrindo os braços para me abraçar.

Em geral, não sou fã de demonstrações de afeto, mas abro uma exceção para meus pais e Miney. Bem, só para minha mãe e Miney, na verdade. Meu pai é o tipo de cara que prefere cumprimentar com um sinal de joinha.

Ela me abraça, e eu começo a procurar mudanças sutis. O perfume de Miney não é mais cítrico. Em vez disso, traz uma base de sândalo, com um toque de mofo, e suas roupas não têm mais cheiro de recém-lavadas. Uma mecha de seu cabelo está pintada de roxo, e ela fez um *piercing* na parte superior da orelha. Seus olhos estão vermelhos.

É melhor que não tenha feito uma tatuagem. Eu não conseguiria lidar com isso.

Miney era perfeita quando partiu, em setembro. Não gosto do fato de que, cada vez que ela volta para casa, preciso me reajustar a um novo padrão. Descubro que tenho problemas com a mecha roxa. Parece ser um ruído.

— Mamãe me contou que Kit o trouxe para casa hoje — declara ela, com a entonação de uma pergunta.

— Isso — respondo. — Conversamos sobre mecânica quântica.

— Ai, meu Deus, D! Será que não ensinei nada a você? — reclama ela.

— Você me ensinou um monte de coisas. Não mencionei o peso dela se é com isso que está preocupada.

— O que vamos fazer com você? — pergunta ela, e meu estômago se contrai. No primeiro ano, quando eu tinha problemas na escola a cada duas semanas, o diretor Hoch fazia exatamente essa pergunta, que é tanto idiomática quanto retórica. *O que vamos fazer com você?* Como se eu fosse um projeto em grupo.

Eu gostaria que, apenas uma vez, a resposta fosse: *nada*.

Eu gostaria que, apenas uma vez, a resposta fosse: *você está bem exatamente como é*.

Eu gostaria que, apenas uma vez, essa pergunta não precisasse ser feita.

— Pegue seu caderno — ordena Miney, e eu o cato na mochila. Aliso a conhecida capa azul, um tique nervoso de quando eu o consultava de hora em hora. Ultimamente, porém, o caderno permanece na mochila por períodos mais longos. Quase consigo imaginar a época em que não precisarei mais dele. — Uma oportunidade como Kit aparece apenas uma vez na vida. Se é que aparece.

— Kit é uma garota. Embora em termos estatísticos seja bastante improvável que ela seja a melhor garota do mundo, é assim que parece. Sem dúvida, ela é a melhor em Mapleview. Mas Kit não é uma oportunidade — argumento.

— O que quero dizer é que temos muito trabalho pela frente. Não vou deixar que estrague tudo.

— Não me diga — brinco. Estou esperando há semanas para soltar essa frase sarcástica... desde que aprendi como deve ser usada. Então, não consigo evitar o sorriso quando Miney cai na gargalhada. Seus olhos brilham e sua expressão se suaviza enquanto ela ri. O cabelo roxo parece se acalmar também. Tudo nela agora me parece mais familiar.

Eu só queria que os olhos de Miney não estivessem vermelhos.

— Eu estava errada. Talvez algumas coisas mudem, no fim das contas — declara ela, bagunçando meu cabelo, como se eu ainda fosse um garotinho. E, embora eu não entenda bem o motivo tácito do gesto, me inclino em direção a suas mãos.


Hoje é o quarto dia que Kit se senta comigo no almoço. Ela come um sanduíche e uma maçã. Analisando com atenção, parece ser hummus e peru no pão integral. O esmalte preto está lascado, e a camiseta, caída no ombro direito, exatamente como uma de Miney, o que me faz pensar se isso é uma opção fashion, e não um erro na escolha do tamanho. Ela tem um monte de sardas perto do centro da clavícula, formando um pequeno círculo. É um detalhe suave, como o lábio inferior um milímetro mais proeminente que o superior ou a forma como ela passa a mão pelo cabelo, as vírgulas caindo para a frente em uma espécie de reverência.

Em geral, as pessoas são reluzentes demais, barulhentas demais, opressoras demais. O cabelo louro de Jessica machuca meus olhos. Os cotovelos e joelhos de Willow são afiados de tão finos; quando ela passa por mim no corredor, eu os imagino me cortando feito faquinhas. E Abby, a terceira garota do triunvirato, a que me chamou de esquisito no outro dia, usa um perfume tão doce e forte que consigo sentir o cheiro antes de ela entrar na sala. Mas Kit é tranquila. Jamais ofende meus sentidos.

— Sempre achava estranho quando seu pai dava pirulito aos pacientes — declaro, e, assim que as palavras saem de minha boca, percebo como gostaria de não ter de falar sobre o dentista no passado. Mesmo assim, é o que acontece com os mortos. Eles não fazem parte do presente nem do futuro.

— Ele só dava para as crianças — esclarece ela.

— Nunca saí de lá sem um — revelo, o que parece ser legal, acho. Não acrescento que a assistente, Barbara, sempre me dava mais um. Isso seria me gabar. Ela gostava de mim. Os adultos geralmente gostam. São os adolescentes que me causam problemas.

— Eles eram sem açúcar.

*É claro*, penso. Estou constrangido com o fato de que um dentista que distribui pirulitos me deixou confuso por anos. Que coisa tola na qual se fixar. Mesmo assim, foi exatamente o que fiz e sempre faço: encontro um pequeno defeito — uma inexatidão ou uma contradição — e não paro de refletir. Não gosto de círculos abertos.

— Então, você vem de carro para a escola todos os dias? Eu o vi no estacionamento hoje cedo.

Não lhe digo que estivemos no estacionamento ao mesmo tempo todas as manhãs desde o início do ano. Chego às 7h57, tempo contado para parar no armário, pegar um livro ou dois e chegar ao primeiro período na ala norte. Eu não deveria estar surpreso com o fato de ela nunca ter me notado lá. Pareço sempre estar em um dos extremos com as pessoas. Para o mundo de pessoas como Justin Chos, eu me destaco. Sou o equivalente a um dos cotovelos de Willow. Desagradável e, de alguma forma, perturbador, mesmo quando não digo nada. Para o resto das pessoas, sou invisível na maior parte do tempo. Quando Kit se sentou a minha mesa pela primeira vez, presumi que ela não me notara ali. Morro de medo do inevitável dia em que alguém acidentalmente se sente em meu colo.

— Sim, por quê? — pergunto.

— Bem, eu lhe dei carona na volta para casa ontem.

Meu rosto queima, e sinto as mãos começarem a suar. Droga. Nem me ocorreu a possibilidade de que ela talvez descobrisse sobre a carona desnecessária.

— Certo. — Tento encontrar uma explicação razoável. Em outras palavras, minha maior dificuldade: uma boa mentira. Não consigo pensar em nada. Escolho o silêncio constrangedor. Olho para o amontoado de sardas. É uma distração adequada. Penso no raio da circunferência e em seu diâmetro, o que obviamente me leva ao número *pi*. Quem não ama a beleza infinita e rítmica de *pi*?

— Então, você deixou seu carro aqui ontem à noite? Sabe que eles rebocam, não sabe? — pergunta Kit.

Concordo com a cabeça. Sei disso.

— Minha mãe me trouxe de volta logo depois que você me deixou em casa. — Ouço as palavras que acabei de dizer e percebo como sou ridículo. Sempre serei ridículo. Como posso ter me preocupado de ela me achar um idiota ontem? É claro que ela já me acha um idiota. A quem estou tentando enganar?

*O que vamos fazer com você?*

Decido fazer o que faço de melhor. Falar a verdade.

— Gosto de conversar com você. Então, tecnicamente, eu não *precisava* de uma carona, só queria uma.

— Tudo bem — concede ela, me encarando, e, por um rápido segundo, nossos olhares se encontram. Eu desvio os olhos primeiro. — Meio que gosto de conversar com você também.

\* \* \*

Mais tarde, no final das aulas, observo Kit enquanto ela segue até o carro. Mesmo cursando cinco disciplinas juntos, parece que implicitamente concordamos — com a maravilhosa exceção do almoço — em não nos falar *na* escola. Tudo bem por mim, pois aprecio minha rotina. Tenho uma playlist e meu fone de ouvido para os intervalos das aulas. Mas, agora que estamos do lado de fora, aceno enquanto seguro minha chave. Acho que é o equivalente de rir de mim mesmo, o que minha família vive dizendo que devo fazer com mais frequência. Ela abre um sorriso.

— É, não vou oferecer uma carona para você de novo — avisa ela. — Não seria justo com sua mãe.

— Que pena. Você é uma excelente motorista.

Kit fecha a cara. Não sei exatamente o que quero dizer com isso. Ela não moveu um único músculo, mas, de repente, é como se ela fosse um computador se desligando. Prefiro seu rosto quando está aberto.

— Vejo você mais tarde — despede-se ela, entrando no Toyota Corolla vermelho, um carro que combina com ela de um jeito que o próprio nome não é capaz. Aceno mais uma vez, um gesto bobo do qual me arrependo na hora ao notar o que deve ter feito Kit fechar a cara. Gabriel e Justin estão nos observando.

— Espere um pouco, ela disse as palavras: *meio que gosto de conversar com você também*. Para valer? — pergunta Miney, quando chego em casa. Ela está deitada no sofá de um jeito que me faz pensar se ficou ali o dia todo. Seu cabelo está solto, e ela veste o pijama favorito: o do pato usando tiara, com a palavra ESQUISITO estampada, que eu lhe dei de Natal há dois anos. Ela se esqueceu de levá-lo quando partiu para a faculdade e, embora eu tenha me oferecido para enviá-lo pelo correio, ela disse que não queria me dar trabalho. Quando eu disse que não me importava, ela retrucou que gostava de imaginá-lo em casa e seguro, onde ela não poderia perdê-lo e ninguém poderia roubá-lo. É por isso que sei que é seu pijama favorito.

— Isso. Exatamente essas palavras. E, depois, conversamos sobre o quanto gostamos de antigos filmes dos anos oitenta. Ela também é fã de John Hughes. E eu contei a ela que ele morreu aos 59 anos. Que simplesmente caiu morto por causa de um ataque cardíaco. Estava aqui um dia, e tinha partido em outro. Exatamente como o pai dela. Quero dizer, o pai de Kit morreu em um acidente de carro, mas o conceito é o mesmo. Em um instante aqui, no seguinte, se foi.

— Dezinho. — Miney se empertiga e balança a cabeça. — Você não pode. Tipo, você precisa ter cuidado ao falar coisas sobre a morte do pai dela.

— Kit diz que gosta do fato de eu dizer a verdade. Ela chama isso de "honestidade brutal", mas acho que é a mesma coisa.

Miney fica parada por um minuto. Está com uma expressão pensativa no rosto.

— Acho que você deve convidar Kit para sair.

— O quê?

— Não em um encontro nem nada. Ainda não. Algo mais casual. Talvez para estudar. Ou para um projeto escolar. Você precisa aumentar seu tempo juntos de um jeito que ela considere uma extensão natural do almoço. — Miney tira o cabelo do rosto e o prende em um rabo de cavalo. A mecha roxa fica quase escondida, e sinto o aperto no peito diminuir. Seus olhos ainda estão vermelhos e com olheiras. Vou comprar algumas vitaminas na farmácia mais tarde para o caso de ela ficar doente. — Gostaria de me lembrar de Kit de minha época na escola. Procurei no Twitter e no Instagram e coisas assim, mas as redes não me disseram muita coisa. Ela parece surpreendentemente normal.

— Por que isso é tão surpreendente? Eu falei que ela era perfeita e a garota mais bonita da escola.

— Hum, ela é até bonitinha. — Não faço ideia do porquê ela usou o diminutivo, mas não pergunto. Seja lá o que Kit é, eu gosto.

— Por que estudaríamos juntos? Estou adiantado em todas as matérias. Isso seria algo altamente ineficiente. — Olho para o lado direito do rosto de Miney. Desse jeito não consigo ver o *piercing*. Como a mecha roxa, aquilo quase grita comigo. Não, mais um ligeiro berro. Parece exigir algo de mim, mas não sei o que é.

— Isso é irrelevante. Mas, antes de fazer isso, se quer um mínimo de chance, precisamos dar uma repaginada em você. Chegou a hora, Dezinho.

Miney dá aquele sorriso de quando está prestes a me obrigar a fazer algo assustador. Ela é como Trey nesse quesito. Sempre me estimulando a sair do que ela chama de "zona de conforto", algo que jamais consigo compreender. Por que alguém gostaria de fazer algo desconfortável por livre e espontânea vontade?

Já que Miney está em primeiro lugar da lista das pessoas em quem confio, me esforço muito para fazer tudo o que ela pede. Mas nem sempre é possível.

— Chegou a hora de quê? — Penso na clavícula de Kit. No pequeno círculo perfeito de sardas. Pi. Isso me relaxa. Como quando conto na ordem decrescente.

— Compras, Dezinho. Chegou a hora de superar seu medo do grande e ameaçador shopping center.

É, eu estava certo. Assustador.

## CAPÍTULO 10

# *KIT*

David Drucker está oficialmente em todos os lugares. No estacionamento antes e depois da escola. Na maioria de minhas aulas. E, é claro, no almoço, uma vez que continuo escolhendo sua mesa como refúgio. Suponho que ele sempre tenha estado em todos esses lugares, mas, até agora, eu jamais o havia notado. Era de se esperar que alguém tão bizarro assim não fosse capaz de se camuflar, mas ele está tão absorto na estranha bolha fornecida pelo fone de ouvido que caminha silenciosamente pela escola. Praticamente não atrai nenhuma atenção.

Mesmo assim, depois do que já se configura a Semana de David, é simplesmente esquisito que eu esbarre com ele na farmácia. Esbarre literalmente. Nós dois estamos olhando para o chão quando nossos ombros se encontram. Ai.

— Você está me seguindo? — pergunto, em tom de brincadeira. Estou meio que flertando com ele bem no corredor dos absorventes noturnos. Largo meu pacote de Tampax superabsorvente e o chuto para trás de mim para que ele não veja.

— Não, é claro que não — responde David, e ele parece ofendido, como se eu o tivesse acusado de alguma coisa.

— Eu não tive a intenção... Esquece. É só engraçado vê-lo aqui.

— Só estou comprando umas coisas para Miney — explica ele, e me dou conta de que, na verdade, sou eu que o tenho procurado ultimamente, tirando a notável exceção do estande de comida no campo de futebol. Afinal de contas, sou eu que vou à mesa de David no almoço. Eu ofereci uma carona para ele ontem. Será que o estou irritando?

— Miney?

— Minha irmã.

— Você tem duas irmãs?

Pergunto-me se Miney é tão naturalmente incrível quanto Lauren e decido que não. Ela não apenas tem um nome estranho — quem daria o nome *Miney* à própria filha? —, mas ninguém é tão incrível quanto Lauren Drucker. Olho para seu cesto de compras: um monte de remédios diferentes para gripe.

— Só uma. Miney é o apelido. Lauren se formou no ano passado.

— Eu sei.

— Você conhece Miney? — pergunta ele.

— Tipo, sei quem ela é. Todo mundo na escola sabe. — Gostaria de dar um jeito de sair do corredor de higiene feminina, mas o seguinte é o de preservativos e lubrificantes.

— Sério?

— É claro. Presidente de turma. Rainha do baile. Ela é, tipo, a realeza de Mapleview. — Se eu estivesse conversando com Justin, provavelmente não teria admitido saber tantas coisas sobre alguém de sua família. Mas não tento fazer joguinhos com David. Não sei se ele notaria.

— Você não tem irmãos, não é? — pergunta ele, e, pela primeira vez, noto como é parecido com a irmã. Comportamento e maneirismos diferentes, mas o mesmo rosto. Olhos escuros, cílios longos e lábios carnudos. Se não fosse o maxilar, que é quadrado e forte e sempre com uma sombra de barba por fazer, ele seria quase bonito.

— Filha única. Sempre sozinha. — Ele assente, como se estivesse confirmando algo que já sabia.

— Você parece filha única mesmo.

— Não sei se isso é um insulto ou um elogio.

— Nem um nem outro. Apenas uma observação. Sempre achei que seria ainda mais solitário não ter uma irmã.

— Está dizendo que pareço solitária?

Conversar com David Drucker é assim. Um mergulho direto ao cerne da questão. Não importa que estejamos em uma farmácia, cercados por absorventes íntimos e antifúngicos. Acho que somos bons parceiros de conversa: eu esqueci a arte da conversa despretensiosa, e ele jamais a aprendeu.

— Não, não de verdade. Mas existe uma quietude em você. Como se você fosse uma onda de rádio e tivesse a própria frequência. O que resultaria em isolamento porque não creio que alguém conseguiria escutá-la. — Ele faz esse discurso olhando para meus pés, mas, de repente, ergue a cabeça e nossos olhares se encontram. O contato visual parece intenso e íntimo, e eu estremeço. Pisco primeiro. — Quero dizer, você tem um monte de outras ondas também, todas as frequências que costumam ser compartilhadas, aquelas que eu certamente não tenho, mas as ondas mais importantes, as *suas principais*, essas são mais difíceis para as outras pessoas decifrarem. Enfim, essa é minha teoria.

Não sei o que responder em relação a isso. David Drucker tem uma teoria sobre minhas ondas de rádio metafóricas.

Quando saímos para o frio gélido com as mãos enfiadas nos bolsos do casaco, sugiro que poderíamos comer alguma coisa. Não quero voltar para o carro. Não quero ir para casa, porque envolveria ter de lidar com sentimentos que prefiro evitar. Distração é do que eu preciso. A distração impede que eu entre em estado de câmera lenta.

— Pizza Palace? — sugere David. Fica a algumas lojas de distância. Imagino meus amigos reunidos em uma mesa no fundo. Não preciso combinar David com minha vida real.

— Não.

— Imaginei que não fosse topar. Pizza Pizza Pizza é bem melhor e tem uma oferta de duas por uma muito boa. Eu só não queria sugerir esse restaurante — revela David.

— Por quê?

— O nome. Não é como se eles tivessem três vezes mais pizza que as outras pizzarias. Ridículo.

— E que tal esquecermos a pizza?

— Imaginei que diria isso também, já que você teve um almoço tão saudável e balanceado. — Ele para de falar. Pigarreia, olha para o único carro que está passando pela rua.

— Essa vai ser uma das coisas que digo em voz alta e depois me arrependo, não é?

Dou risada, e a sensação é muito boa. Ele é fofo quando percebe que disse a coisa errada. Seus olhos se arregalam. Para amenizar a situação, pego seu braço e começamos a descer a rua.

— Só para você saber: se alguém me perguntasse, eu não saberia descrever sua frequência — declaro.

— Para ser sincero, às vezes acho que só cachorros conseguem me ouvir — responde ele.

— Por incrível que pareça, ouço muito bem tudo o que você diz.

— Isso é realmente incrível — responde David, e eu enrubesço; tenho quase certeza de que ele também.

★ ★ ★

Acabamos no balcão do Straw e pedimos casquinhas com duas bolas de sorvete de baunilha e de *brownie*, apesar do frio lá fora. É mais fácil assim, ficarmos no balcão olhando para a frente, em vez de termos de nos encarar enquanto falamos. É meio doido, mas não me sinto preocupada com meus atos perto de David como quando estou com quase todo mundo; mesmo assim, olhar para a antiga mini *jukebox* em vez de para seu rosto me ajuda a esquecer das coisas.

— Você acredita em efeito borboleta? — pergunta David do nada.

— Traduza, por favor.

— Na teoria do caos, existe esse conceito que uma pequena alteração pode ter efeitos substancialmente maiores. Então, o bater de asas de uma borboleta aqui em Nova Jérsei pode causar um distúrbio na atmosfera e, de alguma forma, acabar provocando um furacão nas ilhas Galápagos. — Assinto e penso sobre como exatamente 34 dias atrás, um homem chamando George Wilson, um nome de algum vizinho corpulento em uma série de comédia na TV, não uma pessoa de verdade, decidiu se encontrar com um amigo para beber. Penso em como exatamente há 35 dias um pedido de conserto para um semáforo foi enviado em um sistema para aprovação e como empacou no tráfico burocrático. Penso no pé que não foi rápido o suficiente para pisar no freio.

Coisas aparentemente inconsequentes e pequenas.

Penso em uma borboleta batendo suas asas, e agora meu pai está morto.

— Acredito. Mas queria não acreditar, porque isso me faz perceber o quanto de nossas vidas está fora de controle — respondo.

— Como seu pai morrer.

Ele faz essa declaração como se as palavras não tivessem nenhuma força. Sinto-me ofegante, como se David tivesse me dado um soco na barriga. E também um pouco tonta porque ele leu minha mente e disse as palavras em voz alta. De forma direta. Com exceção de ontem à noite, minha mãe raramente pronuncia o nome de meu pai, isso sem mencionar a parte de não falar sobre sua morte.

Existem tantos termos disponíveis: partir, falecer, descansar, desencarnar, bater as botas, ir embora.

Todos foram banidos de minha casa.

— Mais ou menos — concedo. — Mas foi um acidente de carro. Um monte de coisinhas que, quando somadas, tiveram a mesma consequência, mas havia *dois* motoristas. Erros humanos foram cometidos. Isso é diferente de um distúrbio atmosférico, não é?

— Talvez. Mas considere cada um desses erros humanos de forma isolada, e você teria um desfecho totalmente diferente. Seu pai poderia ter saído sem nenhum arranhão.

Lambo meu sorvete, que de repente parece grudento e doce demais. Eu deveria ter pedido da mesma forma que David: com o sorvete de *brownie* por baixo. Ir descendo até chegar ao ponto mais doce.

— Eu estava pensando sobre o efeito borboleta e em como uma série de eventos a levou a se sentar a minha mesa no almoço, e como esse fato nos trouxe a este momento, os dois sentados aqui. Uma semana atrás, nunca estaríamos tomando sorvete juntos.

— Provavelmente não.

— E, então, posso dizer alguma coisa errada, e isso vai nos levar a jamais tomarmos sorvete juntos de novo. — Olho de esguelha para o rosto de David. Ele não é tão imune ao mundo em volta quanto parece.

— Você não pode se livrar de mim assim tão fácil — digo. — Sou como uma dermatite grave.

— O quê?

— Nada — respondo, constrangida. Será que acabei de me comparar a uma doença de pele? Sim, foi exatamente o que fiz. — Nada. Nada mesmo.

Um pouco mais tarde, ainda estamos sentados ali na sorveteria vazia, com as pernas balançando nos bancos altos. David está com um pedacinho de chocolate no queixo, mas não digo nada. É meio fofo.

— Se você pudesse ser qualquer outra pessoa no mundo, quem escolheria? — pergunto, porque decidi que admiro como David não se autocensura. Eu deveria tentar fazer o mesmo.

Penso nisso o tempo todo. Acordar de manhã, olhar no espelho e ver alguém totalmente diferente me encarando. Ultimamente eu daria tudo para ser a antiga Kit, a Kit de antes do acidente, que conseguia se sentar com os amigos no almoço e conversar sobre nada. A Kit de antes do acidente que queria ser mais como Lauren Drucker, a antiga rainha benevolente de Mapleview. Realmente não me importaria de ser uma farsa, desde que não me desse conta disso.

— Tem esse cara, o Trey, que me dá aula de violão — diz David. — Ele meio que me irrita, na verdade, mas ele é exatamente o tipo de cara de quem todo mundo gosta. Sempre sabe exatamente o que dizer. Como se tivesse ondas de rádio perfeitamente alinhadas. Então, acho que talvez ele.

— Antigamente, eu queria que minhas ondas de rádio metafóricas só tocassem músicas peculiares, mas que também fossem perfeitamente escolhidas, sabe? Algo maneiro. Mas agora sinto que só transmito notícias do trânsito.

— Não mesmo — discorda ele, e, para meu desalento, limpa o queixo com um guardanapo. — Embora eu não me importasse nem um pouco em ser assim. Confiável, informativo, apesar de repetitivo. Pelo menos as pessoas me ouviriam.

— Acho que seu sinal vem mais em código Morse — declaro, com um sorriso.

— Quando eu tinha 8 anos, aprendi o código Morse sozinho. Os cliques são altamente irritantes.

Eu me inclino para ele sem nenhum motivo aparente — talvez porque eu não tenha nada de inteligente para dizer, ou talvez porque com David tenha a sensação de que sou outra pessoa, *quero* ser uma outra pessoa — e lambo seu sorvete. A parte de baunilha. Ele olha para meus lábios. Tão chocado quanto eu.

— Sinto muito — me desculpo. — Mas gostei mais de seu pedido que do meu.

— O remédio para gripe não é para mim. Só para deixar claro — informa ele.

— Não estava nem um pouco preocupada com isso.

Eu me pergunto o que aconteceria se eu me olhasse no espelho agora. Quem estaria me encarando? Será que dei um salto para o futuro com aquela única lambida?

À noite, quando estou no quarto, tentando resolver uma questão do dever de casa, embora já tenha passado em muito a hora de dormir, recebo a primeira mensagem de texto de David.

David: Geralmente sou contra mandar mensagens, mas achei que poderia abrir uma exceção.

Eu: Estou honrada. Por que essa posição tão radical contra mensagens?

David: Tenho dificuldade em conceituar a ideia de palavras viajando dessa forma. E eu me preocupo que elas soem diferentes para mim do que soariam para você. Não sou bom com o tom.

Eu: Sei que sempre devo esperar uma resposta sincera de você. Mesmo assim, isso é surpreendente.

David: Quando você faz uma pergunta, você recebe uma resposta.

Pego o telefone e tiro uma *selfie*. De pijama e um coque no alto da cabeça, fazendo um joinha para ele. Está longe de ser uma foto bonita, mas acho que David ficaria ofendido se eu colocasse algum filtro. Pressiono "Enviar".

Eu: É mais fácil para você se nos comunicarmos por imagens?

Há uma longa pausa, e eu me pergunto o que pode estar acontecendo do outro lado do telefone. Será que a mãe acabou de entrar no quarto e perguntou por que ele ainda não foi dormir? Será que ele está olhando para minha foto, enjoado com a garota desgrenhada e gorda que vive ultrapassando os limites? Fico pensando em como eu me inclinei e lambi seu sorvete, e começo a odiar aquela pessoa, aquele eu de algumas horas atrás. Presunçosa e oferecida, quando eu não tinha a menor intenção de agir daquela forma com David. Eu não sabia que era possível gostar ainda menos de mim do que eu gostava pela manhã.

Espero por um minuto interminável.

David: 😊

David: Este foi meu primeiro emoticon. Ou emoji. Preciso olhar no Google para aprender a diferença.

Eu: Finalmente alguma coisa que eu sei, e você não!

David: Existe um monte de coisas que você sabe, e eu não. Você obviamente tem um QI social muito alto, por exemplo.

Eu: Obrigada, acho. Você obviamente tem um QI de verdade muito alto.

David: 168 da última vez que verifiquei.

Eu: Às vezes não consigo saber se você está brincando ou falando sério. Por que você não está dormindo ainda? Já é tarde.

David: Essa é outra coisa na qual não sou muito bom.

Eu: Nem eu. Principalmente nos últimos tempos.

David: O que você faz quando não consegue dormir?

Eu paro. Percebo que, se eu estivesse trocando mensagens com Gabriel, por exemplo, durante aquelas duas semanas que namoramos no ano passado, eu responderia algo casual. Uma resposta vazia. Talvez um *emoji* de uma ovelha fofa para sugerir contar carneirinhos. Ou algum GIF engraçado. Não haveria o menor incentivo para refletir de verdade.

Eu: Neste momento, dever de casa. Mas, em geral, fico pensando sobre o acidente e o que aconteceu com meu pai.

David: Por que você faz isso?

Paro de escrever de novo. Olho para meus dedos e me pergunto o que eles têm a dizer. Pareço agir por impulso perto de David. Nada premeditado. Quem é que lambe o sorvete de outra pessoa? Honestidade não é a melhor política.

Eu: Já apertou um machucado?

David: Claro.

Eu: Bem, é meio que isso.

Largo o celular, mas o pego de novo.

Eu: Mas também é como um quebra-cabeça. Quero entender quando tudo poderia ter sido impedido... Se é que poderia ter sido. Qual o último instante de frenagem para se evitar tudo? Na verdade, nada disso importa.

David: É claro que importa. É um círculo aberto. Odeio círculos abertos.

Eu: Eu também.

David: Posso ajudá-la a descobrir. Se você realmente quiser saber.

Eu: Será que você consegue?

David: Claro que sim. Não é ciência aeroespacial. É só física.

Abro a foto do Volvo destruído em meu telefone. Obrigo-me a olhar para a imagem, e meu corpo inteiro estremece. Então, fecho os olhos e pressiono "Enviar".

CAPÍTULO 11

# *DAVID*

No café da manhã, Miney aparece novamente com o pijama de pato. Ficou de mau humor porque minha mãe a acordou pela manhã, mesmo que ela seja legalmente uma adulta sem lugar algum onde precise estar. Os remédios de gripe que comprei estão fechados na bancada. Tem alguma coisa de errado com Miney, mas começo a achar que não se trata de nenhuma doença.

— Cuidado com a troca de mensagens. Ela pode acabar deixando você na friendzone — alerta ela.

— Não sei o que isso significa.

— Ela lambeu seu sorvete. Isso se chama flertar.

Miney surtou quando lhe contei isso. Ficava repetindo sem parar: *fala sério, fala sério* enquanto batia palmas. E eu respondia *é sério, é sério*, até ela acreditar em mim. Foi sua ideia que eu começasse a trocar mensagens com Kit, e sou obrigado a admitir que, agora que comecei, não consigo entender direito por que fui contra a ideia. Não preciso mais sofrer com o peso do silêncio ao traduzir o discurso das pessoas — do que dizem para o que querem dizer — e, então, esperar novamente enquanto processo qual é a resposta adequada. A tecnologia moderna encontrou uma solução brilhante para meus problemas sociais. Com a óbvia exceção de meus pais, Miney, Kit e Siri, cujas capacidades de comando por voz são muito úteis

110

quando estou dirigindo, se eu pudesse, só me comunicaria por texto a partir de agora; jamais voltaria a usar a fala.

— Você quer beijá-la, não é?

— O quê? — Perdi o fio da meada. Estava pensando que, se Kit me considerasse um amigo, então eu teria multiplicado meu estoque por dois. E, então, comecei a pensar na palavra *flertar*, e em como essa palavra soa como *flutuar*, o que me faz pensar em voar, e em asas de borboleta. E é claro que esse pensamento me leva novamente à teoria do caos e a minha compreensão de que eu quero ter mais informações sobre o assunto a fim de passá-las para Kit.

— Você quer beijá-la? — repete Miney.

— É claro que quero. Quem não iria querer beijar Kit?

— Eu é que não! — exclama Miney, imitando meu jeito quando respondo a perguntas retóricas. Embora sua intenção seja mais debochar que educar, isso demonstrou ser uma técnica deveras informativa para mostrar minha tendência a interpretar tudo literalmente demais. — Mamãe não quer beijar Kit. Não sei quanto a papai, mas duvido muito.

Meu pai nem levanta o olhar. Seu rosto está enterrado em um livro sobre os padrões migratórios dos pássaros. Pena que nossos interesses acadêmicos nunca são os mesmos. O café da manhã seria muito mais interessante se pudéssemos discutir nosso trabalho.

— Então, se você quer beijar Kit, isso significa que quer que ela enxergue você como um *cara de verdade* — continua Miney, apontando para mim com sua xícara de café. Está tomando puro. Talvez não haja nada de errado com Miney. Talvez só esteja cansada.

— Sou um *cara de verdade*. — Como minha própria irmã pode não me ver como um ser humano? Como algo diferente? — Eu tenho um pênis.

— E justo quando achei que a gente estivesse fazendo progressos, você vai e menciona seu pênis.

— Qual é o problema? Fato: eu tenho um pênis. Isso faz de mim um cara. Embora tecnicamente existam pessoas transexuais que possuem pênis, mas se veem como garotas.

— Por favor, pare de falar essa palavra.

— Que palavra? *Pênis*?

— É.

— O que você prefere? Membro? Peru? Pinto? Cacete? — pergunto. — Pau, talvez?

— Eu preferiria que não discutíssemos suas partes íntimas.

— Espere um pouco. Será que devo enviar uma mensagem para Kit e esclarecer que tenho, sim, partes íntimas do sexo masculino? — Pego o telefone e começo a digitar. — Querida Kit, só para esclarecer: eu tenho um pênis.

— Ai, meu Deus. Não envie essa mensagem. Sério. Pare agora mesmo. — Miney bate com a caneca de café e parece estar prestes a subir na mesa para tentar tomar o telefone.

— Ah! Você caiu direitinho! — Abro um sorriso, sentindo muito orgulho de mim mesmo por conseguir fazer outra piada.

— Quem é você? — pergunta Miney, mas ela está sorrindo também.

Admito que leva um segundo — ou quase — para eu desconectar seu tom confuso de sua expressão alegre, e eu quase digo em voz alta: *dã, eu sou o Dezinho*. Em vez disso, deixo a pergunta retórica sem resposta, exatamente como deve ser.


Quinto dia e Kit se senta novamente a minha mesa. Isso significa que ela se sentou comigo uma semana inteira. Cinco dias consecutivos. Isso me deixa muito satisfeito, uma sensação tão boa quanto desconhecida para mim, especialmente na escola.

— Só quero dizer uma coisa, e é meio constrangedor, mas acho que preciso tirar esse peso do peito — confessa Kit, e eu não consigo evitar olhar para seus seios. Ela tem seios pequenos, redondos e perfeitamente proporcionais. Já pensei em como ela seria sem a blusa, o que esconde sob o sutiã, que imagino ser tamanho 42, e preciso me esforçar muito para não pensar nisso no momento.

É claro que é desrespeitoso pensar nos seios de Kit quando ela está sentada bem a minha frente, tentando me dizer algo. Vou pensar neles mais tarde, quando não houver chances de ela descobrir.

— Sinto muito por ter lambido seu sorvete ontem. Acho que foi uma coisa, sei lá, meio inapropriada — diz ela.

— Não precisa se desculpar — respondo, me perguntando se ela deseja retirar o momento de flerte que aconteceu ontem, e uma pequena e imatura parte de mim quer berrar: *você não pode fazer isso!* — Estou disposto a compartilhar meu sorvete com você sempre que quiser.

Olho para a comida a minha frente — sanduíche de frango, um pacote de batatinhas, uma banana — e me pergunto se deveria lhe oferecer algo como um gesto de boa vontade. Gosto de dividir a comida com Kit. Faz com que eu ache que temos certa cumplicidade, uma palavra desprovida de significado até pouquíssimo tempo atrás.

— Tudo bem, então — concede ela.

— Tudo bem — repito, embora eu não faça ideia do que está bem.

— Você vai ficar orgulhoso de meu almoço. É excepcionalmente balanceado. — Kit pega uma sacola de papel da mochila e me mostra um pequeno pote de iogurte grego.

— Só isso? — pergunto, de repente preocupado com sua saúde. Preferia quando ela estava comendo demais. — Nada de sobras do jantar?

— Não. Jantamos cereal matinal ontem à noite. É como se minha mãe tivesse se esquecido de como se cozinha ou algo assim. Não que ela cozinhasse muito antes, sabe, *antes de tudo,* mas agora é, tipo, um banquete ou jejum lá em casa. Uma quantidade excessiva de comida de restaurante ou absolutamente nada.

— Você sabe como eles preparam o iogurte grego? — pergunto.

— Não sei e nem quero saber — responde ela, e o sorriso em meus lábios fica ainda maior. Gosto do fato de Kit me dizer sobre o que quer ou não falar. Isso me ajuda a não ficar discorrendo sobre coisas nas quais não tem o menor interesse, o que, de acordo com minha mãe e Miney, é um de meus maiores problemas: nem sempre percebo quando as pessoas não compartilham meu fascínio por alguns assuntos.

— Tudo bem, então — concordo, repetindo as palavras que ela usou antes, já que essa técnica costuma ser usada como gracejo em filmes. — Podemos falar sobre a teoria das cordas.

— Não. Também não quero falar sobre isso.

— Podemos começar o Projeto Acidente — sugiro, porque estou ansioso para ajudar Kit a compreender o que aconteceu com o pai. Li sobre os cinco estágios do luto e presumo que tal operação signifique que ela já passou a fase da negação.

— Não aqui. Não na escola.

— Tudo bem.

— Então, e aquele teste de história? Se me disser que foi fácil, vai ganhar um soco. — Penso em Kit me batendo, e não parece algo tão desagradável assim, porque significaria sua mão em meu rosto. Só nos tocamos duas vezes. Na segunda-

-feira, quando a ajudei a se levantar no estande de vendas, e ontem, quando ela passou seu braço pelo meu, na rua.

— Não foi difícil — respondo. E ela me bate. Bate mesmo. Ela se inclina sobre a mesa e dá tapinhas de brincadeira com a palma de sua mão.

Certa manhã de verão, quando eu tinha 4 anos, minha mãe me levou ao clube para nadar. Antes disso, eu tinha me recusado a entrar na piscina: crianças demais gritando e espirrando água, atirando cilindros de polietileno fluorescente de um lado para o outro — Miney os chamou de "macarrão", embora não fossem comestíveis nem inofensivos. Naquele dia, a piscina estava deserta, e eu usava Asas do Poder, as quais, infelizmente, não me conferiam nem o poder nem a habilidade de voar, estavam apertadas e eram estranhas. Eu reclamei, já imaginando as marcas avermelhadas em meus braços, mas, então, minha mãe segurou minha mão e nós entramos na piscina, e eu senti aquela primeira sensação de frio. De alguma forma, tive coragem de afundar o rosto na água, até cobrir os ouvidos, e o mundo ficou azul e foi sumindo e ficando abafado e, por fim, tudo ficou no mais completo silêncio.

*Este é meu lugar*, lembro-me de ter pensado. *Isto. Aqui. Onde tenho espaço para respirar, mesmo que não haja ar. Este é meu lugar.*

E é exatamente a mesma sensação quando a palma da mão de Kit toca meu rosto. Como nadar pela primeira vez na vida. Como descobrir a magia que existe na água. Como encontrar meu lugar.

## CAPÍTULO 12

# *KIT*

Percebi que os clichês existem por um motivo: eles são verdadeiros. E, sem dúvida, isto definitivamente é um clichê: *as pessoas só dão valor às coisas quando as perdem.*

Jack e eu estamos no quarto que meu pai usava para trabalhar — metade escritório metade refúgio — e que tem o cheiro de *antes*. Estamos procurando documentos. Uma apólice de seguro de vida, informações sobre a hipoteca (embora eu nem compreenda o conceito de hipoteca), senhas de contas bancárias. Todas as coisas importantes que, segundo Jack, estão, provavelmente, em uma única pasta. Minha mãe, claramente de volta ao estágio um, *negação,* ou talvez ao pré-estágio um, *bacon,* foi para o quarto, levando consigo vários produtos suínos. Ela nos deixou sozinhos nesse jogo masoquista.

Muitas lembranças aqui. Na escrivaninha de meu pai, vejo um porta-retratos com uma foto minha aos 8 anos, na Disney, segurando orgulhosamente um pirulito do tamanho da cabeça. Uma de meu pai comigo, ambos bem-arrumados para nosso baile de pais e filhas. Virei essa foto assim que entrei no cômodo para não ter de encará-la. Mais uma, dele com mamãe, na lua de mel, parecendo ridiculamente jovens e apaixonados, minha mãe ainda com os braços exibindo a elaborada pintura de hena do casamento, abraçando meu pai no alto de uma montanha. E, por fim, minha foto preferida de família, tirada no aniversário de 40 anos de minha mãe, e agora virada sobre a mesa: meu pai me segurando no colo, mesmo eu já tendo 10 anos, grande demais para ser carregada, e todos estamos rindo de uma piada que ele havia acabado de fazer: mamãe estava ficando velha demais para ele. Parecemos mais felizes que qualquer um teria o direito de ser.

Jack e eu não deveríamos violar este espaço sagrado, mas minha mãe precisa de nossa ajuda. Quando eu era pequena, implorava para brincar neste escritório, bem aqui no tapete bege aos pés de meu pai. Eu costumava prometer — *juro por Deus* — que ficaria quieta e que deixaria meu pai fazer suas coisas misteriosas. É claro que eu nunca mantinha a boca fechada. Eu fazia perguntas sem sentido — você sabia que o polvo tem sangue azul? Sabia que são os cavalos-marinhos machos que carregam seus filhotes? — apenas porque queria ouvir a voz de meu pai, acho.

Eu amava o som de sua voz: profundo e grave. O som de casa.

— Cavalos-marinhos podem carregar até dois mil bebês de cada vez, embora geralmente o número fique próximo de mil e quinhentos. E o sangue do polvo é azul porque tem uma proteína especial que os mantêm vivos em temperaturas extremas. Agora já para fora, Kitty Cat. Aqui não é lugar de crianças. — Costumava dizer meu pai, guiando-me porta afora.

Digo para mim mesma que está tudo bem em voltar aqui agora. Que não sou criança. Não mais.

E descobri que o sangue de meu pai não era azul nem vermelho, mas sim um marrom acobreado. Da cor das moedas sujas de um centavo.

★ ★ ★

Jack e eu trabalhamos em silêncio. Temos três sacolas: guardar, doar, lixo. De vez em quando, um de nós pega alguma coisa, como o coelho de prata que meu pai usava como peso de papel, e pergunta, com um encolher de ombros mudo, em que sacola colocar. *Guardar*, aponto mais vezes que deveria. Percebo que não tenho problemas de ficar em silêncio aqui agora. O aposento parece exigir isso.

Meus olhos se enchem de lágrimas quando encontro uma pasta marcada com meu nome. Lá dentro, há dez anos de todos os meus boletins, organizados cronologicamente, fotos de mamãe e eu, o diploma que me declarava semifinalista de mérito nacional, o projeto que fiz para a feira cultural no jardim de infância, quando desenhei minha família de mãos dadas e colori meu pai com lápis de cera cor-de-rosa e minha mãe com o marrom, e eu metade cor-de-rosa e metade marrom, dividida bem ao meio. Em minha testa, desenhei um *bindi* de árvore de Natal. O desenho virou uma piada de que meu lado esquerdo é indiano e sique, e meu direito é americano e episcopal.

— Prepare seu lado esquerdo — costumava brincar papai. — Sua mãe vai levá-la ao templo amanhã de manhã.

Este arquivo é a prova do que eu já sabia: nossa vida era muito boa. Talvez até perfeita.

E, então, em uma pasta comum, vejo um documento de cinco páginas digitadas em espaço simples. Leio. Deve haver algum erro. Isso não pode ser o que acho que é. Jack vê a expressão em meu rosto e se aproxima para ler por sobre meu ombro.

— Ah, merda! — pragueja Jack. — Você não deveria ler isso. Tipo, eu não sabia que ele... Kitty Cat, não leia isso...

— Meu nome não é Kitty Cat! — grito, embora isso não seja culpa de Jack, mas sim de meu pai.

No alto do documento estão escritas as palavras *Pedido de divórcio dos laços matrimoniais do casamento*. Até posso não ser legalmente adulta ainda, nem saber definir corretamente a palavra *hipoteca*, mas não sou burra. Sei o que isso significa. E sei muito bem o que a palavra grafada em negrito e sublinhada na seção "Motivo" significa: adultério.

Subo as escadas correndo, dois degraus por vez, e bato na porta de minha mãe.

— Mãe! — grito, e entro correndo antes de ela dar permissão. As lágrimas estão escorrendo por meu rosto, e eu me odeio por isso. Mantive o controle por cinco semanas, não deixei ninguém me ver chorando, e é isso que finalmente me derruba. Metade de meus amigos já passou por isso. Os pais de Annie são divorciados. Jack se divorciou de Katie. Casamentos acabam o tempo todo, mas jamais pensei que fosse acontecer com meus pais. Eles pareciam maiores que isso.

E, então, percebo que, ironicamente, não há nenhuma consequência real. Meu pai morreu. Não preciso lidar com duas casas nem com os complexos arranjos para fins de semana, ou as estranhas negociações para o feriado de Ação de Graças. Isso não muda em nada meu futuro.

Mesmo assim, muda tudo o que eu acreditava em relação a meu passado. Como me sinto em relação à pessoa que perdi.

— O que é isso? Papai a traiu, e vocês iam se divorciar? Como não fiquei sabendo de nada? Como puderam esconder isso de mim? — Enxugo o nariz na manga. Preciso parar de chorar, mas não consigo interromper o fluxo de lágrimas nem o tremor nos ombros. Entrego os papéis a minha mãe, mas ela se recusa a pegá-los.

— Kit, não é o que você está pensando. Não estávamos nos divorciando. Ainda estávamos conversando sobre tudo.

Seu pai e eu fazíamos terapia. Terapia de casal — revela ela, dando tapinhas na cama, como se achasse que eu me sentaria em uma situação dessas. Ela não está surpresa nem chorando. Na verdade, parece quase serena.

— Quando? Quando vocês iam à terapia de casal?

— Nas terças à noite. Não éramos muito fãs de *bridge*.

Eu costumava implicar com eles sobre o carteado semanal. Dizia que deveriam ter escolhido um jogo mais legal, como pôquer. E eles entravam na brincadeira. Sorriam, beijavam minha testa e diziam "Não fique acordada até muito tarde", já a caminho da porta. Na verdade, iam conversar com um terapeuta sobre o fato de meu pai ter dormido com outra mulher. Pedir a opinião de um especialista sobre a possibilidade de salvar o casamento ou não.

Tantas mentiras.

Semana passada, eu tinha sugerido que minha mãe voltasse a jogar *bridge*. Achei que seria bom para ela se encontrar com os amigos. Ela negou com a cabeça, triste, e respondeu "Eu não conseguiria sem seu pai".

Tudo mentira. Tudo mentira.

— Eu não sabia que ele tinha guardado os documentos — comenta minha mãe. — Não sei o que teria acontecido se ele não... — A voz de minha mãe falha, e eu quero gritar bem alto *se ele não tivesse morrido, se não tivesse morrido, mãe*, mas não faço isso.

— Mas ele traiu você. Como ele pôde...? — Minha voz falha, e eu recomeço: — Como ele pôde fazer isso com a gente?

— Calma, Kit. Ele não fez isso. Seu pai não me traiu.

— Eu não sou burra, mãe. Está dizendo aqui.

Aponto novamente para o documento que agora está no chão. Eu deveria ter ouvido as regras e não ter entrado no escritório de meu pai: *não é um lugar para crianças.* Fungando e com lágrimas no rosto por causa da pirraça, está claro para mim que eu não pertencia — e ainda não pertenço — àquele lugar. Nem mesmo agora. Nem mesmo depois de tudo.

— Ele não me traiu — repete ela.

— Mas mãe!

Ela suspira.

— Eu o traí.

Seu tom lembra o de David. Direto. Neutro. Factual. Exatamente como Siri ao me informar da previsão do tempo. Ela não está chorando, e penso no mês que passou, em todas as lágrimas e lamentos e nos milhares de lenços de papel usados, que ela largou pela casa em bolas úmidas e amassadas. Será que era tudo teatro para mim?

— Gosto de pensar que eu contaria a você. Em algum momento. Talvez quando fosse mais velha — confessa ela, meneando a cabeça. — Ou não. É melhor manter alguns erros em segredo.

— O quê? *Você* o traiu? Quando? Com quem? — pergunto. Isso com certeza não é o que quero saber, o que realmente quero saber é *por quê?* E *como você pôde?* E *O que eu faço agora?* Principalmente essa última.

Ela não responde. Tio Jack sobe a escada de dois em dois degraus e para bem na porta atrás de mim.

— Kit — diz ele, usando a mesma voz controlada que usou com minha mãe algumas noites atrás. Percebo agora por que ela saiu sem a menor paciência. É irritante.

— Isso não é de sua conta, tio Jack — declaro, e me viro novamente para minha mãe. Fico imaginando quanto tempo terei de esperar até que ela me conte a verdade. Provavelmente precisarei ficar aqui para sempre. Mas acontece que minha mãe não está olhando para mim. Está olhando por sobre meu ombro, encarando tio Jack, que meneia a cabeça para ela, apenas uma vez, tão rápido que quase não percebo.

*Ah, não*, penso. *Não, não, não.*

Porque agora estou entendendo tudo. Minha mãe não precisa dizer em voz alta.

Quando achei que as coisas não poderiam piorar, elas pioram. Como sempre acontece.

Era Jack.

Minha mãe teve um caso com tio Jack.

CAPÍTULO 13

# DAVID

Não sou mais invisível. Setenta e três por cento das pessoas que passaram por mim esta manhã pararam e ficaram me olhando e, em seguida, cochicharam com os amigos. Os restantes me olharam de cima a baixo, daquele jeito que eu só tinha visto em desenhos animados, quando o pescoço chega a se dobrar. Estou diferente. Meu cabelo está mais curto e repicado, em vez de caído no rosto. Minhas roupas se parecem mais com as dos caras populares da escola.

Tento não pensar sobre a dobra aleatória em minha canela esquerda ou que a calça jeans está apertada e se curva nos lugares errados. A cada passo que dou, sinto saudade de minhas três calças cargo idênticas, que eu revezava diariamente nos últimos dois anos. Consigo sentir o cheiro de meu novo gel de cabelo, que é de coco e não é totalmente ruim, desde que eu não precise tocar na textura grudenta. Miney aplicou pela manhã, usando um dosador, e eu filmei o processo para conseguir repeti-lo de forma idêntica quando ela voltar para a faculdade.

— Nossa, Dezinho. Não acredito que você não me deixou fazer isso antes — declarou Miney no café da manhã, depois que desci, então, diante da insistência de minha mãe, fiquei parado para que ambas pudessem analisar minha nova versão.

— As meninas vão comer na palma de sua mão — acrescentou minha mãe.

Enquanto caminho pelo corredor, penso em todas aquelas montagens em filmes adolescentes nas quais o personagem principal, invariavelmente uma garota, experimenta um número exagerado de vestidos e chapéus, fecha e abre a porta dos provadores, acompanhando o ritmo da música e, então, finalmente, surge supostamente transformada por algo tão simples quanto um novo penteado ou um vestido mais justinho. O que nunca entendi foi o motivo de os rapazes sempre ficarem chocados quando veem a transformação pela primeira vez, como se as garotas já não fossem bonitas apesar das roupas andrógenas e largas. Será que os roteiristas acham que os adolescentes não têm o menor poder de imaginação? Pelo menos para mim, o oposto é verdadeiro. Tenho quase certeza de que sei a aparência exata do corpo nu de Kit.

Apesar dos esforços de Miney, não me sinto transformado. Não consigo imaginar Kit aos pés da escada olhando para mim boquiaberta. E certamente a ideia de ter alguém comendo em minha mão, como um bode no zoológico, me enoja. Será que as pessoas realmente fazem isso?

— Uau, *señor* Drucker — admira-se Abby, quando entro na aula de espanhol. Estou com os fones de ouvido, mas a música está desligada para o caso de eu me encontrar com Kit, que não estava no estacionamento às 7h57, como eu esperara, e até agora tinha perdido as aulas da manhã. É a segunda vez em todos os meus anos no Ensino Médio que Abby falou comigo, a primeira tendo ocorrido há quatro dias, quando esbarrei em Jessica e ela me chamou de esquisito. Não sei se está debochando de mim, então a ignoro. Além disso, não consigo me comunicar com alguém tão perfumada.

— Ele parece outra pessoa — declara Willow. Será que ela me acha incapaz de ouvir por causa dos fones ou será que simplesmente não se importa? — Tipo, *como assim?* Repito a inflexão em minha mente, o jeito que enfatiza as palavras *como assim*. Depois, vou reproduzir para Miney a fim de que ela possa traduzir seu sentido.

— *Lo siento* — desculpa-se Kit para *señora* Rubenstein, quando ela finalmente entra na sala, 13 minutos depois do sinal. — *Problemo* com o carro.

Kit está novamente usando a grande camisa branca de algodão com botões, e seu cabelo está preso no estilo bagunçado que usou na segunda-feira, embora esteja retorcido em um coque no formato de um *bagel*, em vez de no usual rabo de cavalo. Seu rosto parece inchado, como se tivesse acabado de acordar. Estou quatro cadeiras atrás, então analiso a parte de trás de seu pescoço. Ela tem um pequeno sinal de nascença redondo na base da nuca, preciso, como se fosse o final perfeito para uma sentença refinada. Não confio em mim mesmo para lembrar das dimensões exatas mais tarde, então pego o caderno e começo a desenhar.

— Vejo que cortou o cabelo, *señor* Drucker — declara a *señora* Rubenstein em espanhol, sem um motivo que eu possa decifrar, e, a princípio, não me preocupo em olhar para a frente. Acabei de desenhar as curvas da clavícula de Kit e quero que fiquem perfeitas. — *Señor* Drucker, *presta atención.*

— *Sí* — respondo, erguendo a cabeça, e me deparo com toda a turma olhando para mim. Ignoro a *señora* Rubenstein e as batidas de seu pé no chão e todos os rostos curiosos e olho diretamente para Kit a fim de tentar o impossível e ler a expressão em seu rosto. Ela ergue a sobrancelha direita, aproximadamente um milímetro, mantém os lábios em uma linha reta e implacável e, então, se vira para a frente da sala. Seus olhos estão vermelhos como os de Miney. Talvez haja um surto de conjuntivite. — *Sí, tengo un corte de cabello.*

De alguma forma, *señora* Rubenstein usa meu corte de cabelo para entrar no assunto de costumes e cultura espanhóis, uma conexão totalmente ilógica e estranha, mas ninguém parece se importar. Kit fica olhando para a frente, com o pescoço ereto, e não desvia o olhar.

Claramente odiou meu novo corte de cabelo.

Talvez ela me odeie.

Continuo desenhando. Desse modo, pelo menos, tenho uma pequena parte dela para mais tarde.

Depois que a aula termina, me pego andando ao lado de José, e, antes que consiga colocar os fones de ouvido, ele começa a fazer um monte de perguntas.

— O que você está usando? — pergunta ele. Como agora estamos na mesma equipe, ele presume que devamos aderir a delicadezas sociais, ou seja, conversa-fiada. Gostaria de dissuadi-lo educadamente de tal noção.

— Roupas.

— Onde você comprou?

— No shopping.

— Será que poderia ser mais específico?

— Por quê?

— Porque gostaria de comprar algumas para mim também. As garotas estão falando sobre você.

— Foi minha irmã quem escolheu.

— Sua irmã é gata.

— Não sei como isso é relevante.

— Bem, será que ela poderia escolher algumas roupas para mim?

— Acho que poderia, mas não o faria.

— Não se esqueça de que temos uma reunião amanhã depois da escola.

— Eu nunca me esqueço de nada.

— Nem eu. Bem, obviamente eu não me lembro de tudo, mas de quase tudo. Minha lembrança mais antiga é de quando eu tinha 2 anos e cinco meses. Qual sua lembrança mais antiga?

— Tenho de pensar sobre isso.

— Foi muito caro?

— O quê?

— Suas roupas.

— Defina "caro" — peço e, então, José me surpreende. Porque é exatamente isso que ele faz. Ele define a palavra *caro* com uma especificidade impressionante.

Disse a mim mesmo que poderia, secretamente, chamar a mesa de almoço de nossa mesa se seguíssemos para a segunda semana de compartilhamento; e aqui estamos nós: semana dois, dia um.

— *Muy guapo* — elogia Kit, apontando para a própria cabeça. Eu me obrigo a fazer contato visual, mas vejo muitas informações em seus olhos. Tentar desvendar tudo ao mesmo tempo diminui em muito minha velocidade de processamento.

— Hã?

— Seu corte de cabelo. *Muy guapo*.

Não preciso de Miney para traduzir isso para mim. *Muy guapo*, é claro, é "muito bonito" em espanhol. Estou muito feliz por não ter optado por latim, que cheguei a considerar, pois seria muito útil caso um dia eu optasse pela faculdade de medicina.

— Obrigado. Ou melhor: *gracias*.

Suas pupilas se dilatam e se contraem ao mesmo tempo, como um exercício de resistência. Eu desisto e olho para sua clavícula. Para a constelação circular de sardas.

— Como se sente? — pergunta ela.

— Como me sinto sobre o quê?

Ela não responde, mas faz um gesto do alto da cabeça até os pés.

— Acho que é estranho ter tão menos cabelo, e sinto saudade de minhas roupas antigas. Essas são um pouco duras. Mas Miney diz que já estava na hora e que mudar é bom. Não sei bem se concordo com ela nesse último ponto.

— Você está tão... diferente — comenta Kit.

— É mesmo? — pergunto, o que é idiota, uma vez que eu sei o quanto estou diferente. O que quero perguntar é: *você gostou?*

— Quase não te reconheci. Você parece uma pessoa totalmente diferente. Não que você fosse feio antes. Não é isso que estou dizendo.

— Eu entendi — respondo.

— Você só está... bonito. Muito bonito. Tipo, totalmente diferente. Deixe pra lá. Vou parar de falar.

Olho para ela novamente, e nossos olhares se encontram; dessa vez, decido enfrentar o desconforto e sustento seu olhar. Ela sorri, mas tenho quase certeza de que é um sorriso triste, porque quero que ela pare de fazer isso. Ela fica toda séria novamente.

— Você está bem? — pergunto.

— Sinceramente? Não sei — responde ela. — Além disso, esqueci de preparar meu almoço.

Empurro dois de meus pratinhos — um biscoito e uma maçã — antes de ter a ideia. Essa é a oportunidade sobre a qual Miney vem falando. Eu deveria convidar Kit para comer alguma coisa depois da aula. Isso "manteria o momento", que Miney afirma ser necessário caso eu queira os lábios de Kit pressionados contra os meus. Que é o que eu quero. Muito.

— Você quer...? — Não consigo terminar a pergunta.

Não consigo dizer *você quer ir à lanchonete comigo depois da aula?* Porque Justin simplesmente atravessa a cantina e pula na cadeira ao lado de Kit. Sua chegada é como uma invasão alienígena. Não, pior: uma bomba nuclear.

— Cara, que susto! — reclama Kit.

Não digo nada porque não gosto de falar perto de Justin. Minha experiência passada demonstrou que nada de bom pode sair daí. Não se passa nem um segundo, e Gabriel está aqui também, porque os dois têm essa relação estranha e simbiótica. Uma anêmona e um caranguejo-eremita. Um não funciona sem o outro.

— Legal seu corte de cabelo — elogia Gabriel, estendendo a mão em direção a minha cabeça. Eu me encolho e me afasto. — Por um instante achei que você fosse sua irmã.

Estou prestes a agradecer, porque minha irmã é universalmente reconhecida como uma pessoa atraente, mas me contenho. É claro que ele não está me elogiando. Ouço a voz de Miney em minha cabeça. *Lembre-se sempre de com quem está falando. Sempre pare e examine o contexto.*

— Pare com isso — ordena Kit, inclinando-se e pegando minha maçã. Ela dá uma mordida grande, como se quisesse provar alguma coisa. Talvez que eu e ela dividimos nossa comida às vezes.

— O que é isso: *Esquadrão da Moda: edição para retardados?*

— pergunta Justin, batendo a mão na de Gabriel em uma comemoração exagerada.

— Vocês dois são idiotas — declara Kit. E eu não me sinto confortável com o rumo que as coisas parecem tomar. Não quero que ela me veja como o tipo de pessoa que precisa de proteção. Não preciso.

Depois do Incidente dos Armários, novamente irrelevante para as circunstâncias, meu pai pendurou um saco de areia no porão e me ensinou boxe. Disse que eu era obviamente igual a ele, que a escola seria difícil para mim e que, em algum ponto, eu seria obrigado a me defender. Desde aquele dia, dedico 14 horas semanais aos exercícios físicos e ao treino de defesa pessoal, e já me interessei por diversas artes marciais. Sei que, se fosse obrigado, eu acabaria com os dois. Estou dizendo isso com toda certeza. Quando estudei kung fu, aprendi um golpe que envolve um chute capaz de deixar o oponente de cara no chão.

— Vocês poderiam nos dar licença? Estávamos conversando — peço, voltando a atenção para Kit; talvez a frase que minha mãe costumava me dizer quando eu era criança finalmente virasse verdade: *se os ignorar, eles irão embora*.

Não, nada mudou. Não funcionava na época. Não funcionou agora.

— Vocês poderiam nos dar licença? — repete Justin, imitando o que eu disse, mas usando um sotaque artificial e forçado, o que não faz o menor sentido. Eu obviamente não tenho um sotaque diferente. Nós estudamos juntos desde o jardim de infância. Em *Nova Jérsei*.

— Vão embora — pede Kit. — Realmente não estou a fim de lidar com vocês hoje.

— Relaxe. A gente só veio dar um oi. Sentimos sua falta, menina — declara Gabriel, sorrindo. Como se ele e Kit fossem melhores amigos. O que não acredito que sejam, apesar do fato de terem andado de mãos dadas naquelas duas semanas e oito ocasiões diferentes no ano passado.

Penso em como seria a sensação de segurar a mão de Kit. Concluo que seria exatamente o oposto da sensação de minha calça nova.

Algumas palavras são trocadas — Justin diz alguma coisa para Kit, Kit responde —, mas não presto atenção. Observo a parte de trás de minha garrafa de água. Eu os relego ao ruído de fundo. Penso na época do Ensino Fundamental, em todas aquelas vezes que fiz exatamente o que Justin me pediu. Puxar o sutiã da professora. Baixar minha calça. E outras coisas que não vou mencionar aqui. No sétimo ano, fiquei tão lisonjeado com sua atenção, com o fato de que, quando eu estava com ele, conseguíamos fazer os outros rirem. Pensei que fôssemos melhores amigos.

Pensei um monte de coisas que não eram verdade na época. Pego meu caderno e coloco ao lado do prato. Esfrego a mão na capa. Não vou abri-lo aqui, mas ter as regras de Miney por perto me ajuda. Justin e Gabriel estão no alto da lista de Pessoas Não Confiáveis. Isso é tudo de que eu preciso me lembrar.

*Regra nº 1: não se misture com as pessoas da lista de PNC.*

*Regra nº 2: não se misture com as pessoas da lista de PNC.*

*Regra nº 3: não se misture com as pessoas da lista de PNC.*

Miney colocou a regra três vezes, frisando como isso é mais importante que seu último decreto: não falar com uma garota sobre seu peso.

Por fim, Justin se levanta, como se estivesse prestes a ir embora, e sinto um alívio no peito. Mas eu já deveria saber. Minha lista de Encontros Dignos de Nota demonstra que jamais saí de uma conversa com ele sem me dar mal. Ele se inclina e cochicha em meu ouvido, com a mão firmemente plantada em minha cabeça:

— Você pode ter cortado o cabelo, mas ainda é o esquisitão — diz ele, com sua língua tão próxima de meu ouvido que consigo sentir seu hálito úmido e nojento. Cerro os punhos. Quero me virar e dar um soco bem na cara.

Ele não tem o direito de tocar em mim.

Sei que, se eu o acertar, haverá consequências, como sempre com Justin. Suspensão ou detenção, observações em meu arquivo pessoal. O tipo de coisa que poderia atrapalhar minhas chances de entrar em uma boa faculdade. Antes de Kit começar a se sentar comigo para almoçar, era tudo no que eu pensava. Que um dia eu poderia sair de Mapleview e ir para uma boa faculdade, onde eu começaria do zero. Onde ninguém saberia nada sobre meus erros.

Além disso, se eu bater em Justin, existe uma boa chance de quebrar seu nariz, e, se isso acontecer, vou ficar com sangue, células epiteliais e DNA em minhas mãos. Não quero isso. É nojento.

Então, eu me concentro em Kit. Ignoro meus instintos e olho diretamente em seus olhos.

Falo com ela em minha mente: *por favor, você sabe que sou melhor que eles. Fique comigo. Fique comigo.*

Ela olha diretamente em meus olhos, embora eu não faça a menor ideia do que ela está tentando dizer. Nunca sei o que estão dizendo.

É só um instante depois, durante a aula de física avançada, que percebo exatamente o que aquele contato visual me custou. Enquanto eu estava ocupado encarando Kit, Justin pegou meu caderno.

# CAPÍTULO 14

## *KIT*

Então agora todo mundo sabe: David Drucker é gato. Quando você olha para ele, olha pra valer, o que fiz pela primeira vez na arquibancada, fica tão óbvio que você se surpreende por não ter notado antes. Como uma daquelas estranhas ilusões de óptica que minha mãe gosta de me mostrar no Facebook.

— É por isso que tem almoçado com ele? Você sabia que ele era, tipo, supergato por baixo de todo aquele cabelo? — pergunta Annie. Ela e Violet exibem tanta animação com a descoberta da beleza de David que praticamente vibram. Estamos no intervalo entre aulas, paradas no lugar de sempre diante de meu armário. Um monte de gente passa por nós pelo corredor. Nego com a cabeça. — Acho que isso não deveria ser nenhuma surpresa... Lauren Drucker é tão linda que chega a ser injusto. Mesmo assim. David?

Para ser sincera, não sei bem o que pensar em relação à transformação de David. Ele agora parece, de alguma forma, menos meu. Como se tivesse exposto o que antes era algo pequeno e particular, um segredo nosso, para o resto da escola. Um corte de cabelo e agora Gabriel e Justin estão nos incomodando na hora do almoço.

Quero que todo mundo nos deixe em paz.

— Só acho que ele é interessante — declaro. Escolhi a mesa de David por causa do silêncio e refúgio. Comecei a voltar porque acabei gostando de estar perto dele, mesmo que eu não saiba bem o porquê.

Acho que não estou sendo justa em relação a sua nova aparência. Que bom para ele que as outras garotas agora notaram sua existência. Que seu mundo vai ficar maior. Não é sua culpa que eu esteja desesperada em manter o meu tão pequeno.

— Tão interessante quanto os irmãos Hemsworth — opina Violet.

— De qualquer forma, ele continua sendo esquisito — comenta Annie.

— Um tipo bom de esquisito — determino, e elas olham para mim como se eu tivesse enlouquecido.

E talvez tenha mesmo, embora não por causa de David Drucker. Considero contar tudo para minhas amigas. Finalmente ser sincera. Contar toda a história desse pesadelo do início ao fim. Mas não consigo. Existem palavras que não podem ser ditas em voz alta. Não sei como explicar que passei o fim de semana no quarto porque minha mãe e eu não estamos nos falando. Que minha mãe traiu meu pai e teve um *caso* — uma palavra que eu odeio por parecer tão inofensiva, como se ela tivesse dado uma festa, e não transado com o melhor amigo de meu pai. Não entendo como nada nas últimas cinco semanas realmente aconteceu.

Ainda não parece real. Fico repassando tudo em minha mente, como se, em algum momento, fosse fazer sentido. Minha mãe transou, provavelmente várias vezes, com Jack. Quando meu pai descobriu, ficou destruído e estava planejando deixá-la, ou nos deixar. Não sei. Agora ele está morto. Os dois primeiros fatos não estão relacionados com o terceiro.

Mesmo assim, estão misturados para sempre em minha mente, que fica repassando esses fatos de forma contínua.

Uma tragédia tripla.

Talvez eu devesse simplesmente pronunciar as palavras em voz alta: *não tenho mais um pai e uma mãe*.

Resumiria bem as coisas.

Até recentemente, eu me considerava uma exceção: tinha uma família feliz. Não entendo o que me sobrou agora.

Sei que estou sendo melodramática. Afinal de contas, tenho certeza de que o pai de Annie traiu a mãe, e ela não teve um colapso nervoso. Seu pai foi morar com a assistente na mesma semana que saiu de casa, e, embora Annie ainda fique puta da vida com tudo o que aconteceu, ela aceita os presentes comprados por ele para aplacar a culpa e fica em sua casa nova, em fins de semana alternados. Diz que as coisas não são tão ruins assim.

Será que é diferente quando é a mãe que trai? Não deveria ser. Mesmo assim, não sei. Estou com tanta raiva de minha mãe que cheguei a socar a parede ontem à noite. Os nós de meus dedos estão machucados e vermelhos. Não doem tanto quanto eu gostaria. Parece ser o paradoxo do luto: tem tanta dor envolvida, mas, às vezes, quando preciso senti-la, ela não é suficiente.

— Ele já a convidou para o baile? — pergunta Annie, mas estou tão perdida em meus pensamentos que não respondo. Estou imaginando papai descobrindo sobre minha mãe e Jack. Como essa terrível cena aconteceu? E as lágrimas dos dois no enterro eram sinceras? Seriam lágrimas de tristeza ou culpa?

Minha mãe bateu em minha porta um monte de vezes durante o fim de semana, e novamente esta manhã, quando não levantei na hora para a escola. Eu a ignorei. Ela também enviou mensagens de texto. Variações de: *me deixe explicar*.

*Podemos conversar? Sinto muito.* Fico imaginando se ela mandou esse mesmo tipo de mensagem para meu pai antes de ele morrer.

*Sinto muito. Sinto muito. Sinto muito.*

Eu olharia seu telefone, mas ele se foi, como todo o resto. Pulverizado.

Ou, talvez, eu esteja vendo a história de forma completamente equivocada. Talvez mamãe estivesse doida para se separar de meu pai e começar uma vida totalmente nova. Nas últimas cinco semanas, descobri que minha mãe tem uma relação complicada com a verdade. Nenhuma mentira é grande demais. Ela mentirá sobre *qualquer coisa*.

— O quê? Quem?

— David Drucker? Baile? — repete Annie.

— Claro que não. Eu não vou. — Violet me lança um olhar preocupado. Eu a ignoro. Ela está esperando que eu retome nossos antigos planos. Que eu volte para a Terra da Normalidade. Não sei como dizer a ela que nunca mais vou voltar.

— Primeiro você, tipo, abandonou todo o lance de ser editora-chefe, e agora você nem ao menos vai ao baile? — pergunta Violet.

Não respondo porque isso nem parece ser uma pergunta.

— Sei que tem sido difícil e tudo mais, mas você precisa pelo menos tentar se divertir um pouco — aconselha Violet.

Dou de ombros, porque o baile não parece nem um pouco divertido. Parece mais uma tortura.

— Quero que Gabe me convide — diz Annie, como se aquilo fosse um segredo, e Violet e eu fingimos que ainda não sabíamos disso. Que não ficara óbvio nos últimos meses. É isso que boas amigas fazem.

Ou talvez não. Talvez eu devesse simplesmente usar o exemplo de David e dizer de forma direta: Gabriel é um idiota. Annie, você merece coisa muito melhor. Muito melhor mesmo. Gabriel é o equivalente humano de um *insira aqui elemento genérico de um garoto quase popular, mas nem tanto*. Não há nada particularmente interessante nem atraente nele. Mesmo quando ele é grosseiro, como foi com David hoje, ele é chato e nem um pouco original. Gabriel consegue tudo só por estar perto de Justin, que, apesar de também ser idiota, pelo menos é inteligente.

— Por que você não o convida? — sugiro. Decido que isso parece uma boa alternativa. Um jeito de lhe devolver o controle da situação. Se ele disser não, dane-se ele. A vida é curta e cruel, e a gente não deveria desperdiçar nenhum segundo nos preocupando com coisas idiotas, como bailes da escola. É claro que sim, Annie deveria convidar Gabriel para o baile. E eu deveria... Eu deveria fazer o quê? Sair de casa? Nunca mais falar com minha mãe? Beijar David Drucker? Me matar?

Não tenho coragem suficiente para nada disso. Só para me sentar a uma mesa tranquila na hora do almoço, me esconder no quarto, fingir para minhas amigas por dez minutos de cada vez que tudo está bem... que eu estou bem.

— Não quero apenas ir com ele. Quero que ele me convide, né? — argumenta Annie, bisbilhotando meu armário. Como se a profundeza escura e sem decorações fosse lhe dizer alguma coisa. — Não importa. Aposto que ele vai convidar Willow.

— Estou meio de saco cheio daquelas garotas — declara Violet.

— Eu também — concorda Annie. — Kit, elas aparecem no Pizza Palace todos os dias agora, e agem como se a gente nem estivesse lá. Como se Justin e Gabriel fossem apenas seus amigos. — Parece que a simples menção às meninas faz com que apareçam do nada, e Willow, Jessica e Abby passam por nós. Elas não dão oi, apenas fazem um aceno simultâneo com a mão. Como se tivessem ensaiado o gesto. Annie, Violet e eu costumávamos ter esse tipo de sintonia, acho. Mas não mais. Também minha culpa.

— Eu as ouvi falando sobre David Drucker — confidencia Violet, interrompendo meus pensamentos.

— Todo mundo está falando sobre D.D. É como o estão chamando agora. D.D. — explica Annie. Nem pergunto quem o está chamando assim. Novamente, parece que ela faz algum tipo de magia, porque, de repente, David aparece. Ele passa usando o fone de ouvido. Seu olhar fixo no caminho à frente. Ele não nos vê. Está obviamente imerso no próprio mundo. Então, posso olhar para ele sem me preocupar em ser flagrada. Seu casaco de moletom está esticado sobre os ombros largos, e ele é musculoso. Ele também é cheiroso. David é cítrico. Fresco. Doce.

— Aquilo é o contorno de um tanquinho? — pergunto.

— Jamais notei antes — comenta Violet.

— Gostoso — acrescenta Annie, depois que ele passa, os olhos agora fixos no traseiro de David, que está bem definido na calça jeans perfeita. — Simplesmente. Gostoso.

Meu telefone vibra na aula de física, e eu o pego discretamente na mochila, checando a tela embaixo da mesa.

David: Está ocupada depois da aula?

Olho para ele. Por um instante esqueço que está diferente, e sinto um sobressalto de novo. Sinto um aperto no estômago. Annie não está errada. Ele é gostoso.

Eu: Não. O que você tem em mente?

David: Primeiro precisamos alimentá-la.

Eu: OK.

David: Depois a gente começa o Projeto Acidente, como tínhamos combinado.

Certo, o Projeto Acidente. A ideia de David de me ajudar a compreender as coisas. Será que existe algum grupo de Masoquistas Anônimos? Porque eu claramente preciso frequentar seus encontros.

Olho para o Sr. Schmidt. Não quero ouvi-lo falar sobre a terceira lei de Newton enquanto observo e espero o pedaço de sardinha preso em seu bigode cair. Prefiro muito mais sair da aula e comer alguma coisa com David e, sim, dar início ao Projeto Acidente, por mais insano que isso pareça.

Eu: Vamos agora.

David: Agora? Mas... a aula de física.

Levanto a mão, um movimento impulsivo, e falo sem esperar pela autorização do Sr. Schmidt.

— Preciso ir à enfermaria — afirmo, como se não estivesse pedindo autorização. Guardo os livros e o computador e saio da sala, meu cérebro ainda não está acompanhando as pernas.

Melhor começar a fazer um bom uso de minha curta vida.

Deixo nas mãos de David a decisão de me seguir ou não.

## CAPÍTULO 15

# *DAVID*

Se eu não tivesse concordado com a transformação de Miney, poderia simplesmente ter saído. Passado pela porta sem ninguém notar. Agora, por causa das roupas novas e do corte de cabelo, preciso pensar em uma desculpa, uma *mentira*, porque perdi minha capa da invisibilidade. É claro que vou atrás de Kit. Sem a menor sombra de dúvida. Não há como eu ficar e terminar os 42 minutos restantes desta aula olhando com tristeza para sua cadeira vazia. Além disso, Gabriel está sentado a meu lado em toda a sua glória olfativa, e eu nem consigo me obrigar a perguntar sobre meu caderno desaparecido. Sumiu. Desapareceu. Eu o sinto por perto, porém, como um membro fantasma. Decidi não me preocupar. Provavelmente eles vão ler a primeira página, notar que não está cheio de anotações de história ou física e me devolver. Sem problemas.

— Sr. Schmidt? Eu preciso... — Faço uma observação mental para pensar na desculpa antes de levantar a mão. Ele está olhando para mim. Não, não apenas o Sr. Schmidt, mas a turma toda. De novo. — Preciso esvaziar meu intestino.

Falo em voz alta e de forma confiante, pois Miney diz que é a chave para uma boa mentira. Aparentar que acredita no que diz. Seguem-se risadas, mas com uma qualidade diferente da usual. Não parece o som de vidro quebrado. Parece colaborativa. Seria isso o resultado de um corte de cabelo e roupas novas? Não. Até posso não gostar de meus colegas, mas eles não podem ser tão burros a ponto de mudarem a opinião que têm de mim por causa de algo tão irrelevante quanto minha aparência.

— Informações demais — responde o Sr. Schmidt, usando a expressão do momento, que não faz o menor sentido para mim; minha definição de etos é que nunca há informação suficiente. É por isso que alguém fica mais inteligente. — Pode ir, Sr. Drucker.

Ele aponta para a porta, e, embora isso não se encaixe em minha desculpa — sou um péssimo mentiroso —, coloco a mochila nas costas e saio correndo.

Encontro Kit no estacionamento, parada no meio do caminho com a cabeça para trás e os braços abertos.

— Está nevando — comenta ela. — Acredita?

Concordo com a cabeça porque acredito. Noite passada, quando verifiquei o aplicativo de previsão do tempo, fui informado de que havia 72 por cento de chance de precipitação entre uma e cinco horas da tarde. Está menos três graus.

— Sinto muito por obrigá-lo a matar aula. Só pensei que... — Ela não termina a frase, deixa apenas as palavras pairando ali, até se diluírem no ar. Sublimadas em outra forma, como água em neve. Estendo uma das mãos e pego um floco antes que pouse em seu rosto.

— Sabia que não é matematicamente impossível que dois flocos de neve sejam idênticos? Eles são formados por um quintilhão de moléculas que se organizam em diversas geometrias, então é apenas altamente improvável.

— Um quintilhão?

— Imagine o algarismo um e acrescente 18 zeros. — Ela dá de ombros, e acho que ela não tentou imaginar. O que é uma pena, porque a imagem de um quintilhão é exatamente como um verso de poesia. — A questão é que é totalmente possível. Improvável, é claro. As chances são de uma em um gazilhão. Que não é um número de verdade, mas uma hipérbole para mostrar o grau de improbabilidade, mas você entendeu. É *possível*.

Olho para a neve caindo. Fico imaginando se algum desses flocos tem algum gêmeo em outro lugar, se algum deles, de alguma forma, desafiou as probabilidades. Aqui está uma coisa sobre fazer um amigo que eu não entendia antes de começar a conversar com Kit; eles ampliam seu mundo. Abrem possibilidades que antes você não concebia.

Antes de Kit, eu jamais usava a palavra *solitário*, embora ela fosse a definição do que eu era. Minha mente parecia cheia demais, totalmente ocupada por uma única voz. Não gosto de excesso de barulho, luz ou cheiros, que são subprodutos inevitáveis da interação humana, mesmo assim, minha consciência — que espero que sobreviva a minha inevitável morte — ainda anseia por uma ligação pessoal. Da mesma forma que todo mundo.

É física básica, na verdade. Todos nós precisamos de uma força equivalente e oposta.

Kit fica me encarando, e retribuo o olhar. O contato visual direto é como aquela dor de cabeça de quando você toma algo muito gelado. É intensa demais e rápida demais. Cortante e desagradável. Com Kit, parece os primeiros segundos de uma montanha-russa, uma força gravitacional, sem escapatória, emoção pura.

Estou nervoso. Continuo falando:

— Existe algo de reconfortante nesse pensamento, não é? Que até mesmo algo louco, como dois flocos de neve idênticos, possa realmente acontecer? Penso nisso às vezes, quando estou chateado. — Ela dá um de seus sorrisos perfeitos, que não é perfeito de verdade. O terceiro dente da esquerda está ligeiramente lascado. Mas é literalmente de tirar o fôlego, então paro de falar porque não quero ter um ataque de asma.

— Está tudo uma merda agora — declara ela, sorrindo mesmo assim. — Nem consigo descrever o quanto tudo está péssimo.

Assinto. Não há palavras diante disso. Quero que seu discurso combine com a expressão de seu rosto, talvez em um grau menor ou vice-versa. Uma lágrima lhe escorre pelo canto do olho, e ela a enxuga bem depressa.

— Mas vou considerar isso uma boa notícia. O lance dos flocos de neve — continua Kit. — Então, obrigada.

— Vamos a pé? — pergunto, porque de repente não quero entrar em um carro. Quero ficar do lado de fora, sob a neve leve e tranquila. Quero ficar ao lado de Kit enquanto ela se protege do vento e eu ouço o som baixo da neve caindo em seu casaco.

— Sim, por favor — responde ela, e, então, como se fosse a coisa mais natural do mundo, como se fizéssemos isso o tempo todo, ela entrelaça os dedos nos meus.


Ficamos de mãos dadas por dois minutos e 29 segundos, mas, quando viramos no Clancy Boulevard, paramos, e eu gostaria de saber quem soltou a mão do outro primeiro. Será que eu me distraí contando os segundos e acidentalmente reduzi a pressão, sinalizando, dessa forma, o desejo de soltá-la? Eu não sei. Há 92 por cento de chance de ter sido Kit. Gostei da sensação de sua mão na minha. Seus dedos são mais longos do que eu imaginei, o peso coletivo de uma pata de cachorro. Penso em como seria beijá-la, de passar a ponta do dedo no grupo de pintas em sua clavícula, de não me preocupar com nossos limites físicos. Imagino que seria como dividir um átomo, uma destilação das partes componentes. Tudo pequeno o suficiente para se contar. Tudo tão perfeito e eterno quanto o número *pi*.

— Você está quieto hoje — comenta Kit. Não falamos há dois minutos e 29 segundos. É difícil conversar de mãos dadas. Isso seria uma sobrecarga do sistema.

— Só estava pensando — respondo.

— Eu também. Gostaria de não fazer tanto isso.

— O quê?

— Pensar. — Olho e vejo que o rosto de Kit está molhado. Da neve? De lágrimas? Será que ela estava chorando desde que saímos da escola?

— Você está triste — constato, e me vem à mente que é inteiramente possível, provável até, que eu tenha tido os dois minutos e 29 segundos mais felizes de minha vida enquanto Kit chorava.

Não, eu estava errado: nunca haverá dois flocos de neve idênticos, e eu vou estar para sempre fora de sincronia com o resto do mundo.

Olho para o pequeno centro comercial do outro lado da rua, porque não quero ver o rosto de Kit. O centro comercial é uma zona livre de emoções. Uma padaria, uma lavanderia, uma loja de bebidas, uma loja de coisas inúteis, como miniaturas e porta-guardanapos. Por que eles querem embrulhar tudo em celofane transparente e um laço retorcido? Little Moments é o nome da loja. Eu a odeio tanto quanto odeio Justin.

— Minha mãe traiu meu pai. Acabei de descobrir — revela Kit, usando as duas mãos para enxugar o rosto. — O quão catastrófico é isso?

Não respondo nada, porque tenho quase certeza de que se trata de uma pergunta retórica. E, se não for, eu nem saberia como mensurar as proporções precisas desse tipo de catástrofe. Então fico em silêncio e espero que ela diga mais alguma coisa. Essa técnica parece funcionar com Kit.

— Nem sei o que fazer, entende? Tipo, o que vou fazer com essa informação? — pergunta ela, e, dessa vez, acho que ela está perguntando mesmo, mas, antes de eu ter a chance de responder, ela continua: — Isso tudo é irrelevante agora. Tipo assim, ele está morto. MORTO E ENTERRADO. Já era. Por que isso deveria importar?

— Sinto muito. — Imagino um diagrama de Venn e os três círculos sobrepostos para abarcar essa expressão, *sinto muito*, melhor usado (1) quando alguém está triste, (2) quando alguém morre e (3) quando não há palavras. Nesse caso, as três opções se aplicam. Em minha mente, escrevo a palavra *Kit* sobre os círculos. — Provavelmente não importa, mas fico chateado o tempo todo com coisas que não importam. Como círculos abertos, por exemplo.

Atravessamos a rua no sinal, e deixo Kit escolher o caminho. Tenho 33 dólares e quinze centavos, mais que o suficiente para comprar uma refeição para nós dois na maioria dos restaurantes classificados como $$ no guia de restaurantes locais. Duvido muito de que Kit escolha um $$$.

— Nem sei por que estou confessando tudo isso — acrescenta ela. — Não contei para Violet nem para Annie.

— Somos amigos. — Digo isso como se não fosse nada demais, como se fosse verdade desde sempre e, também, como se eu não estivesse aterrorizado que a simples menção a essas palavras pudesse me colocar na zona "eu nunca vou ter a oportunidade de beijar Kit Lowell". — De qualquer forma, eu gostaria que houvesse um modo de resolver isso para você. É o que eu faria se pudesse.

— Você é fofo — declara ela, e aquele sorriso volta a seu rosto, aquele que estou começando a perceber que não é um sorriso. Só lembra um na forma. Neva mais forte agora, formações geométricas maiores, tornando ainda mais remota a possibilidade de encontrar dois flocos iguais.

— Sabe do que precisamos agora? Abrir um buraco no continuum espaço-tempo. Então poderíamos viajar no tempo e corrigir todos os seus problemas. — Percebo, com uma pontada, que uma viagem no tempo não serviria de nada para resolver meu problema. Sou diferente em um nível molecular genético. Eu teria de alterar o esperma de meu pai ou os óvulos de minha mãe, o que, na verdade, apagaria completamente minha existência. Não quero isso. — Você perguntou a ela o motivo?

— O motivo de ela ter traído meu pai?

— É.

— Não.

— Talvez você devesse. Poderia ajudar a fechar esse *círculo*.

— Você é obcecado com esse conceito de *círculo*.

— Pense no símbolo do infinito — peço, e espero que ela faça isso. Imagine. Ela para de andar, e eu presumo que é isso que está acontecendo. Ela me permite criar imagens em sua mente. *Imagine que estou beijando você*, quero dizer. *Imagine isso.* — Você percebe como ele flui em si mesmo? Ou mesmo o conceito de *pi*. Existe uma ordem e um ritmo que jamais termina. Nunca. Um fluxo contínuo. É assim que as coisas deveriam ser. *Círculos* completos. Pergunte a sua mãe o motivo.

— Gostei de seu novo corte de cabelo — responde ela do nada. Então estende a mão para tocar minha cabeça, acho, mas muda de ideia e coloca a mão no bolso do casaco. — Sua aparência externa combina melhor com a interna agora.

— Não sei o que isso significa — retruco.

Mas ela não me explica. Kit só olha para o céu e deixa a neve banhar seu rosto com sua variação infinita.

CAPÍTULO 16

# *KIT*

Pego meu celular. Envio uma mensagem para minha mãe. Uma pergunta: Por quê?

Ela responde imediatamente.

Mãe: Vamos fazer isso pessoalmente.

Eu: Não. Só me diga. É uma pergunta simples.

Mãe: É complicado.

Eu: Tente.

Mãe: Você não vai entender.

Eu: Deixe pra lá.

Mãe: Eu estava me sentindo solitária. Fui burra. Mas principalmente solitária.

— Mandei uma mensagem perguntando para minha mãe o motivo, e ela disse que se sentia solitária — conto para David, ignorando todo o absurdo da situação. Eu... compartilhando detalhes íntimos da vida de minha família com ele, entre todas as pessoas. Ignorando que estamos aqui, sentados no McCormick's, comendo hambúrgueres em uma mesa com bancos roxos de couro artificial, quase como em um encontro. Que ele parece um modelo de uma propaganda de cuecas e que eu estou usando novamente a camisa de meu pai, cometendo o mesmo erro duas vezes. Que segui o conselho de David, quebrei o gelo que estava dando em minha mãe, e enviei uma mensagem, exatamente como ele sugeriu. Que a gente sempre fala sobre esse conceito de círculos abertos, como se tudo pudesse ser consertado se dedicássemos todo o poder de nossos cérebros para tanto.

Ele sorri, como se isso fosse uma notícia boa.

— Faz sentido — declara ele.

— Não faz, não — respondo. — Nada faz sentido.

— Mas é triste pensar nisso — continua ele, como se não tivesse me ouvido. — Estar casado e, mesmo assim, solitário.

— Ela só está inventando uma desculpa.

— Você já ouviu falar em números primos gêmeos? — pergunta David.

Vejo-o lançando um novo tópico, e não consigo me decidir se quero seguir esse caminho com ele. Minha mente parece derretida e sobrecarregada. Talvez essa não tenha sido uma boa ideia. Matar aula, fazer essa longa caminhada na neve. Mas eu gostei de andar de mãos dadas com David. Essa parte — a neve umedecendo meu rosto, misturando-se às lágrimas sem que ninguém percebesse, seus dedos entrelaçados nos meus — foi boa. Sua mão era mais pesada do que imaginei. Mais sólida. Como se ele pudesse evitar que eu saísse voando por aí.

— Não — respondo.

Dou uma mordida no hambúrguer e penso na obsessão de Annie com o conceito de consciência plena. Ela vive me dizendo que é importante estar presente no aqui e agora. De sentir o gosto da comida. Sentir a respiração. Notar quando você sai de uma posição para outra. Desde o divórcio dos pais, a mãe ficou totalmente hippie. Ela leva Annie a retiros de ioga e meditação, e acende incenso em casa para se livrar da energia negativa; sempre que eu vou até lá, ela me conta tudo sobre sua *fadiga adrenal*, como se eu compreendesse o sentido dessas palavras em conjunto.

É claro que esse lance todo afetou Annie, e acabou passando para mim e para Violet. Então, decido estar no aqui e no agora, seja lá o que isso signifique. Sinto o gosto do hambúrguer. Realmente sinto. Está com ketchup e picles demais. O aqui e agora é superestimado.

Deixo David continuar a conversa, suas palavras são como bolhas de desenho animado, ocupando um espaço que não consigo preencher. O que é um jeito longo de dizer que, se ele quer falar sobre números primos gêmeos, que assim seja.

— Números primos gêmeos são números que se diferem entre si por dois. Como três e cinco. Ou mesmo 41 e 43. Mas o que é legal sobre eles é que ainda existem, mesmo quando você vai aumentando cada vez mais os valores. E mesmo que, como todo mundo sabe, a distância entre os primos aumente à medida que também aumente a contagem progressiva.

— É claro que *todo mundo* sabe disso — ironizo.

— Isso, então esse é um fenômeno maravilhoso e estranho.

O que significa "Eu estava me sentindo solitária. Fui burra"? Minha mãe é a pessoa mais inteligente que conheço. E olha que digo isso sentada em frente a David Drucker, que tirou a nota mais alta nas provas de seleção para faculdade entre todos os alunos e num raio de três estados. Apesar de minha mãe raramente exibir sua bandeira *nerd*, seu cérebro é uma coisa fenomenal. Fico me perguntando se é por isso que Jack gostou de mamãe. Espere, será que foi "gostar"? Ou será que foi "amar"? Será que Jack a amava? Será que ele a *ama*? Será que eles vão se casar, e Evan e Alex vão se tornar meus irmãos postiços, e nós vamos fazer viagens de férias juntos, como uma família, e vamos fingir que não é nada estranho essa nova combinação, antes inimaginável? Será que vamos fingir que meu pai nunca existiu?

— Não sei se estou entendendo o que números primos têm a ver com isso — declaro, com voz suave.

— Números primos têm a ver com *tudo*. Mas, para esclarecer, é assim que imagino como seria se apaixonar e continuar casado. Você começa como números primos gêmeos baixos e, conforme o tempo passa, se conseguir contrariar as chances estatísticas e não se divorciar, se torna esses números primos gêmeos mais raros, ainda só separados por dois. Esse é um feito incrível.

— Que romântico — respondo em tom sarcástico, porque, para mim, a ideia de se apaixonar, algo que, admito, nunca tive o prazer de experimentar, não tem nada a ver com números primos, matemática e muito menos mecânica quântica. É mais como música, arte ou poesia. Algo incrivelmente inspirador e lindo. Talvez até surpreendente, da forma que eu costumava ver o relacionamento de meus pais.

— Na verdade, é super-romântico. — David baixa o olhar e fica mexendo no canudo. Acho que ele está ficando vermelho, o que me faz enrubescer, embora eu não faça ideia do que ele está falando. É claro que, quando um cara bonito usa a palavra *romântico* de forma séria e fica vermelho, seja lá qual for o contexto, mesmo que você esteja falando sobre *números primos*, você também vira um pimentão. É apenas um reflexo. Não significa nada. — Só pensei que talvez seus pais fossem... hum, números primos que foram se distanciando, e que é por isso que sua mãe se sentiu solitária. Porque seu número primo estava muito distante.

— Talvez — concedo, sem ser capaz de compartilhar sua opinião tão empática. Não acho que minha mãe estivesse so-

litária. Ela só estava sendo egoísta. Ou pior: assanhada. Eca.
Estou realmente passando mal.

— É por isso que você estava chorando? Por causa de sua
mãe e de seu pai? — pergunta David. Eu ainda não consegui
me acostumar com essa sua característica. Como se só houvesse uma forma de se comunicar: indo direto ao ponto.
E, é claro, há um lado ruim nisso. Realmente não quero
falar sobre meu choro.

— É só... um monte de coisas.

— Você fica bonita até mesmo quando chora. Quero dizer, não que você não seja bonita quando está feliz. É claro
que você é bonita o tempo todo. Mas lá fora, na neve, você
estava lindíssima. — Sinto um aperto no estômago e dou uma
risada. Não. Soa mais como um arquejo. O que você deve responder quando um cara diz que você é bonita? Isso nunca
aconteceu. Meu corpo fica quente e vibra com suas palavras.

Minha mente está a mil por hora. McCormick's é um lugar
legal. Eles vendem milk-shakes e têm uma plaquinha que desencoraja as conversas no celular. Estou feliz por estar sentada
aqui com David, recebendo elogios que não mereço.

— Obrigada — agradeço, por fim, depois do que parece
ser um longo tempo em que, mais uma vez, não há palavras.
— Obrigada por isso.

— De nada. — Ele se levanta e pega minha mão. Eu deixo.

— Agora vamos ver o lugar onde seu pai morreu, e vamos
fechar esse círculo.


No percurso de três quadras, penso e desisto de, pelo menos,
cinco desculpas diferentes para voltarmos. Jamais quis fazer
isso de verdade, digo a mim mesma. Nunca tive a menor intenção de embarcar no que David está chamando de Projeto

Acidente. Para David, é claro, isso não passa de algum tipo de equação ou um quebra-cabeças a ser resolvido. Apenas mais um círculo aberto, que precisa ser fechado. Ele não percebe que estou suando, mesmo com o frio congelante do lado de fora, ou que me sinto tonta de medo.

E, então, vejo o cruzamento da Plum com a First. Aquela esquina no caminho para a mercearia, para a academia de balé na qual fiz aulas até o terceiro ano, para a casa de Violet e para o Star de Punjab e para milhares de outros lugares que marcaram minha infância. O parquinho onde Kenny Kibelwitz me beijou na boca depois de um desafio, quando tínhamos 10 anos. O parque onde, nos domingos de manhã, quando eu era pequena, meu pai estendia um cobertor de piquenique, e ali brincávamos com xicrinhas e ursinhos de pelúcia enquanto mamãe dormia o que chamávamos de "sono da beleza". Não havia vidro quebrado nem flores para marcar o lugar.

Meu telefone toca, indicando uma mensagem de texto, e eu presumo que seja de minha mãe. Não quero pensar nela, porque pensar nela me leva ao fato inescapável: meu pai não morreu em paz nem feliz com seu lugar no mundo. Meu pai morreu traído. Instantes antes de entrar com um pedido de divórcio.

Bem ali, bem ali, bem ali.

Um X marca o lugar, com uma circunferência e um ponto.

Tiro o telefone do bolso com a mão que não está segurando a de David. Uma mensagem de texto vai me dar algum tempo. Prefiro pensar em minha mãe transando com Jack que no fato de que meu pai foi mutilado por um Ford Explorer azul-marinho. Ao que tudo indica, existe uma hierarquia para o sofrimento.

No final das contas, a mensagem não é de minha mãe. É de Violet. As palavras estão todas em letras maiúsculas e seguidas por muitos pontos de exclamação. Estranho. Annie é a gritadora nas mensagens do grupo. Aquela que usa excesso de pontuação sem nenhum motivo aparente. ESTOU COM FOME!!!! É como ela escreve. Ou MEU SAPATO ESTÁ ME MATANDO!!!!! AHHHHH! Violet prefere as letras minúsculas, seu texto sendo tão delicado quanto suas roupas.

Violet: plmdds, Kit!!! vc já viu isto?!?!

Há um link para o Tumblr de alguém: "O guia de Mapleview para retardados". Ou algo assim. Não preciso ler mais um dos blogs idiotas e ofensivos de meus colegas. No ano passado, alguém postou anonimamente um guia de "como fazer as garotas transarem com você"; era tão nojento quanto parece. Decido não clicar e deixar para lá.

— A neve complica um pouco as coisas — anuncia David, soltando minha mão para pegar a mochila, de onde ele tira uma trena. Tem algo no gesto, o fato de ele levar uma *trena* para a escola, que traz mais lágrimas a meus olhos. Eu me pergunto o que mais ele esconde na mochila. Imagino uma bússola e, talvez, uma calculadora científica. Imagino que ele esteja totalmente preparado para um apocalipse zumbi, exatamente como meu pai. — Acho que não está tão forte, então podemos medir sua densidade apenas uma vez, e levar esse fato em conta.

Não faço a menor ideia do que estamos fazendo. O que estamos medindo? Penso na palavra *densidade* e, de repente, não me lembro do significado.

— O relatório diz que seu pai morreu às 18h52. Você sabe se ele morreu no impacto? Por que, se foi assim, podemos usar esse horário para fazer os cálculos. — A voz de David é neutra e sem emoção.

— Não sei se isso é uma boa ideia — digo em voz alta, que é o que venho repetindo em minha mente. *Isso não é uma boa ideia. Isso não é uma boa ideia. Isso não é uma boa ideia.* E também: *saia correndo, saia correndo, saia correndo.* — Não vamos fazer isso.

David se vira e me olha de cima a baixo. Estou tremendo dos pés à cabeça.

— Isso é difícil para você — declara ele, de forma direta. Como se só agora tivesse pensado nisso.

— É — respondo.

— É só um lugar. Se você quiser, posso pegar as coordenadas. Desse modo, passa a nem ser um lugar — oferece ele. E, então, é exatamente o que ele faz. Ele me dá nossa localização em latitudes e longitudes. Se meus ouvidos não estivessem zunindo e meu estômago não parecesse querer saltar pela boca, eu teria rido. — Se você não quiser fazer isso, não precisamos. Mas não gosto de pensar que você não consegue dormir. Precisamos do sono para que nosso corpo funcione de forma adequada.

— Ele morreu depois. Não foi no carro. Foi no hospital — respondo no mesmo tom que ele. De indiferença clínica. Talvez eu possa fazer isso sem me estilhaçar como o para-brisa do Volvo. E, se eu não me partir em pedaços, gosto de pensar que tenho uma chance de melhorar. Ou, pelo menos, de fechar os olhos à noite e não os abrir novamente até a manhã seguinte. Talvez exista um bom motivo para estarmos fazendo isso. Respostas. Preciso de algumas respostas.

— Não trabalharemos com o tempo, então. Vamos imaginar onde o carro precisaria ter parado para escapar da colisão. Tudo bem para você?

Não respondo. Estamos bem na esquina agora, olhando diretamente para o cruzamento. Não há carros no momento. Se quiséssemos, poderíamos seguir até o meio da rua.

Não há nada ali. Só lixo sendo levado pelo vento.

— Estamos ignorando muitas variáveis, mas creio que possamos fazer estimativas razoáveis.

Vou vomitar. Porque o acidente começa a tomar forma diante de meus olhos, como se eu estivesse assistindo a tudo ao vivo. Os pneus cantando. Uma explosão de azul. Tudo ficando preto. O cheiro. Meu Deus, aquele cheiro.

— Sinto muito, não consigo — lamento, e me viro, cobrindo a boca com uma das mãos. Sinto o gosto de bile. Não, eu não quero vomitar na frente de David. Não vou exibir meu hambúrguer digerido na neve branquinha. Mesmo assim, os tremores pioram e a náusea se transforma em vertigem. O mundo começa a girar, e o chão, a ondular, como se eu tivesse entrado em uma casa de terror tridimensional. Preciso sair daqui. Agora.

— Se quiser, posso fazer os cálculos sem você — declara ele, mas para minhas costas, porque já estou fugindo, deslizando no chão molhado, correndo o mais rápido que consigo para sair de lá.

CAPÍTULO 17

# *DAVID*

Depois que Kit fugiu de mim, passei mais 55 minutos do lado de fora, sozinho na neve, medindo a velocidade e a taxa de aceleração, fazendo os cálculos de cabeça, usando o celular, pois não tenho meu caderno para anotar os dados.

Agora que estou em casa, preciso me reajustar depois de todo aquele tempo sozinho, depois que todas aquelas palavras e números surgiram e foram jogadas em meu cérebro. Depois de ver Kit partindo e ficar me perguntando por que ela me deixou lá, sem sequer se despedir. Sei que, se eu fosse outra pessoa, teria conseguido pescar informações nas entrelinhas, como todo mundo que veio pré-programado para compreender, por que, de repente, sem aviso, pareci tão *nojento*. Essa é a única palavra que consigo usar para descrever a expressão no rosto de Kit: *nojo*. Será que ela sabia que eu queria beijá-la?

Não estou pronto para Miney, que me recebe na porta, como se fosse me abraçar. A mecha roxa em seu cabelo está retumbante. Como uma trombeta. Não, como o pneu de um carro cantando no asfalto.

— Está em todos os lugares — declara Miney, e eu noto que ela ainda veste o pijama do patinho feio. Novamente, ela não saiu de casa. Seus olhos estão vermelhos, mas não remelentos. Então, não é conjuntivite. Se ela tivesse alguma infecção, haveria secreção.

— O que está em todos os lugares? — pergunto, mas não me importo de verdade. Tudo em que consigo pensar é na mão de Kit na minha, como ela me dá coragem. Como ela percebeu que eu queria beijá-la? Já sei que sou um péssimo mentiroso, mas não é como se ela tivesse me perguntado diretamente: *você quer me beijar?*

— Seu caderno.

Não faço ideia do que Miney está falando. O que isto significa: *meu caderno está em todos os lugares?* Um caderno é um objeto fixo. As leis da física não permitem que ele esteja em mais de um lugar ao mesmo tempo. A não ser que estejamos falando sobre o multiverso, mas Miney não compreende o conceito. Já tentei lhe explicar um monte de vezes.

— Alguém o colocou na Internet — explica Miney, me entregando seu celular. Tumblr. O título: "O guia de Mapleview para retardados". Meu corpo estremece, apenas uma vez, como se estivesse absorvendo um único soco.

— Ah — digo.

— Ah? Só isso?

— Achei que o tivessem roubado para pegar minhas anotações de física, e que iriam devolvê-lo quando percebessem sua falta de utilidade. Por que eles fariam isso? — Não sei bem por que me dei o trabalho de perguntar. Eu já deveria estar acostumado com o fato de que jamais compreenderei a resposta. Por que alguém faz alguma coisa? — Meu caderno é algo particular.

— Quem foi que fez isso? — pergunta ela.

Eu não respondo. Não importa. Meu caderno não é mais algo tangível. É como a consciência de alguém que já morreu. Existe, mas não está lá. Está em todos os lugares ao mesmo tempo.

— Dezinho, *quem fez isso?* — Miney agarra meus ombros e me obriga a encarar seus olhos.

— Justin Cho e Gabriel Forsyth.

— Vou matar os dois — declara Miney, o que é uma oferta gentil, mas não quero que ela vá para a cadeia. Porque eu não poderia mais falar com ela sempre que quisesse. Nós teríamos de nos sentar um de frente para o outro em um vestíbulo sujo, e conversar por um vidro à prova de balas. Miney é fresca para comer. Ela ia odiar a comida da prisão.

— Talvez as pessoas parem de ler quando perceberem que é particular — comento, esperançoso. Mesmo que tolamente esperançoso. Nunca aprendo.

— Bem improvável. Seis amigos meus já me enviaram o link nos últimos minutos. — Imagino a palavra *viral*, uma palavra suja, e imagino meu caderno como um patógeno. Multiplicando-se exponencialmente. Replicando-se feito uma célula cancerígena.

Concordo com a cabeça. Entendi agora. Como sempre, preciso de alguns minutos extras. Meu corpo reage primeiro: as mãos começam a tremer, e as pernas se dobram várias vezes. Pareço um pássaro pronto para alçar voo. Não sinto isso desde o sexto ano, quando Miney me filmou com seu celular e me disse que, se eu quisesse ter amigos, tinha de parar de me mexer assim. E, para minha surpresa, quando me vi fazendo isso de novo, consegui parar; substituí o movimento por uma contagem silenciosa, embora na época, quando contive o hábito, o estrago já fora feito. Aparentemente, ninguém quer ser amigo da criança que *costumava* bater as asas.

— É muito ruim, Miney? Diga-me. Quão ruim? — Espero que eu tenha deixado passar alguma coisa aqui. Talvez não seja tão estranho. Talvez as outras pessoas façam a mesma coisa. Mantenham um caderno com anotações sobre seus colegas de turma. Ou talvez minhas anotações sejam úteis, exatamente como minhas anotações de física teriam sido.

Não. Justin e Gabriel intitularam a página de "O guia de Mapleview para retardados". Será que eles não sabem que não é legal usar essa palavra? Que ela é ofensiva até mesmo para pessoas que realmente *têm* síndrome de Down? A não ser que seja usada na forma adjetiva, indicando um movimento lento ou limitado, em vez de na forma substantiva que usaram. Não tenho certeza se essa se trata de uma forma justa ou politicamente correta de uso, mas esse tipo de coisa — uma humilhação abjeta — não parece acontecer com o neurotípico.

Imagino Kit fugindo de mim. Sem diminuir a velocidade, mesmo quando derrapou na neve. Imagino Kit lendo minhas anotações. Aliviada de ter saído de perto de mim bem a tempo.

— Isso é ruim. Tipo, muito, muito, muito ruim mesmo — sentencia Miney. — Sinto muito.

— Vou falar com a diretora. Ela vai obrigar esses animais a tirarem isso da internet — diz minha mãe ao chegar correndo na sala, já com a chave do carro em mãos e seguindo para a porta da frente. — Podemos abrir um processo legal. Isso viola seu direito constitucional à privacidade.

— Você também viu? — pergunto. Meus olhos agora estão fechados. A escuridão ajuda. Há sons demais. Pensamentos demais. Tudo demais. Preciso de escuridão e quietude.

— Vamos resolver isso — afirma minha mãe. Sua voz falha, como a de um garoto de 13 anos. Estou feliz por não ver seu rosto. Não quero saber o que eu acharia. Penso em enfiar os dedos no ouvido, mas isso seria demais até para mim. — Eu prometo.

— Mãe. Você não pode ir à escola — protesta Miney. — Só vai piorar as coisas.

— Eles não podem se safar. Não podem...

Miney e minha mãe discutem por alguns minutos, discorrendo sobre o que deveriam fazer. Só pelo tom de voz, percebo que isso é muito pior que o Incidente dos Armários, quando Justin me enfiou em um armário no sétimo ano, logo depois de me convencer a entrar em uma cabine do banheiro, porque queria me mostrar uma coisa legal. Era mentira. Em vez disso, ele me agarrou pelo pescoço e enfiou minha cara na privada suja. E foi horrível. Sei disso porque minha mãe chorou quando foi me buscar na escola, e passou o dia seguinte inteiro na cama. Eu sei porque os treinamentos de defesa pessoal de meu pai começaram logo depois. Eu sei porque, na semana seguinte, minha irmã comprou um caderno para mim e começou a me obrigar a escrever regras e me dizer em quem eu podia confiar, e em quem eu não podia. Eu sei, porque não consegui me livrar do cheiro por semanas. E porque algumas crianças ainda me chamavam de *Merdalhão*.

Sei porque, depois, quando eu realmente me permiti voltar a pensar nisso e no que deixei que acontecesse comigo, aquele dia me abriu totalmente os olhos.

Eu parei de ouvir. Não, isso não tem conserto. Sei disso agora. Ler meu caderno é como abrir meu cérebro, e expor todas as partes que não fazem sentido, para pessoas que não gostam de mim. Fazê-las ver todas as partes que me tornam um esquisito, um idiota, um perdedor ou qualquer outra palavra que as pessoas atiram em cima de mim.

As partes que os tornam quem são, e eu o oposto.

As partes que me tornam quem eu sou.

Miney está certa. Isso é muito, muito, muito ruim mesmo.

*Sua aparência externa combina melhor com a interna,* Kit me disse mais cedo, mas ela estava errada. Não, agora meu interior está totalmente exposto para todo mundo ler e rir. Sou como um animal morto na beira da estrada. As pessoas vão me olhar e analisar, mas não serei devorado. Nem isso eu mereço.

Kit está certa em relação a uma coisa: sou *nojento*.

Não digo nada para Miney nem para minha mãe. Não ligo para o que decidam fazer. Não importa mais.

Com caderno ou sem ele, eu ainda serei eu.

*Alguém que desperta nojo.*

Então, em vez disso, subo para o quarto e fecho a porta.

CAPÍTULO 18

# KIT

"O guia de Mapleview para retardados" — que é terrivelmente ofensivo — parece uma estranha compilação on-line de encontros. Voltei para a escola e para o carro, e consegui chegar em casa sem vomitar. Abro o link porque realmente preciso de uma distração.

Estou cansada do buraco constante em meu estômago, aquela queimação lenta da perda. Nunca mais verei meu pai. Nada que eu faça pode mudar isso. Eu me pergunto se um dia vou me esquecer do som de sua voz. Não consigo imaginar um mundo no qual eu não seja capaz de me lembrar de seu timbre profundo e grave. Um mundo no qual não consiga me lembrar de suas feições nem sentir sua mão em minha testa. Não sei se quero viver assim.

A princípio, o guia parece só um monte de páginas escaneadas de um caderno escrito a mão. Verbetes organizados em ordem alfabética sobre pessoas de nossa turma. Uma lista de regras, a primeira se repete três vezes — "não se misture com as pessoas da lista de PNC". O que PNC significa? Annie, que fala por acrônimos, provavelmente deve saber.

Existe uma longa lista de nomes de pessoas com descrições aleatórias e observações igualmente poéticas e bizarras. Violet é taxada de "arreada" pela predileção por golas pontudas e cintos; o cabelo louro de Jessica é chamado de "ofensivamente fluorescente"; o perfume de Abby, "o equivalente olfativo a morrer por asfixia pelos peidos de uma senhora", o que, pensando bem, é uma descrição bastante precisa. Uma lista de encontros dignos de nota para quase todo mundo de nossa turma, e gráficos elaborados sobre os diferentes grupos de amizade.

Mas do que isso se trata?

Meu celular vibra.

Violet: VOCÊ RECEBEU O LINK QUE EU MANDEI?

Annie: LEIA AGORA!!!! MINHA NOSSA!!!

Alguma coisa nas mensagens me faz afastar o olhar da tela por um segundo. Tento pensar em outras coisas. A mão de David na minha. Aquilo foi legal. Mãos dadas de forma amigável e inocente. Penso sobre sua trena. Seu corte de cabelo. Penso em como seria beijá-lo. Não que eu pense em David dessa forma — como um *namorado* ou um ficante —, mesmo assim, imagino que beijá-lo deve ser bom.

Uma coisa verdadeira. Uma coisa real. Imagino que ele tem gosto de honestidade.

E, então, eu vejo, enquanto estou passando distraidamente pelas páginas do link em meu celular: um adorável desenho da nuca de uma garota. Um círculo de sardas na clavícula.

Elas parecem estranhamente familiares.

Aquele é meu pescoço. Aquela é minha clavícula.

E, então, eu percebo — é o caderno de David.

Ah. Merda!

## CAPÍTULO 19

# *DAVID*

3,14159265358979323846264338327950288419716939937510582097494459230781640628620899862803482534211706798214808651328230664709384460955058223172535940812848111745028410270193852110555964462294895493038196442881097566593344612847564823378678316527120190914564856692346034861045432664821339360726024914127372458700660631558817488152092096282925409171536436789259036001133053054882046652138414695194151160943305727036575959195309218611738193261179310511854807446237996274956735188575272489122793818301194912983367336244065664308602139494639522473719070217986094370277053921717629317675238467481846766940513200056812714526356082778577134275778960917363717872146844090122495343014654958537105079227968925892354201995611212902196086403441815981362977477130996051870721134999999837297804995105973173281609631859502445945534690830264252230825334468503526193118817101000313783875288658753320838142061717766914730359825349042875546873115956286388235378759375195778185778053217122680661300192787661119590921642019893809525720106548586327886593615338182796823030195203530185296899577362259941389124972177528347

De novo: 3,1415926535897932384626433832795028841971 6939937510582097494459230781640628620899862803 4825 3421170679821480865132823066470938446095505 82231725 3594081284811174502841027019385211055596 446229489549 3038196442881097566593344612847564 823378678316527120 1909145648566923460348610454 32664821339360726024 9141 2737245870066063155 8817488152092096282925409171 53643 6789259036 00113305305488204665213841469519415116 0943 30 57270365759591953092186117381932611793105 118548074 46237996274956735188575272489122793 81830119491298336 73362440656643086021394946395224 73719070217986094370 27705392171762931767 5238467481846766940513200056 8127 14526356082777 85771342757789609173637178721 4684409012 2495 34301465495853710507922796892589235420 1995611212 9021960864034418159813629774 7713099605187072113 49999 99837297804995105973173281609631 859502445945534 69083 0264252230825334468503526 193118817101000313 7838752 88 6587533208381420617177 669147303598253490428 755468731 1595628638823537 87593751957781857780532171226806 6130 0192787 661119590921642019893809525720106548 586327886 5936153381827968230301952 035301852968995773622599413 891249721775283 47
Pare. Não. É demais. O barulho e a luz e a vibração de pensamentos em minha cabeça, girando cada vez mais rápido, são como dedos apertando minha garganta e o sol ferindo meus olhos e dedos desconhecidos apertando minhas bolas, tudo de uma vez.

Eu me encolho sob as cobertas pesadas. Uma última vez. Preciso escapar da sensação mais uma vez: 3,141592653589 7932384626433832795028841971693993751058209749445923 0781640628620899862803482534211706798214808651328230 6647093844609550582231725359408128481117450284102701

93852110555964462294895493038196442881097566593344461
28475648233786783165271201909145648566923460348610 45
43266482133936072602491412737245870066063155881748 81
52092096282925409171536436789259036001133053054882 04
66521384146951941511609433057270365759591953092186 11
73819326117931051185480744623799627495673518857527 24
89122793818301194912983367336244065664308602139494 63
95224737190702179860943702770539217176293176752384 67
48184676694051320005681271452635608277857713427577 89
60917363717872146844090122495343014654958537105079 22
79689258923542019956112129021960864034418159813629 77
47713099605187072113499999983729780499510597317328 16
09631859502445945534690830264252230825334468503526 19
31188171010003137838752886587533208381420617177669 14
73035982534904287554687311595628638823537875937519 57
78185778053217122680661300192787661119590921642019 89
38095257201065485863278865936153381827968230301952 03
530185296899577362259941389124972177528347

CAPÍTULO 20

# *KIT*

— Olha só, não estou dizendo que você é feia nem nada, é até bonitinha, mas você não é mesmo a garota mais bonita da escola — diz Willow, como cumprimento, assim que entro no Pizza Palace, e, como esperado, estão todos reunidos em volta de um notebook, lendo o caderno de David. Ninguém parece se importar com o fato de que é seu diário pessoal ou seja lá o que for. Justin e Gabriel e Jessica-Willow-Abby estão aqui. Annie e Violet também, embora estejam sentadas em outra mesa.

— Cale a boca. Kit é linda — retruca Annie, e eu quero abraçá-la por me defender, por ainda ser de meu time, mesmo que eu ande uma chata ultimamente. Não discordo de Willow. Apesar das ilusões de David, nem estou entre as garotas mais bonitas da escola. Não sei o que ele vê quando olha para mim — se seus olhos são como aqueles espelhos dos parques de diversões —, mas certamente não é o que todo mundo vê. Ele está certo sobre todo o resto, porém, e é tão meigo que ele tenha notado: eu me sento como índia em quase todas as cadeiras e tenho o hábito nervoso de cobrir meus dedos com as mangas do casaco de moletom, o que irrita minha mãe, porque deformo todas elas.

Ele anotar a placa de meu carro? Tudo bem, concordo. É meio sinistro.

— Acho que é você que precisa calar a boca — responde Willow a Annie. — Você leu que David Drucker acha que sua calça jeans é muito apertada?

— Claro que você vai deixar de ser amiga dele, não é? — pergunta Jessica, e eu tento me lembrar do que David escreveu sobre ela, mas só consigo me lembrar da parte sobre a cor do cabelo. É uma cor muito forte mesmo. A cor do cabelo de alguém não deveria ser visível do espaço.

Ainda não sei por que ele descreveu cada uma das pessoas de nossa turma, mas os verbetes são como os resumos que uso quando gravo no celular o contato de alguém de quem, provavelmente, não vou lembrar o nome: *garoto de piercing na sobrancelha da aula de simulação de organizações internacionais. Ruiva do curso preparatório.* Talvez David tenha um problema com nomes?

— Por que eu faria uma coisa dessas? — pergunto, mas, então, eu me dou conta de que estou divagando. Não estou aqui para lidar com essas garotas. Não quero mergulhar em sua pequenez. Por que elas se importam com o que David tem a dizer sobre elas? Disseram coisas tão piores sobre ele ao longo de todos esses anos.

Não, estou aqui para ver Gabriel e Justin, que abriram os braços para me envolver em um abraço de urso. O desejo de tirar uma casquinha, como diz Violet quando um dos garotos tenta nos tocar sem motivo aparente. Braço no ombro. Um apertãozinho na cintura. Às vezes, até um puxão no rabo de cavalo, como se ainda estivéssemos no jardim de infância. Não é algo sexual. É mais como pegar um monte de balas na tigela de um balcão de restaurante. Ganancioso.

David não faz nada disso. Ele só segura minha mão, como se fosse algo delicado.

— Foi você que fez isso? — pergunto para Justin, tentando parecer corajosa. O que é uma bobagem, já que eu nunca aparentei bravura. Sou muito normal para ser corajosa. A lista de encontros dignos de nota de David com Justin tem cinco páginas e começa lá nos tempos da escola primária.

Os planos de Justin para humilhar David eram ambiciosos. Tenho de admitir. Todos perfeitamente elaborados para usar as fraquezas do adversário. Por que alguém ia querer destruir tão completamente uma outra pessoa? Será que Justin é um sociopata? E como todos nós estávamos sempre tão dispostos a ficar a seu lado e rir? Eu tinha me esquecido daquela vez no fundamental dois quando ele torturou David no banheiro. O que eu disse quando soube? Será que ri também? Espero que não, mas não tenho certeza. Foi há tanto tempo.

Sei que não o chamei de *Merdalhão*, como várias pessoas fizeram depois do ocorrido. Não fizeram isso só na época. Durou anos.

Pelo menos, não fiz isso.

Mesmo assim, isso não serve de consolo.

A verdade é que David não era uma pessoa de verdade para mim até passar a ser.

— Do que você está falando? — Justin indica com dois dedos o espaço vazio a seu lado no banco, como se eu fosse um cachorrinho que precisa de direção e ordens. Exatamente como aconteceu com o cabelo de Jessica, como eu jamais notei esse traço de crueldade? Como um dia eu o achei divertido? Só fiquei excessivamente impressionada com o fato de ele ser espertalhão e atlético e, às vezes, espirituoso; distrações idiotas que me impediram de perceber que ele, na verdade, é um grande imbecil.

— O... O "guia de Mapleview". Foram vocês que postaram, não é? — Odeio que tenha soado como uma pergunta, dando a eles a possibilidade de negar *"Não, desculpe, mas não fomos nós"*.

— Não — responde Justin, bem como o esperado, embora o canto de seus lábios se repuxe e o traia. Ele está orgulhoso do que fez. — Não fomos nós.

— Cara, seu namorado é esquisito — declara Gabriel, e meu primeiro instinto é retrucar *ele não é meu namorado*. Mas não faço isso. Não porque David *seja* meu namorado, mas porque parece desleal. Como se eu me envergonhasse de ser sua amiga agora. Eu não me importo nem um pouco com o que eles pensam. Estou com nojo dessa gente, o que talvez seja a única coisa boa nascida do que aconteceu comigo nos últimos meses. Minha vida ficará muito melhor sem Justin e Gabriel, e sem tardes como essa.

Com certeza, David é ainda mais estranho do que eu imaginava. Tudo bem, não apenas estranho, mas profundamente diferente. Tão alheio às normas sociais que precisa manter um caderno para aprendê-las, como um estudante de Marte fazendo intercâmbio na Terra.

Quem se importa?

Se alguém tivesse publicado as páginas de meu diário — o qual, pensando bem, vou queimar assim que chegar em casa —, haveria algumas coisas esquisitas também. Penso na expressão favorita de meu pai: *quem tem telhado de vidro não deve jogar pedras no do vizinho*.

Do que é feito meu telhado?

Papel, decido. Como em livros *pop-up*. Fácil de destruir.

— Vocês são uns idiotas mesmo — acuso. — Aposto que estão adorando isso.

— É bem engraçado — opina Gabriel.

— Tanto faz — intervém Willow. — É tão grosseiro tudo o que ele disse sobre nós. — Ela faz beicinho, embora não pareça nem um pouco triste. Parece mais uma pose para *selfie*. Será que alguma dessas pessoas têm alguma emoção humana? Por que eu, de repente, me sinto como se estivesse cercada por atores escalados para o papel de adolescentes? Como se eu fosse a única com uma vida verdadeira e cheia de problemas? Sei que isso não é verdade. Ouvi dizer que Abby faz tratamento em uma clínica de distúrbios alimentares, e que Jessica já se cortou, o que sugere que, apesar do exterior brilhante, elas também estão lutando contra os próprios demônios. Não tenho tanta certeza em relação a Willow. É totalmente possível que ela acredite que esteja estrelando o próprio *reality show*.

— Tipo assim, ele claramente não é uma pessoa legal.

— Eu *gosto* de seu cotovelo — diz Jessica.

— E eu *gosto* de seu cabelo — retribui Willow.

— Meninas, de acordo com meu caderno, vocês são todas lindas — elogia Gabriel, embora ele esteja olhando só para Willow, e eu me pergunto se ele sempre foi assim tão condescendente. Quando decidimos que essas pessoas seriam nossas amigas? E se a gente tivesse aproveitado para conhecer o pessoal de outros grupos, como os ligados em arte ou teatro? E se todos nós saíssemos de nosso quadrado e esquecêssemos esses rótulos idiotas? Quem poderíamos descobrir?

*Gabriel não vai convidar Annie para o baile*, percebo, com uma sensação ruim, mesmo que ela seja dez vezes mais legal que Willow e o resto da turma. Ele vai ficar com medo de que ela use algo chamativo demais. Que ela seja Annie.

Adoto uma tática diferente. Eu me sento ao lado de Justin. Perto. Coloco a mão em seu ombro.

— Por favor. Por favor mesmo. Diga — imploro. — Só quero saber.

Meu tom me lembra o do tipo de garota que nunca fui: carente, falsa, que está sempre azarando. Vim aqui só por um motivo, e um motivo apenas, e não vou embora até ter resolvido a situação de David. Eu me sinto em débito, talvez por tê-lo abandonado na neve com sua trena. Ou talvez porque eu entenda o quanto tudo isso será péssimo para ele. Sei como é andar pelos corredores quando se é o alvo de milhares de olhares. Ouvir os ecos que acompanham seus passos: *você já sabe? O pai dela morreu. O pai dela morreu. O pai dela morreu.*

— Querida, a gente não sabe do que você está falando — afirma Justin, e Jessica ri diante do tom condescendente com que ele fala *querida*. Sinto vontade de dar um soco na cara dos dois. Com força.

— Fala sério. Sei que roubaram o caderno de David. — Meu tom muda de novo. Volta a soar raivoso. Considero me levantar de novo.

— Sério, *relaxastê*, Kit — pede Abby. — Não é nada demais. Não estamos dizendo que você não é bonita.

— Vou contar tudo à diretora Hoch. — Mal registro que Abby tentou criar uma palavra, juntando "relaxa" e "Namastê" de forma ridícula, e que acabou de fazer um comentário não solicitado sobre minha aparência. Por um tempo, enquanto Justin e Jessica estavam ficando, todo mundo chamava o casal de *Justiça*; quando soltavam o apelido, eu só conseguia pensar *eu mal posso esperar para chegar à faculdade.* — Vou dizer que eu o vi pegá-lo.

Olho para Violet e Annie em busca de apoio, embora eu não tenha certeza se elas entenderam o recado. Elas não estão exatamente no #TimeDavid.

— Por que você faria uma coisa dessas? — pergunta Justin.

— Somos seus amigos.

Ele parece surpreso e magoado. Como se nunca esperasse que lhe desse as costas dessa forma. Penso no que David disse sobre como a coincidência de acabar na mesma escola ao mesmo tempo não era suficiente para ele se encaixar aqui. Será que Justin costumava ser meu amigo? Tipo, amigo de verdade? Ele foi ao funeral de meu pai, disse que sentia muito, como todo mundo, e, então, ele e Gabriel ficaram no estacionamento por um tempo, dando um mata-leão um no outro, como costumam fazer. Fiquei sentada ali com eles, naquela mesma mesa, mais vezes que posso contar, fofocando e assistindo a vídeos no YouTube em nossos celulares. Mas será que nós realmente nos conhecemos? Será que já tivemos uma conversa de verdade? Acho que não.

Ninguém além de David me perguntou o que eu pensava sobre Deus ou sobre a vida depois da morte, se acredito na ciência ou na religião. Ninguém além de David sabe que recrio o acidente no teto de meu quarto todas as noites. Confiei nele o suficiente para contar sobre a traição de minha mãe. Nunca me passaria pela cabeça ser tão honesta com Gabriel e Justin, levantar meu véu de discrição e compartilhar algo assim. Deixá-los me ver chorar.

Não, não somos amigos. Estamos apenas no mesmo espaço. Mas eu não fui tão forte quanto David. Não consegui fazer as coisas sozinha. Provavelmente ainda não consigo.

— Porque isso é cruel. Porque ele *é* uma pessoa boa. Por isso tudo — argumento.

— Eu não me arriscaria se fosse vocês, meninos. Se vocês forem pegos, isso vai atrapalhar muito suas chances de ir para uma boa faculdade — aconselha Violet, e ela se levanta, como se fosse se juntar a meu protesto. Noto que ela puxou a camisa para fora da calça, e isso me faz sofrer.

— Kit está certa. Tirem isso da Internet, e, se não o fizerem, vou dedurá-los também — reforça Annie, e vejo que ela está usando uma jardineira jeans sobre uma camisa colorida e brincões tipo aquelas bolas de espelho dos anos setenta. Ela parece tão ridícula e tão ela mesma que sinto vontade de abraçá-la. Nós três juntas somos fortes. — Aquele é um diário pessoal. Publicá-lo na Internet não foi legal.

— Foi só uma brincadeira — diz Justin.

— Agora — exijo, apontando para o computador.

— Sério? Não posso esperar chegar em casa? Não é como se tirar agora vá mudar qualquer coisa. Todo mundo já viu.

— Agora — repito, e, pelo menos uma vez, minha voz soa corajosa. Talvez porque eu saiba que Violet e Annie me apoiam. Que meu time não acabou totalmente. Justin digita alguma coisa no teclado e *puff!*, em um estalar de dedos, o *link* é desabilitado. Pena que ele esteja certo. Não importa de verdade. O mal já foi feito, e, sem dúvida, já fizeram um zilhão de capturas de tela. Nada realmente é apagado da Internet. — E me devolva o caderno.

Novamente, para minha surpresa, ele faz o que pedi. É um caderno simples de capa azul, espiralado. O nome *David Drucker* está escrito com letra de forma na parte inferior. Um estilo retrô bem arrumadinho, como uma coisa que um aluno do quarto ano faria. Fico tentada a abrir e olhar os desenhos.

Amo ver como ele fez meu pescoço parecer algo digno de ser olhado.

— Sério, Kit. Não acredito que você escolheu o *Merdalhão* em vez da gente — declara Justin, oferecendo uma das mãos para Gabriel em um cumprimento pela própria sagacidade.

— Ah, cara, essa foi boa — elogia Gabriel. — Um verdadeiro clássico.


Alguns minutos mais tarde, estou do lado de fora com Violet e Annie.

— Valeu por me defenderem lá dentro — agradeço, olhando para o chão. — Vocês são demais.

— É, bem, Gabriel convidou Willow para o baile. Então, foda-se ele — dispara Annie, tentando demonstrar que não se importa muito com isso, quando, na verdade, sei que se importa.

— Sinto muito. Que droga! — Gostaria de soar mais surpresa com essa informação. — Gostaria que todos nós pudéssemos ver os outros de forma mais clara.

— David está certo: ele realmente tem boca de palhaço — comenta Violet, cutucando Annie com o cotovelo. — Melhor não ir ao baile com um cara que parece o Coringa.

Annie não ri. Apenas pisca algumas vezes para segurar as lágrimas.

— Melhor não ir ao baile com um idiota — declaro. — O que ele e Justin fizeram foi muito errado.

— É, talvez. Mesmo assim tem muita coisa esquisita nesse caderno — argumenta Annie, mexendo nos brincos gigantescos. — Cuidado com esse cara, Kit.

— Fala sério, gente. Fora de contexto o diário de todo mundo é estranho — retruco, sem saber bem por que sinto a necessidade de defender David, mesmo para Violet e Annie. Ele não é nada meu para que eu precise defender. — Mas não li tudo. Só o suficiente para pegar a essência.

— Sério? — pergunta Violet, erguendo uma das sobrancelhas demonstrando surpresa.

— Não pareceu certo.

— Você deveria — aconselha Annie. Eu encolho os ombros. Antes de tudo que aconteceu com meu pai, eu não entendia muito a necessidade de privacidade, o desejo de me livrar das perguntas dos outros. Agora entendo.

— O que é o Projeto Acidente? — pergunta Violet, com voz suave, quase como uma cantiga de ninar. Como se estivesse me perguntando algo fácil. Como qual é minha comida favorita ou o programa de TV de que mais gosto ou se podia copiar minhas anotações de espanhol. — É por isso que está matando aula e não foi à reunião do jornal? Porque está trabalhando nisso?

— O quê?

— No Projeto Acidente? O que é isso? — pergunta Annie, sem nenhum pingo da delicadeza de Violet. — Nós frequentamos as mesmas aulas, então já sei que não é algo para a escola. O que você e David estão fazendo?

— Isso está... Isso está... aqui? — pergunto, imaginando o quanto David escreveu. Será que ele me expôs para toda a cidade? Tento me lembrar de como eu fiz o pedido. Quero saber exatamente o último segundo em que o acidente de meu pai poderia ter sido impedido. Quando os freios deveriam ter sido acionados. Se tudo aquilo poderia ter sido evitado para começo de conversa. Eu queria ter uma compreensão matemática do inexplicável. Agora isso parece loucura.

— Como eu disse, você deveria ler. Ver por quem você está nos trocando — continua Annie. — Então, você não vai nos contar? Sobre o Projeto Acidente?

— Não é nada. Sério. E eu não estou trocando... — Annie meneia a cabeça para mim, ergue as mãos e, antes que eu tenha a chance de falar, já está caminhando em direção ao carro. Eu me viro para Violet. — Não estou trocando vocês. Não é nada disso.

— Ela só está chateada com todo esse lance com Gabriel — afirma Violet. — E sentimos sua falta.

— Sinto muito — digo. *É que isso tudo dói, é o que quero dizer. Até mesmo apenas ficar aqui, conversando com vocês. Tudo isso dói mais do que vocês podem imaginar.* Eu quero mostrar a ela meu relógio, como o tempo mal se move para mim. Como eu também não gosto muito dessa nova versão de mim mesma. Fico em silêncio.

— Você realmente gosta dele? De David? — pergunta Violet. E sua voz soa esperançosa, como se o fato de eu gostar de David me eximisse de todo o resto, como o fato de eu não querer mais ficar com ela e Annie. Eu não mereço sua desculpa ou sua compreensão. Se as coisas fossem ao contrário, se Violet de repente me trocasse por um cara qualquer sem a menor explicação, eu não seria tão compreensiva.

— Eu não sei. É fácil conversar com ele. — confesso. — Gosto de estar com ele.

O que eu não digo: posso contar coisas a ele que não conto a mais ninguém. Como sobre meu pai e minha mãe. Talvez um dia sobre mim. Ele considera as informações de forma honesta.

O que eu não digo: ele faz o tempo passar.

Violet concorda com a cabeça, mas parece triste.

— Você também gostava de estar com a gente.


Já é ruim o suficiente a sensação de culpa por causa de Violet e Annie, mas, alguns minutos depois, quando me sento no carro e tomo coragem de colocar a chave na ignição e ir para casa, recebo uma mensagem de texto de minha mãe. Maravilha.

Mãe: Sei que não sou sua pessoa preferida no momento, e que não é a melhor hora para isso, mas realmente acho que você não deveria mais andar com David Drucker.

Eu: VOCÊ ESTÁ DE SACANAGEM COMIGO?

Mãe: Eu vi o "Guia de Mapleview". A mãe de Annie o mandou para mim.

Eu: Como você se atreve? ERA O DIÁRIO PESSOAL DELE.

Mãe: Eu só estava preocupada com você. Isso é tudo.

Eu: Me deixe em paz.

Mãe: Querida, o que é "Projeto Acidente"?

Eu: Vá se ferrar!

## CAPÍTULO 21

# *DAVID*

O *pi* não resolve. Nem a tabela periódica. Tento fazer uma contagem simples e chego até trezentos mil, mas não consigo me livrar de nada disso. Meu caderno caiu em domínio público. A essa altura, Kit provavelmente já o leu. E, apesar de ter feito as suposições que (1) ela não tenha visto o link até as quatro horas da tarde, o que significa uma parada de 35 minutos no caminho para sua casa depois de nosso encontro e (2) ela lê com uma velocidade cuidadosamente lenta, apenas uma página a cada cinco minutos, o que sei que não faz o menor sentido considerando sua alta nota nos testes de desempenho para a faculdade, ela deve ter terminado de ler tudo há, no mínimo, uma hora. O que significa que está tudo acabado: nossos almoços juntos, o Projeto Acidente, eu estar em qualquer zona. O diagrama de Venn de nosso relacionamento acabou.

Penso em enviar uma mensagem de texto, mas estou com muito medo de ligar o celular. Assim que cheguei em casa, ele começou a vibrar com números desconhecidos.

Você é um merdalhão. Vou te matar.

Como vc se atreve a dizer que minha namorada parece uma porquinha? Da próxima vez que te encontrar vc é um cara morto.

Morra retardado.

Esquisitão de merda. Você é um espinhento.
Qual seu problema?
Faça um favor para todos nós e MORRA. Esse é um tema recorrente nas mensagens e também nos comentários on-line. O instinto assassino de meus colegas. O que parece desproporcional para o crime, pois é óbvio que não fui eu o responsável pelo post. Como as pessoas podem ficar zangadas por coisas que jamais esperei ou desejei que vissem? É tão ilógico. É como processar alguém por apenas pensar em um crime.

E eles querem que eu *morra*. De verdade. Tipo, que meu coração pare de bater, que minha mãe perca o filho e Miney, o irmão, que eu não exista mais, pelo menos na forma atual. E tudo isso só porque escrevi simples observações em meu caderno para me ajudar a lembrar o nome das pessoas e em quem devo confiar e como sobreviver nesse universo confuso chamado Ensino Médio. Joe Mangino, o capitão do time de futebol, não se parece em nada com um Joe, mas ele parece muito com um furão e costumava apertar meus mamilos quando passava por mim no corredor da escola. Será que foi errado escrever isso? Fazer uma observação para mim mesmo que, quando eu visse um idiota com cara de roedor, eu deveria sair do caminho. O apertão dói.

Estou presumindo que as ameaças de morte não são literais. Miney costumava me ameaçar o tempo todo quando eu era pequeno, e acredito que nunca foi sincera. Mas não vejo outra forma de interpretar o desejo de me verem morto. Talvez eles não queiram usar as próprias mãos e realmente me *assassinar*, o que implicaria o risco de serem pegos e irem presos, isso sem mencionar que precisariam ultrapassar certos limites moralmente aceitos, mas alguns deles querem o mesmo resultado final. Que eu não viva mais.

Faça um favor para todos nós e MORRA.

Se mate seu merdinha.

Não, as coisas vão ficando ainda mais específicas. Eles não querem que eu simplesmente morra, querem que eu cometa suicídio. Aparentemente a melhor coisa que posso fazer por esse mundo é deixar de viver nele.

Estou batendo as asas de novo. Lágrimas me escorrem pelo rosto. Estou perdendo o controle. Escorregando por um turbilhão vertiginoso. Eu costumava achar que a solidão era ficar sozinho com apenas uma voz na cabeça. Eu estava errado. Solidão é ouvir a voz de todo mundo também, só que em uma repetição sem fim: *morra, morra, morra*.

Uma batida à porta. Então, ela se abre. Nem me preocupo em olhar. Não sei ao certo se conseguiria, mesmo que quisesse. Sei que é Miney pelo som da batida única e o cheiro que vem depois. O novo perfume de sândalo e cabelo sujo.

— Saiu do ar — avisa ela. — O link. Foi desabilitado. Achei que ia gostar de saber.

Não digo nada. Continuo balançando, cabeça para o joelho e as mãos enfiadas no meio das pernas para eu não bater as asas, então fico balançando para a frente e para trás. Minha mãe deve ter ido ver a diretora no final das contas. Pena que é tarde demais. Todo mundo que importa já viu. Tenho certeza de que está no histórico de pelo menos uns cem computadores.

Kit nunca mais vai falar comigo.

Miney pergunta se pode fazer carinho em minhas costas. Faço que não com a cabeça. Uma vez. Com força. Ainda não consigo forçar as palavras a sair. Laranja. O mundo é laranja, como o centro flamejante do sol de um desenho animado. Ou um vulcão.

Sem toques, apenas esquecimento. Dar às pessoas o que elas desejam, como dizem por aí.

— Tudo bem. Eu amo você, tá? Tudo vai se resolver. Eu prometo, Dezinho — tranquiliza ela, mas o som parece distorcido. Em vez disso, vejo o laranja e ouço um barulho, como um rugido. Nada tranquilizante como o oceano, mas alto. Ensurdecedor. Aniquilador. — Sei que isso parece o fim do mundo, e eu já passei por isso, pode acreditar. Já passei por isso. Mas você vai ficar bem.

Mas para ficar bem, preciso estar aqui. E eu não estou. Estou flutuando para longe. O balão dentro de minha cabeça está ficando cada vez menor até que desaparece por completo no céu azul.

Não vou para a escola nos três dias seguintes. Em vez disso, fico no quarto e ocupo o tempo batendo os braços ou recitando o *pi* em minha mente. Durmo também. Um sono longo e pesado, que não é restaurador nem repleto de sonhos. É o mais próximo de morto que consigo chegar sem precisar, de fato, morrer.

Miney e minha mãe se alternam para verificar como estou e, às vezes, se sentam em minha cama. Mantendo uma distância segura de 70 centímetros para que a gente não se toque. Mas elas balançam comigo, no mesmo ritmo que eu, e eu gosto. É quase uma companhia. Uma pequena lembrança de que não estou sozinho. Não completamente.

No que deve ser terça-feira à tarde, um dia depois, Trey bate à porta. Eu não paro de balançar. Não levanto a cabeça. Não vamos ter aula de violão hoje.

— Estou aqui por você, cara. Quando estiver pronto — avisa Trey, mas não estou pronto.

Mais tarde, ouço Trey e Miney conversando no corredor. Tento prestar atenção, como se ouvir suas palavras e traduzi-las em frases que eu compreenda pudesse ajudar a me trazer de volta.

— Você fez um ótimo trabalho com ele — elogia Miney, e eu fico preso naquela palavra *trabalho*. — Ele vai ficar bem.

— Você acha? — pergunta Trey. — Eu não sei. Isso foi... assustador. Isso já aconteceu antes? Ele já ficou tão mal assim?

— Não. Não assim.

— Achei que estávamos fazendo algum progresso. — Penso sobre progressão de acordes de violão. Sintonizo meu cérebro nas sequências de notas que Trey me ensinou na semana passada.

— E estavam mesmo. Ele está indo muito bem. Até fez uma amiga. E estava fazendo algumas piadas. Ele parecia realmente estar conseguindo se conectar com alguém... até agora — diz Miney, e então suas palavras ficam mais suaves. Não sei dizer se é porque eles estão se afastando pelo corredor ou se é meu cérebro se fechando novamente.

Isso logo vai acabar, percebo bem depois. Sinto o desespero se esvair. Isso não é verdade. O desespero, a sensação apavorante de que as pessoas não apenas *não gostam* de mim, mas me *odeiam*, e que eu consegui perder a única amiga que já tive, esse sentimento não vai embora. Mesmo assim, decido que é hora de voltar, e sinto minha mente solidificar seus cantos, fechando as mesas de refeição e levantando o encosto dos assentos para se preparar para o pouso.

Coloco as pernas para fora da cama e me levanto. Estou tonto de fome e bebo o smoothie que minha mãe deixou na escrivaninha. Tomo banho e, quando vou lavar o cabelo, fico chocado de perceber como me restou pouco. Tinha me esquecido da transformação. Depois, quando abro o armário e percebo que minha mãe deve ter se livrado de minhas camisas e calças cargo antigas, luto contra o pânico. Pego uma de minhas novas roupas. Se pessoas normais conseguem lidar com botões e dobras e capuzes, eu também consigo.

Quando desço a escada, Miney e minha mãe estão conversando em voz baixa na cozinha. Minha mãe oferece meu sanduíche favorito ou uma canja, como se eu estivesse me recuperando de uma gripe. O cabelo de Miney voltou à cor normal, e ela não está mais de pijama. Percebo que essa é a primeira vez que a vejo vestida com roupas de sair desde que chegou em casa. Algo dentro de mim suspira com essa percepção, desfazendo um nó invisível.

— Vou à escola hoje — declaro, alto demais, acho.

Essa é a primeira vez que falo em três dias, e estou destreinado. Vou para a escola e, se qualquer um disser para eu morrer, vou responder *não, obrigado,* e continuar andando. Ou talvez eu não diga nada. De qualquer forma, Gabriel e Justin são os que deveriam estar sofrendo, não eu. Não fiz nada de errado.

— Não vai — discorda minha mãe, colocando um monte de comida na minha frente, cada item em um prato separado, exatamente do jeito que eu gosto.

— Eu não estou com medo — declaro.

— Não é isso, Dezinho. Já é quase noite! A escola está fechada — esclarece Miney, esticando a mão para tocar meu ombro. Ela deve estar me testando. Eu não me encolho.

Olho pela janela e vejo que o céu está azul-escuro. Como um machucado. Quero que o mundo fique verde de novo. Como os olhos de Kit.

— Coma — pede minha mãe. — E, depois, nós vamos falar sobre o que fazer.

O *nós* que ela acabou de dizer soa bem; não como o *nós* de *o que nós vamos fazer com você?* Este *nós* implica que não estou sozinho. Que todos nós estamos no Time David. Tenho uma visão de minha família como um grupo de pessoas do bem que lutam pelos fracos e oprimidos. O Time David, em minha imaginação parece muito com os personagens do filme *Sujou... Chegaram os Bears.*

— Tudo bem — concordo, e começo a comer no sentido horário de prato em prato. Depois de um tempo, levanto o olhar, e minha mãe e minha irmã ainda estão aqui, sentadas, me vendo comer.

— Bem-vindo de volta — diz minha mãe, com a voz grossa de surpresa, como se eu tivesse ido embora para um lugar do qual ela achou que eu jamais fosse voltar.


Mais tarde, Miney e eu damos a volta no quarteirão. Nos agasalhamos com casaco de inverno, cachecol e luvas, como fazíamos quando éramos crianças e minha mãe nos mandava ir brincar na neve. Eu odiava ser obrigado a sair e me afastar de meus livros, encontrar a umidade congelante. Lembro-me de sentir o frio pinicar a pele naquele espaço entre a manga e a luva, de como aqueles 2,5 centímetros de pele exposta estragavam tudo. Jamais consegui compreender como Miney conseguia continuar fazendo bonecos de neve e anjos com os pulsos frios.

Agora eu não me importo tanto. Gosto do volume do casaco. Do jeito como me sinto protegido ali dentro, a sensação de ser colocado para dormir.

— O ar fresco vai ser bom para nós — afirmou Miney.

Eu concordei porque já estou com a agenda atrasada — já não treino artes marciais há três dias, que é o intervalo mais longo desde que comecei a praticar —, e aqui estamos nós, caminhando pela rua. Parece que o resto de Mapleview já se recolheu essa noite. Vejo poucos carros, e não há mais ninguém andando.

— Gosto de seu cabelo — digo, apontando para o ponto que costumava ser roxo.

— Pensei que eu precisasse de uma mudança e, depois, percebi que não era disso que eu precisava no final das contas — explica ela. Penso em suas palavras, peso cada uma, do mesmo jeito que minha mãe aperta as frutas no supermercado, mas não consigo chegar do outro lado. Não sei o que ela quer dizer. — Estou orgulhosa de você, sabe? A faculdade não tem sido muito boa ultimamente, e, então, aconteceu uma coisa, nada muito sério nem nada, mas já estive mais ou menos na mesma situação.

— Você se sentou e ficou balançando para a frente e para trás, recitando o número *pi* por quase 70 horas? — pergunto.

— Tudo bem, não *exatamente* na mesma situação. Mas a parte da humilhação pública, sim. E, sinceramente, percebi que, se você é corajoso o suficiente para voltar à escola e enfrentar aqueles idiotas, então, também posso ser. Obrigada por isso. Mas também significa que logo estarei partindo. Considere este seu primeiro aviso — diz ela.

— Tudo bem — retruco. Antigamente, eu teria chorado ou gritado ou implorado para ela ficar. Mas não sou mais assim. Apesar dos eventos das últimas 70 horas, estou crescendo e ficando mais forte. Estou a quilômetros de ser normal. Nunca estarei no mesmo estado dos normais, nem necessariamente quero isso, mas estou chegando mais perto. Sou um refugiado na fronteira da normalidade. Ficará tudo bem quando ela for. Ficarei bem. E presumo que ela também vá ficar, porque ela é Miney. — Só não pinte o cabelo de novo. Gosto de reconhecer seu rosto quando volta para casa.

Ela sorri e me cutuca com o cotovelo. Nossas mãos estão no bolso, então isso se torna um jogo de cutucadas.

— Duvido muito que você tenha se humilhado em público — comento.

— Foi exatamente o que fiz. — Não pergunto como, porque sei, por experiência própria, que não é legal falar sobre essas ocasiões. Porque aí você precisa reviver tudo enquanto conta. E, se Miney quisesse que eu soubesse mais, ela teria me contado.

— Quanto tempo até você ir? — pergunto.

— Uma semana talvez? Mas vou voltar nas férias de primavera. E temos o FaceTime. — Concordo com a cabeça. — Então, li algumas das mensagens que você recebeu no celular. Sinto vontade de acabar com a raça dessa galera.

— Na verdade, eu poderia acabar com todos eles — garanto, e, por um instante, imagino isso. Uma série de golpes e todo o time de futebol estaria caído no chão. — Eu poderia matar todos eles se eu quisesse.

— Por favor, não faça isso.

Eu rio, porque nós dois sabemos que eu jamais faria uma coisa dessas. Quando eu era pequeno, costumava ficar triste se eu pisasse em um inseto sem querer. Posso até ser um mestre na arte de defesa pessoal, mas não gosto de machucar ninguém. E, de qualquer forma, apesar do que sentem em relação a mim, não quero ver ninguém morto. Nem mesmo Justin ou Gabriel. Mesmo que eu acredite na teoria quântica de que a consciência sobrevive à morte, não quero que seus corpos fiquem sem vida para sempre.

Não me importaria se eles se mudassem, no entanto. Isso seria bom.

— O que você vai fazer na escola amanhã? — pergunta Miney.

— O mesmo de sempre. Vou colocar os fones de ouvido. Ignorar todo mundo.

— E Kit?

Penso nos cílios de Kit, como a neve ficou presa entre eles, como se fosse um lugar bom para descansar. Penso em seus dedos entrelaçados aos meus.

Vejo suas costas quando ela foge de mim o mais rápido que as pernas conseguem carregá-la.

Penso nos contornos da palavra *nojo*, e no som vibrado do *j*.

— Não sei — confesso.

## CAPÍTULO 22

# *KIT*

Depois de três dias, David está de volta. Está sentado a nossa mesa, fones de ouvido e olhos baixos. No tempo em que esteve ausente, voltei à mesa de Violet e Annie. Ouvi enquanto elas organizavam uma nova lista de caras que seriam acompanhantes aceitáveis para o baile. Disse a Violet que gostava daquela calça jeans de cintura alta. Fui a todas as minhas aulas e à reunião do jornal e, depois, todos os dias voltei para casa e fiquei vendo Netflix com uma tigela de pipoca maior que minha cabeça. Comi sanduíche de peito de peru no pão de centeio duas vezes por dia. Eu deveria ganhar o prêmio de melhor atriz por um filme chamado *Normalidade*. Sem dúvida, eu seria a primeira mulher com ascendência indiana a vencer.

Quando minha mãe volta do trabalho à noite, vou para meu quarto ouvir música bem alto, o equivalente acústico da placa "NÃO PERTURBE".

Percebo o quanto senti falta de conversar com David.

Me aproximo dele devagar. Estou me sentindo esquisita. Como se fôssemos estranhos de novo. Como se esta não fosse mais *nossa* mesa. Será que não sei mais como agir perto da única pessoa em todo o mundo que me descreveria como a garota mais bonita da escola? Nem mesmo minha mãe seria tão caridosa assim. *A beleza não acontece tão facilmente*, é o que minha mãe gosta de dizer. *Você tem de se esforçar, Kit.*

— Oi — cumprimento, sentando em frente a David. — Como você passou esses dias?

Ele levanta o olhar e tira os fones. Como pude esquecer sobre o corte de cabelo e as roupas maneiras? Eu talvez não seja a garota mais bonita da escola, mas não há dúvidas de que ele é um cara muito gato. É claro que ele também é o mais esquisito, o que acaba equilibrando um pouco as coisas.

— Não muito bem — responde ele.

— Tenho uma coisa para você. — Tiro seu caderno da mochila e o deslizo em sua direção. Ele não faz nenhum movimento para pegá-lo.

— Você leu?

Percebo que seu olhar está pousado em minha clavícula, que é uma parte de meu corpo sobre a qual nunca pensei até conhecer David. Resisto à tentação de levar os dedos até as sardas que ele desenhou. Considerei arrancar aquela página — mantê-la como um lembrete de que existe alguém que me acha bonita —, mas me dei conta de que não era minha para pegar.

— Um pouco. Não tudo. Eu não deveria ter lido nada. Mas fiquei curiosa e meio que passei as páginas. Sinto muito. — Peguei a doença da honestidade com David. Eu não precisava dizer a verdade a ele. Deveria ter dito *não li*. Isso teria sido o suficiente.

Acontece que, embora seja inegavelmente esquisito e aleatório, não havia nada lá que fosse perturbador demais. Ele não me expôs. Em vez disso, em uma página nova perto do fim, havia uma lista sob o título Projeto Acidente de Kit e D.

*Nunca falar sobre o PA na escola.*
*Biblioteca?*
*Pesquisar especificações dos carros.*
*Calc.*
*Má ideia ajudar? Definição de Friendzone?*

Esta última me fez rir alto.

— Imaginei. — Eu queria que ele guardasse o caderno para que pudéssemos fingir que aquilo jamais aconteceu. Para que pudéssemos voltar ao modo de antes. Confortável. — Eu não sabia se você ia se sentar comigo de novo. Depois de tudo.

— Bem, você só escreveu coisas boas sobre *mim*. — Minha intenção era que isso soasse como uma brincadeira, mas a frase sai neutra. Existe, é claro, um monte de gente na cantina sobre quem ele não escreveu coisas boas. Não consigo imaginar como seria isso, saber que todo mundo na escola leu exatamente o que você pensa delas. É tudo muito *A pequena espiã*, a não ser pelo fato de que o livro infantil tem um final feliz. É claro que um milhão de pensamentos cruéis sobre meus colegas de turma já me passaram pela cabeça, mas eles ficaram trancados em segurança ali dentro. Sou ótima em manter meus segredos. Outra habilidade que adquiri depois do acidente. — Então, onde você estava?

— Em casa. — O olhar de David encontra o meu. — Eu a fiz fugir naquele dia? Eu não sei o que eu disse...

— Você? Não, não foi você. Foi... aquele... lugar — respondo, e ele concorda com a cabeça, como se compreendesse. E talvez compreenda, mas talvez não. É difícil saber. Às vezes, acho que ele é a única pessoa que sabe como ter uma conversa de verdade comigo hoje em dia, e, então, penso no caderno e em como ele é diferente, e me pergunto se eu não tinha imaginado tudo aquilo. Se eu estava tão desesperada para ter um amigo de verdade que criei em minha mente este outro David irreal.

— Você é rápida, sabia? — comenta ele, e, pela primeira vez desde que me sentei, ele sorri. Ele parece mais bonito assim: feliz. Não devo estar inventando um David. Não mesmo.

— Nunca vi ninguém correr tão rápido assim.

— Pois é.

— Você conversou com sua mãe? — pergunta ele, e eu nego com a cabeça. — Você vai acabar conversando. Quando estiver pronta.

Sua voz não demonstra dúvida, e eu me agarro a sua certeza. Porque sempre que penso sobre conversar com minha mãe, as lágrimas surgem depressa e as palavras ficam entaladas em minha garganta. Tenho ignorado as batidas na porta de meu quarto e as mensagens e as ligações. Olho para David, tentando não chorar. Eu tenho mantido tudo preso dentro de mim. Encaixotei todos esses sentimentos e os etiquetei de forma organizada e ordenada, como se eu pudesse me convencer de que eles quase não ocupam espaço. Só um cantinho de uma prateleira do armário.

Sabe o que as atrizes são na verdade? Boas mentirosas.

Antes de eu ter a chance de dizer qualquer coisa, o time inteiro de futebol americano se aproxima de nossa mesa. Um bloco de bíceps e quadríceps, em pé, ombro a ombro. Então, como se estivéssemos em um filme ruim de adolescentes, Joe Mangino, um cara grandão e dentuço, dá um passo à frente. Ele vira a bandeja de almoço de David. Uma caixinha vazia de leite cai no chão.

— É sério que você fez isso? — pergunto, e me levanto. Mas agora que estou em pé, percebo que não sei o que fazer diante de tantos músculos. Esses caras são grandes e não são meus amigos. Não posso pedir que parem, como fiz com Justin e Gabriel. Bem, posso pedir, mas eles não vão me escutar.

— Fique fora disso, Kit. Este merdinha tem de morrer — declara Sammy Metz, que parece ser um... que é um... talvez um zagueiro? Um garoto tão grande quanto um carvalho. Ele ficaria bem ao lado de Willow.

— Você não acha que isso é um exagero? — pergunta David, como se realmente quisesse uma resposta. Não há um pingo de medo em sua voz. Está tão calmo e tranquilo que chega a ser assustador. De repente, ele parece menos alienígena e mais robótico. — Você quer que eu morra? Passei quase três dias pensando sobre isso, e ainda não consegui entender.

— Não quero só que você morra — declara Joe. — Quero que você sofra. Muito. Então, estou decidindo se devo enfiar minha bota em sua goela ou fazer você engolir suas bolas.

— Sabe, se você enfiar uma bota em minha boca, é improvável que caiba. E eu não tenho a menor intenção de comer meus testículos — determina David, virando a cabeça, como se não estivesse mais interessado na conversa. Ele dá uma mordida na maçã e a coloca de volta no prato. Nós o observamos, e, quando ele levanta o olhar, parece surpreso em ver todo mundo ali. — O que você quer? Todo mundo está olhando. Você obviamente não pode encostar um dedo em mim agora.

— A gente vai te pegar, Drucker. Quando você menos esperar. A gente vai acabar com você — ameaça Joe, novamente com aqueles clichês horríveis. Será que é isso que ele faz nos fins de semana? Assiste a filmes ruins e pratica as falas dos personagens na frente do espelho? *Passo um: virar a bandeja. Passo dois: fazer ameaças assustadoras, mas genéricas. Passo três: tomar mais esteroides e ficar com peitos maiores.*

— Saiam já, rapazes — diz a Sra. Rabin, aproximando-se da mesa e espantando o time de futebol. Ela não pergunta se David está bem, apesar de tudo. Em vez disso, fulmina-o com o olhar e meneia a cabeça.

— O que deu na Sra. Rabin? — pergunto.

— O quê?

— Aquele olhar. O que você fez para ela ficar com raiva? David faz um gesto para o caderno.

— Ah, não! — Faço uma careta. — Professores também?

— É. — David encolhe os ombros, como se fosse uma marionete sendo usada por um amador. Sua linguagem corporal, percebo agora, parece tão ensaiada quanto todo o resto. — Espero que isso não afete minhas recomendações para faculdade.

Durante a aula de História Mundial Avançada, Sra. Martel fala sobre o impacto da Revolução Industrial: blá-blá-blá manufatura e engrenagens e terríveis condições de trabalho, blá-blá-blá. Envio uma mensagem para David. Nós dois estamos com o notebook aberto, então podemos trocar mensagens e fingir que estamos apenas anotando a matéria.

Ele está sentado a três fileiras de distância e uma mesa à frente — acho que se senta ali desde setembro —, e eu analiso seu perfil. Gosto dos cílios espessos e do desenho da bochecha, e do jeito que ele inclina a cabeça e olha pela janela.

Eu: Você está com medo?

David: Do quê?

Eu: De todo o time de futebol!

David: Não. Mas sabe do que tenho medo? Inteligência artificial consciente. E do aquecimento global. Em medidas equivalentes.

Eu: Eles podem matá-lo.

David: Eu sei. Nós criamos máquinas que podem aprender a sentir todo o espectro de emoções humanas, estamos todos mortos. E acho que já não podemos mais dar um jeito no aquecimento global. Estimo que condições climáticas apocalípticas logo serão algo muito comum.

Eu: Eu estava me referindo ao time de futebol! Talvez você devesse falar com alguém. Tipo com a diretora?

David: Ah. Por um lado, eles deixaram claro que me querem morto. Por outro, duvido de que eles queiram fazer o trabalho sujo. Isso sem mencionar que teriam de se livrar de meu corpo. Além disso, todas as ameaças anteriores por mensagem poderiam servir como provas contra eles pela polícia. Eles são burros, mas não tão burros assim.

Eu: ?

David: Acho que é altamente improvável que me matem.

Eu: Talvez não literalmente. Mas poderiam machucar bastante.

David: Altamente improvável também. Além disso, sou versado em várias formas de defesa pessoal, incluindo kung fu e krav maga. Eles é que deveriam ter medo de mim.

Eu: Sério?

David: Sim. Mas sabe o que não entendo?

Eu: NADA.

David: Isso foi uma piada, certo?

Eu: Sim, David. Foi uma piada.

David: Certo. Mas não entendo por que todo mundo está com raiva de mim, em vez de perceber que eu fui o maior prejudicado. Ninguém veio até mim e disse "Sinto muito que isso tenha acontecido com você". Ninguém.

Eu: Sinto muito que isso tenha acontecido com você.

David: Estou falando sério.

Eu: Eu também.

David: Obrigado.

Eu: De nada. Você realmente sabe krav maga?

David: Você acha que eu brincaria com uma coisa dessas?

CAPÍTULO 23

# *DAVID*

— Achei que a faculdade seria mais fácil — confessa Miney na manhã de terça-feira. Ela está sentada no canto da mesa do café da manhã, comendo uma torre de panquecas. Meu pai está cozinhando, usando fones de ouvido iguais aos meus, só que em vez de escutar música, como eu, ele prefere audiolivros. Diz que é uma forma eficiente de ser multitarefa, mas tem a vantagem não intencional de permitir que minha mãe e Miney conversem sem serem ouvidas. Estou atrás da porta, escondido para escutar o que estão dizendo. Já percebi que não tenho o poder da invisibilidade, mas chego bem perto disso. — Achei que fosse uma continuação do Ensino Médio. Mas, quando cheguei lá, tive de fazer novos amigos. E ninguém parece gostar de mim.

— Querida, é claro que as pessoas gostam de você. — Minha mãe se inclina e aperta a mão de Miney. Minha irmã está sendo ridícula. Todo mundo gosta dela. Essa é uma constante na vida, como a composição química da água.

— Não é só isso. Como você sabe, ter pressa para entrar na faculdade foi um desastre. Minhas aulas são muito difíceis. E tem esse cara...

— E? — pergunta minha mãe.

— E nada. Bem, não é nada de verdade. Eu realmente estava gostando dele, mãe, e achei que ele também estivesse a fim. E, então, eu o vi uma noite e, tipo, eu basicamente me joguei para cima dele, e ele deixou bem claro que não estava nem um pouco a fim de mim. Foi constrangedor além da conta. Além disso, não tenho amigos. Não amigos de verdade, pelo menos. Parece que a faculdade é uma só, um monte de rejeições. Talvez eu tenha escolhido o curso errado. Ou talvez seja um grande fracasso.

— Quem é você e o que fez com minha filha? Um cara qualquer não gosta de você, e você volta correndo para casa? — pergunta minha mãe. — Ele obviamente é um idiota.

— Na verdade, ele é superinteligente, mãe. Era meu tutor de física. Eu fui a idiota. — Miney baixa a cabeça na mesa, e minha mãe acaricia seu cabelo, como se ela fosse uma menininha. Acho que ela deve estar chorando, mas não consigo ver direito de onde estou.

— É por isso que você anda tão triste?

— Dezinho! Que susto! Não fique espiando as pessoas na surdina — grita Miney quando nota minha presença. Malditas roupas novas e o barulho que fazem. Minha calça cargo era bem mais discreta.

— Eu não estava na surdina. Estava escutando escondido — explico, entrando na cozinha.

— Pare com isso — dizem minha mãe e Miney ao mesmo tempo, então não tenho escolha a não ser relembrar daquela brincadeira da infância e dizer:

— Tem de tocar no verde. — Embora eu já saiba que isso não é realmente necessário.

— Talvez seja melhor conversarmos mais tarde — sugere minha mãe, e Miney concorda. Eu me pergunto o que meu pai acharia se soubesse que Miney precisava de um tutor de física. Desde o último verão, ele a tem pressionado muito sobre a faculdade. Ele exige que ela se forme em algo útil, como matemática ou biologia. Antes de ela partir, ele não parava de falar que Miney precisava entender o quanto a faculdade custaria para nossos pais, que era melhor ela descobrir logo no que era boa, que tinha de parar de perder tempo se maquiando, e se dedicar às ciências, como eu.

— Qualquer pessoa pode ser rainha do baile de formatura, mas nem todo mundo tem a oportunidade nem a capacidade de aprender com um geofísico vencedor do Nobel — dizia ele.

Miney, então, olhava bem nos olhos de nosso pai e respondia:

— Fui rainha do baile de boas-vindas, na verdade, e alguns pais ficariam muito orgulhosos.

Eu me mantive fora da discussão, embora não seja verdade que *qualquer pessoa* poderia ser rei ou rainha do baile de boas-vindas. Eu certamente não posso. Miney talvez não seja a melhor pessoa para se conversar sobre física quântica, mas ela tem a própria genialidade.

— Só quero dizer que os amo muito, e que tenho sorte de ter os dois filhos mais corajosos do mundo, e é claro que vocês cometem erros, mas, por favor, não permitam que ninguém os faça se sentirem pequenos, está bem? Nenhum de vocês — declara minha mãe, levantando-se. Ela dá um beijo no topo de minha cabeça e na de Miney, e segue para a pia. Minha mãe gosta de conversas tipo autoajuda. É meio que seu lance.

— Em termos estatísticos, é improvável que sejamos os filhos mais corajosos do mundo inteiro — determino.

— É só responder: *amo você também, mãe* — orienta minha mãe por sobre o ombro.

— E eu não sei como alguém pode fazer outra pessoa se sentir pequena. Presumo que minha sensação seja exatamente proporcional a meu tamanho.

197

Miney me dá um chute por baixo da mesa. Olho em sua direção, e ela está me olhando de cara feia.

— Amo você também, mãe — digo.

Estaciono meu carro na minha vaga exatamente às 7h57, o que me dá um minuto para pegar a mochila e seguir até as portas de entrada. Estou de volta ao meu dia a dia, que eu percebo, depois de todo o descontrole da semana anterior, é ainda mais importante que antes. Preciso manter o foco, seguir a rotina, encontrar minha paz no ritmo e na repetição. Minha playlist já está pronta, então coloco os fones de ouvido, como sempre faço ao sair do carro. Que é o motivo de não ter percebido logo de cara: todo o time de futebol americano está no estacionamento. Uma parede de carne sólida.

Pode ser coincidência, digo a mim mesmo. Talvez eles não estejam esperando por mim. Mas libero meus ouvidos para o caso de eu precisar de todas as minhas capacidades sensoriais.

— Drucker! — exclama Joe Mangino. Ou será que foi Sammy Metz? Não consigo diferenciá-los sem consultar meu caderno. Para mim, os dois parecem pedaços de carne de algum animal não identificado pendurados, que você encontra em um açougue velho. Uma parte branca pastosa e fria cheia de gordura. Esse cara parece mais um roedor que um suíno.

— Queremos ter uma conversinha com você. Diga oi.

— Oi — digo, e me arrependo na hora. Reflexo idiota.

— Então, não é segredo que queremos encher você de porrada — diz o Carniça. Este seria o nome perfeito para ele. Carniça. Concordo com a cabeça, porque ele está certo, não é segredo. Embora eu achasse que eles quisessem fazer algo pior. Achei que quisessem me matar. — Não se preocupe. Não vamos fazer isso aqui nem agora. Só queríamos refrescar sua memória. Para o caso de você ter esquecido. Para você ficar esperto.

— Eu não me esqueci — respondo, e vejo Kit saindo do carro uma fileira à frente. Gostaria que tivesse chegado alguns minutos mais cedo ou mais tarde, que é algo que eu nunca teria desejado antes, porque gosto de vê-la entrar na escola todos os dias. Não é uma necessidade para minha rotina, já que ela só chega na hora dois ou três dias por semana, mas, assim como gosto quando a senhora do almoço se lembra de usar a rede de cabelo ou quando meu telefone troca de faixa musical assim que chego ao armário, isso sempre significa coisas boas. Continuo andando, mas Carniça me impede com uma batida em meu ombro. Agora uma turma se juntou. Justin e Gabriel também estão aqui, um pouco atrás dos jogadores de futebol, todos parados bem no meio do estacionamento.

— Espere um pouco — diz Carniça, e a multidão abre um semicírculo em volta do garoto. Não sei como fizeram isso. Ninguém diz *fiquem em volta* ou *fiquem aqui*. Simplesmente acontece de forma orgânica. Como se pressentissem que algo está para acontecer e quisessem se sentar na primeira fila. — Ainda não dei permissão para ir embora.

— Nós realmente precisamos fazer isso? — pergunto, irritado, porque são 7h59 e não tenho tempo para esta pausa. Vou me atrasar. Não gosto de me atrasar. Também vou ter de descobrir uma maneira de passar por essa multidão, e eu odeio multidões. Elas fazem com que eu sinta que estou usando blusa de gola alta ou camisa de colarinho. Duas invenções pavorosas.

— Peça permissão. Diga: permita que eu passe. — Olho para ele, confuso. Por que eu teria de pedir permissão? Não preciso de permissão para entrar na escola. Ele não é um professor. Temos a mesma autoridade aqui.

Ah. A sensação chega antes da compreensão. Algo escorrega por meu corpo e envolve meu intestino. Reconheço a dor fria. Era assim que eu me sentia no Ensino Fundamental.

Tudo o que quero é colocar os fones de ouvido, entrar e voltar à rotina. Esquecer o atraso. Apagar este encontro com uma borracha.

E, então, vejo Kit e suas duas amigas cujos nomes eu sempre esqueço e a quem sempre me refiro como Arreada e Hippie. Elas se juntam à multidão, curiosas para saber o que está acontecendo.

— Vamos logo, retardado. Diga "permita que eu passe". Vamos lá. Você consegue.

— Deixem ele em paz! — exclama Kit, e sinto um aperto no estômago. Uma dor aguda, como se alguém tivesse me acertado um chute na barriga.

— Que gracinha. Ficando do lado do namorado — debocha Carniça, o que provoca uma ligeira onda de prazer. Porque ele se referiu a mim como namorado de Kit. Namorado! Mas, então, vejo o rosto de Kit, que está fechado, como no dia que eu disse que ela era boa motorista, e agora eu quero matar Carniça. Kit fica mais bonita com o rosto aberto.

— Saia do caminho — peço.

— Sua namorada é bem gostosa, hein? — Miney me disse que chamar uma garota de gostosa não é respeitoso, talvez porque esteja na mesma categoria da regra de não falar sobre o peso de uma garota? Olho para Kit, mas é claro que não consigo ler sua expressão. Será que está pedindo para eu lutar por ela? Para fugir?

— Pare já com isso. Este é seu primeiro aviso — digo, exatamente como aprendi no vídeo de kung fu. Estou dando a meu oponente uma chance justa de desistir. Uma resolução pacífica é sempre preferível a uma luta.

Meu corpo está vibrando. Eu poderia machucá-los se quisesse.

E, então, de repente, é isso que quero.

Carniça está rindo. Todos eles estão rindo. De mim. Volto ao sétimo ano, quando estou preso em um armário, o cabelo encharcado de água da privada que escorre por minhas costas em correntes gosmentas. E o cheiro. Penso em todas aquelas mensagens. Como fui tratado como *alguém inferior* desde que consigo me lembrar. Por que ser como eles é o padrão?

— Última chance — aviso, e dou um passo adiante, esperando que eles abram caminho para eu passar. Eles não abrem. Hoje vou ter de me desviar de minha rotina. Sair da zona de conforto, como Miney gosta de dizer. Vou fazer o que precisa ser feito. Fazer isso pelo time, como dizem por aí. Não vou poder voltar atrás, embora, apenas por um segundo, antes que tudo comece, eu feche os olhos e me imagine dentro da escola, dobrando no corredor, assim que Mozart começa a tocar em ré.

E, então, enquanto ouço aquela nota perfeita na mente, abro os olhos e avanço mais um passo.

E dou uma voadora em Carniça.


Estou sentado na sala da diretora com um saco de gelo com cheiro de comida da cantina no rosto. Nenhum prato específico, mas aquele cheiro enjoativo da mistura de todo tipo de coisa que servem lá: *nuggets,* batata frita, brócolis cozido. Bolo de carne malpassado. Meu nariz está machucado, mas fora isso, estou bem. Não posso dizer o mesmo do time de futebol.

— O que nós vamos fazer com você? — pergunta a diretora Hoch. Todo terror que evaporara com aquele primeiro chute e com o primeiro estalido, como se aquele único som e aquele único golpe tivessem feito todo peso evaporar, agora cai sobre meus ombros. Por sete minutos, eu era um guerreiro. Um herói. Um defensor das garotas. Ou de uma garota. A única garota que importa.

Eu não era David Drucker. O fracassado da turma.

Meus pais estão aqui, o que significa que é sério. Em geral, só minha mãe vem. É ela quem costuma ouvir o discurso *o que nós vamos fazer com você?* Em geral, eles terminam com minha promessa de me esforçar mais, embora eu jamais entenda no que preciso me esforçar mais.

Ser normal, acho.

Ser como os neurotípicos, que é outro jeito de dizer "como todo mundo".

Ser menos como eu.

Não quero mais ser menos como eu.

— Acho que "nós" não precisamos fazer nada — declaro, e, ao fazer isso, noto que minha língua está inchada. Alguém deve ter socado minha boca. Não me lembro os detalhes da luta. Foi tudo ação e reação, como se eu estivesse no piloto automático e não precisasse pensar. Um cérebro calmo e quieto. Depois terei tempo de recriar tudo em minha mente e descobrir a sequência. Saborear um pouco.

Logo depois, quando meus pensamentos voltaram, senti cheiro de sangue e ouvi gritos, e tudo o que eu queria era tomar um banho. Livrar-me dos fluidos corporais de outras pessoas.

— Eu estava simplesmente me defendendo. Até avisei Carniça, o que foi um gesto incrivelmente generoso.

— Carniça? — pergunta a diretora. Dou de ombros. Tenho cinquenta por cento de chance de acertar o nome. Foi Joe Mangino ou Sammy Metz. Não que isso importe. Acertei os dois.

— O primeiro cara que eu chutei — esclareço.

— Temos um registro de ameaças de morte no telefone de David — revela minha mãe. — Isso obviamente foi legítima defesa.

— Três alunos foram parar no hospital — declara a diretora. — Isso parece mais que legítima defesa para mim.

— Com fraturas pequenas — intervém meu pai. — *Pequenas.*

— Não posso tolerar esse tipo de violência — continua a diretora Hoch, e eu não sei para onde olhar. Não esperava que meu pai fosse me defender. Ele geralmente deixa minha mãe ser a responsável pela conversa. Mas, na verdade, foi ele quem me ensinou defesa pessoal.

— Diga-me então o que meu filho deveria ter feito. O time inteiro de futebol estava reunido, esperando por ele. Eles já tinham feito a mesma coisa na cantina. Quer que eu leia as mensagens que ele recebeu? — pergunta minha mãe, pegando meu telefone na mochila.

— Não acho que isso seja necessá...

— Seu merdinha. Eu vou matar você. — Lê minha mãe em tom neutro. — Morra, retardado. Faça um favor para todos nós e morra.

— Ela pode continuar. Tem muitas mais como essas — afirma meu pai, como se minha mãe estivesse lendo a lista de supermercado: *ovos, bacon, morango. Morra, morra, morra.*

Preciso que ela pare.

Quero colocar meus fones de ouvido. Quero bater os braços. Não faço nada disso.

Tento parecer o mais normal que consigo, enquanto seguro o saco de gelo fedido no nariz, e penso em Kit e em seu cheiro perfeito e em seu nariz perfeito. Nem muito grande nem muito pequeno, mas do tamanho certo. Ela é perfeita.

Não me lembro de tê-la visto depois do primeiro chute. Será que ela gostou? Gostou de ter sido defendida por mim?

— Por favor, Sra. Drucker, já discutimos no passado que essa escola talvez não seja a mais adequada para David. Que talvez exista outro lugar que atenda melhor suas necessidades. — Essa é a primeira vez que ouço isso, e a insinuação de que eu seja transferido me magoa mais que a palavra *necessidades*. Não encaro a diretora Hoch. Estou me dobrando em mim mesmo, ficando cada vez menor e menor, até desaparecer. Eu quero me transformar em algo que não pode ser visto no nível molecular.

Não posso ser transferido para outra escola. Não agora. Não depois de Kit.

Como não posso colocar meus fones de ouvido, eu me obrigo a imaginar que já estou com eles. Brinco de faz de conta. Sinto seu peso. O vácuo que exercem em meus ouvidos. O zunido de ruído branco na lista "Relaxamento de Dezinho", que Miney gravou para mim antes de ir para a faculdade. Os sons neutros lentamente tomando meu corpo.

— Diretora Hoch, com todo respeito, será que devo começar a ler de novo? Porque acho que você precisa recuar e considerar a situação de forma razoável. Meu filho foi o alvo aqui. Não foi ele quem agiu de forma inadequada. Seu amado time de futebol armou uma emboscada. — Minha mãe está quase cuspindo. Está com raiva. Sei disso porque ela tem uma veia que fica a 3 milímetros do meio da testa e que pulsa quando ela fica nervosa. Miney me ensinou isso, o que se provou ser um guia confiável para o humor de minha mãe.

— Sem dúvida essas mensagens de texto são inadequadas, e temos tolerância zero para *bullying* nesta escola. Mas precisamos colocar tudo em um contexto maior. Houve provocação...

— Você está brincando comigo? — explode minha mãe. Seu corpo inteiro está tremendo, meu pai coloca um dos braços a sua volta para evitar que ela saia girando da sala. — Aquele caderno era um diário pessoal e particular. E foi roubado, pelo amor de Deus! Não entendo o que está acontecendo aqui! Seu trabalho é proteger meu filho!

— Mas será que não percebe que é exatamente o que estou tentando fazer? Protegê-lo? Não é só o time de futebol. Obviamente um monte de outros alunos tem problemas com David. Eu quero mantê-lo seguro. — A voz da diretora Hoch está enganosamente calma. Quero flutuar para longe naquele tom, mas sei que não posso. Preciso estar aqui. Se eu não me concentrar, vou acabar em uma escola para crianças com necessidades especiais, onde eles não sabem o que fazer com quem tem uma carga de cinco aulas avançadas. Como vou explicar nas minhas aplicações para a universidade que fui obrigado a mudar de escola no meio do segundo ano? Não vou conseguir entrar em nenhuma. Jamais vou conseguir escapar de Mapleview. Serei o fracassado que todos esperam que eu seja. Não. — Talvez ele ficasse melhor, mais feliz até, em um ambiente em que pudesse fazer amigos de verdade.

— Da última vez que conversamos, há apenas um mês, você disse que ele precisava se envolver mais na comunidade escolar — intervém meu pai. — Ele entrou para a Liga Acadêmica. Vai participar de um show de violão daqui a algumas semanas. Ele tem um tutor de habilidades sociais. Suas notas são espetaculares.

Por um instante, quase penso em protestar, uma vez que não tenho a menor intenção de fazer o show de violão e nem sei se ainda faço parte da liga, pois faltei à reunião da semana passada por estar incapacitado, mas então, peguei a primeira parte do que meu pai disse. *Da última vez que conversamos.* Meus pais conversam com a diretora Hoch regularmente? Além disso, que tutor de habilidades sociais?

— Entendo tudo isso, de verdade, e não há dúvidas de que David é um fenômeno no que tange o âmbito acadêmico. Mas isso não muda o fato de que tenho três alunos no hospital.

— Que estão lá por consequência dos próprios atos — retruca minha mãe.

Mantenho a boca fechada. Uso todo o meu poder para não reivindicar o que é meu: *não, fui eu que os mandei para lá.*

— Alunos socialmente isolados fazem coisas assustadoras — continua a diretora, e talvez, pela primeira vez na vida, entendo as implicações. Ela está dizendo que sou um desses loucos que pode acabar dando tiros em todo mundo. Odeio armas.

— A senhora não me entende, diretora Hoch, e nem a verdadeira essência de minha pessoa. Não acredito em violência, a não ser em situações de legítima defesa. Nesse caso, fui provocado. Dei o primeiro aviso. Segui todas as regras de um combate justo. Não tive escolha a não ser me defender. Gostaria que a senhora soubesse que não sou socialmente isolado, que é um dos indicadores desse tipo de comportamento antissocial e sociopata. Sou amigo de Kit Lowell.

— Como é?

— Kit Lowell é minha amiga. Almoçamos juntos todos os dias — revelo, e talvez haja um tom de muito orgulho em minha voz, mas não me importo. É bom dizer essa frase em voz alta, assim como foi bom dar um chute na cara de Carniça. — Se sua preocupação é com o fato de eu não ter amigos, bem, eu tenho. Kit. E talvez José também, embora eu ache que a borracha fluorescente em seu aparelho seja uma escolha equivocada.

— Você é amigo de Kit Lowell? — pergunta a diretora Hoch, e até eu consigo detectar a descrença em sua voz.

— Sou, sim — confirmo. — E ela é minha amiga também.

CAPÍTULO 24

# *KIT*

Nos últimos quinze minutos, estou debatendo se devo ou não bater na porta da sala da diretora. A questão é: isso tudo é minha culpa. Se eu não tivesse me sentado à mesa de David, Gabriel e Justin não teriam roubado seu caderno, e, se não o tivessem roubado, o time de futebol não o teria nomeado inimigo número um. Além disso, foi só quando mencionaram meu nome (e minha gostosura, para ser específica) que David ficou irritado. Sei que David pode transformar tudo isso em algum algoritmo complexo, mas o fato é: sou responsável. Vamos ser sinceros, tirando o fato de minha mãe ter transado com Jack, todo o resto é minha culpa.

Mas quando escuto a diretora Hoch perguntar:

— Você é amigo de Kit Lowell? — Com um tom condescendente e descrente, como se achasse que sou algum tipo de amiga imaginária que David criou, decido que não tenho escolha, a não ser entrar em cena.

— David e eu *somos* amigos — declaro, enquanto abro a porta em um tom um pouco mais dramático que o desejado.

— E nada disso é culpa de David. É tudo culpa minha.

Só depois que as palavras deixam minha boca, quando vejo os olhares chocados de David, de seus pais e da diretora Hoch pousados em mim, é que percebo como estou agindo de forma totalmente inadequada. Então, penso: será que isso vai atrapalhar minhas chances de entrar na faculdade? Nunca senti uma vontade tão grande de ir embora de Mapleview quanto nessas últimas semanas.

— Não sei como isso a envolve — declara a diretora Hoch. Se eu fosse inteligente, eu iria embora nesse momento. Voltaria para casa, arrumaria as malas e me mudaria para o Alasca. Ou para o Havaí. Ou Paris. E daí que não falo francês? Não me resta mais nada aqui. Pareço estar queimando todos os meus caminhos de uma vez só. Até eu mesma já estou ficando farta de todo esse meu drama de adolescente ressentida. Chegou a hora de mudar e acabar com essa versão de mim mesma. Talvez eu até me livre do apelido Kit, que é próximo demais de Kitty, que é como meu pai me chamava. Kit agora parece ter uma carga muito grande. Eu poderia voltar a ser Katherine. Ou tentar algo totalmente diferente. Kath ou Katie. Apenas K. Uma inicial misteriosa.

— A questão é que tudo isso é culpa minha — repito. Vou fazer isso. Invadir a sala da diretora e apresentar meu caso, que não é meu. Isso nem é sobre mim. Sou apenas uma coadjuvante nessa história. A parte que você pula para ir direto ao mais interessante.

— Kit, isso não é sua culpa. Mas, veja, diretora, somos amigos. O que Kit acabou de fazer é a verdadeira definição de amizade — declara David, voltando-se para a diretora. — *Nós* não precisamos fazer nada em relação a mim. Estou indo muito bem. Fiz amigos. Sou exatamente como uma pessoa normal. E você deveria me valorizar como um aluno tanto quando valoriza o time de futebol.

David faz o gesto de aspas quando diz "nós".

— Nós o valorizamos, e ninguém aqui disse que você não é uma *pessoa normal* — argumenta a diretora, fazendo o próprio gesto de aspas em "pessoa normal". Se a vida inteira de David não dependesse dessa reunião, eu riria da conversa de dedinhos.

— Na verdade, é exatamente isso que está dizendo. Você está dando a entender que ele não merece a proteção estendida a todos os outros alunos, e que ele não tem o mesmo direito de estar aqui — acusa a Sra. Drucker, e, pela primeira vez, eu a encaro com atenção. Ela é exatamente igual a Lauren, porém mais velha. É bonita, e eu me pergunto se é tão difícil para David ter uma mãe tão bonita quanto, às vezes, é para mim. Mas então eu me lembro de que ele é igual a Lauren, lindo também, e, de qualquer forma, imagino que seja diferente para um garoto. Embora minha mãe e a Sra. Drucker sejam igualmente atraentes, o que Justin chamaria de "mães altamente pegáveis", elas têm estilos completamente diferentes. Minha mãe gosta do glamour e do ar agressivo de roupas justas e salto alto. A Sra. Drucker faz o estilo mais esportivo, com blusas mais soltas, jeans desbotado e tênis Converse cinza. Parece quase uma aluna. Seu cabelo está preso em um rabo de cavalo frouxo e exuberante. Diferente de mamãe, a Sra. Drucker não parece tentar; na verdade, é como se ela não estivesse fazendo absolutamente nenhum esforço. — Você está sentada aí, sugerindo que ele precisa de uma escola especial.

— David não precisa de uma escola especial — declaro. Mantenho a voz calma, mas sinto vontade de gritar. Não aguento mais. O mundo todo está de cabeça para baixo, e ninguém mais parece notar.

O time de futebol ameaça sufocá-lo com os próprios testículos, e é ele que talvez seja transferido?

Meu pai está morto.

Minha mãe está viva.

E eu também.

Eu também.

Por que não consigo calar a boca?

— Kit, será que você poderia nos dar licença? — pede a diretora Hoch. Talvez eu devesse arrumar a mala e ir para o México. México é uma escolha mais sensata, já que lá se fala espanhol, que sei um pouco, embora eu suspeite de que deva falar com o mesmo sotaque de Nova Jérsei da Señora Rubenstein, e eu poderia tomar margaritas com álcool. Nunca tomei uma margarita de verdade, mas parece algo de que eu realmente gostaria. Meu pai morou por seis meses em Oaxaca depois da faculdade e prometeu me levar lá um dia. Talvez eu devesse ir sozinha.

*Puf!* Desaparecer. Exatamente como ele. Eu me pergunto por quanto tempo conseguiria fugir usando o cartão de crédito de minha mãe. Será que seria tempo suficiente para o mundo voltar ao normal?

Não. Eu estava errada. O tempo não é a questão. O mundo jamais voltará ao normal.

— Posso apenas dizer que David é incrível e que ele não deve ser punido por isso?

— Por favor, volte para a aula. Novamente, ninguém pediu sua opinião...

— Com todo respeito, deixe a garota falar — interrompe o pai de David. Ele está usando calça cargo e uma camisa polo azul, ecoando as antigas roupas de David. Quando David se vestia assim, parecia o atendente de alguma loja de eletrônico, a pessoa a quem você pergunta qual é a melhor TV. O pai parece o gerente.

A diretora sente a necessidade de se defender e retruca:

— Eu só estava tentando manter o assunto particular. — Mas, então, muda de ideia. — Kit, pode continuar.

— Veja bem, não é culpa de David seu caderno ter sido roubado. É minha. Eu o transformei em um alvo. E é por causa desse caderno que todo mundo o odeia. Não me leve a mal. Ele não é normal mesmo. — Eu paro, olho para David e dou um sorriso. — Sinto muito. É verdade. Mas quem é? E desde quando ser normal é um requisito para frequentar o Ensino Médio?

— Gosto dela — declara o pai de David para ninguém em particular.

— Eu também — concorda a mãe de David.

— Ouvi dizer que você salvou o dia — declara Lauren (também conhecida como Miney) enquanto se acomoda na mesa do McCormick's. Ela não se apresenta. Não precisa. Os pais de David nos trouxeram para comer hambúrguer em comemoração, embora David e eu tenhamos de voltar à escola antes do sinal da aula de física.

— Na verdade, não — respondo.

Lauren me olha de cima a baixo. Estou de jeans, uma camisa de flanela e botas de cano baixo, uma roupa que minha mãe comprou para mim, já que ela é melhor nisso que eu. Lauren parece descolada mesmo com os óculos de sol lascados na cabeça, cabelo e roupas bagunçados. Estou intimidada e constrangida demais para perguntar como ela consegue.

— Minha mãe disse que, graças a você, David não foi expulso da escola.

— Não sei. Acho que foi David que botou para quebrar hoje — declaro.

— Literal e figurativamente — especifica David.

— Nunca vi nada assim. Ele parecia um mestre de kung fu ou algo do tipo.

— Na verdade, usei o krav maga na maior parte do tempo. Com alguns golpes tradicionais do caratê.

— Mas você ficou do lado dele. Fico feliz por isso. — comenta Lauren, e a parte de mim que ainda não superou as próprias inseguranças de caloura fica feliz diante da aprovação.

— A Kit! — exclama a mãe de David, e toda a família Drucker levanta os milk-shakes para um brinde.

Depois, quando saímos do restaurante e a mãe de David para e vai cumprimentar alguém que conhece e David e o pai estão discutindo se os astrônomos foram justos ao destituir Plutão do status de planeta, Lauren me puxa de lado, para longe da família.

— Estou em dívida com você — diz ela. — Por recuperar o caderno de David. Por falar com a diretora. Sério. É difícil não estar na escola para ajudá-lo. Eu realmente odeio estar tão longe. Então, obrigada por interceder. Eu não sabia o quanto sentiria saudade dele. Ou daqui, na verdade.

— Você não precisa me agradecer por ser amiga de David — respondo. — Gosto de ficar com ele.

Lauren aperta os olhos e os relaxa novamente, e, por um instante, acho que ela vai chorar.

— Você está certa — concorda ela. — Ele é gente boa. O melhor, na verdade. Mas só preciso falar mais uma coisa — avisa Lauren, pousando a mão em meu braço para impedir que me afaste. Noto que ela está usando botas masculinas de neve fora de moda, que na verdade parecem totalmente na moda em seus pés. Como ela faz isso? Ela é magia pura. Não existe outra explicação.

— O quê?

— Você provavelmente é gente boa também, mas só para você saber, eu amo David mais que a própria vida, então, se você magoar meu irmão, de qualquer forma, ou mesmo *pensar* em magoá-lo, eu vou arruinar sua vida. Posso não morar mais aqui, mas ainda posso fazer isso — avisa ela em um sussurro apressado, no estilo mafioso, o que, pensando bem, é bem o estilo de uma rainha do baile de boas-vindas, ainda que ela seja uma versão irônica e *hipster* de rainha. Os olhos estão secos e frios agora. — Estamos entendidas?

— Acho que sim.

— Ótimo — responde Lauren antes de me dar um meio abraço tosco e quase amigável. — Acho que a gente vai se dar muito bem.

Estou na reunião semanal do jornal, mas nada relacionado ao jornal é discutido, todos só estão falando sobre A Briga. As pessoas estão fofocando tanto sobre o assunto, que ganhou o status de título e o uso de maiúsculas iniciais.

— Você viu aquela gravata? Parecia algo vindo diretamente do UFC — comenta Annie.

— Achei que ele realmente fosse matar Mangino. Tipo, uns dez caras do time de futebol foram parar no hospital — admira-se Violet, que, apesar de ser a principal repórter do jornal, nem sempre se atém aos fatos.

— Ele está mais para Vangina — debocha um calouro que eu jamais tinha notado, fazendo o tipo de piada que seria suicida se Joe não estivesse a uma distância segura, no pronto-socorro.

— Como ele aprendeu a fazer aquilo, Kit? — pergunta Violet.

— Não faço ideia. — Não estou prestando muita atenção. Na verdade, estou tentando encontrar uma forma de pedir ao Sr. Galto para incluir meu nome nos indicados para o cargo de editor-chefe. Como não vou fugir para o México no final das contas, preciso ser aceita em uma boa universidade, preferivelmente uma do outro lado do país. Aposto que eu ia amar a Califórnia: céu azul ensolarado, garotos de bermuda o ano todo, estudar deitada em uma toalha de praia. Imagino a Kit da Costa Oeste, o tipo de garota que fica linda de biquíni e óculos de sol, e cuja completa existência pode ser descrita com a palavra *diversão*. Em outras palavras: o oposto de quem sou agora.

*Sr. Galto, por favor, considere-me para o cargo de editora-chefe. Sei que não tenho sido confiável ultimamente, e faltei a reunião, mas eu me esforcei muito nos últimos dois anos, e, se o senhor me der uma chance, eu vou melhorar.* Sim, vou pedir a ele depois, com essas palavras. Ele é o tipo que responde bem ao discurso humilhante.

— A não ser que façamos um artigo sobre a proeza de um tal de Sr. David Drucker na luta, o que decididamente não é o caso, acho melhor voltarmos para a pauta da reunião — declara Sr. Galto, e eu me empertigo na cadeira e abro meu notebook, como se estivesse pronta para fazer anotações. Assumindo a postura da aluna modelo que eu costumava ser. Ainda posso consertar isso. — Primeiro assunto de hoje, o cargo de editor-chefe. Que rufem os tambores...

Sinto um aperto no estômago. É tarde demais. Anos de trabalho duro e adulação jogados no ralo, porque não consegui me controlar e acabei distraída demais para pedir ao Sr. Galto que considerasse meu nome. Perdi a noção do tempo.

— Parabéns para Violet e Annie, nossas novas editoras- -chefes!

A sala explode em aplausos, e Violet e Annie dão gritinhos e se abraçam, porque a única coisa melhor que ser editora--chefe é compartilhar o cargo com sua melhor amiga. Eu me obrigo a sorrir e a fingir que não estou prestes a chorar, e que não me sabotei. Estou feliz por elas. De verdade. Mesmo assim, sinto que perdi alguma coisa, e pior ainda: acidentalmente solidifiquei minha posição como a estranha do grupo. Tornei permanente algo que era para ser passageiro.

Violet olha para mim, e, embora não diga nada, sei que está me pedindo permissão para ficar animada com isso. Abro ainda mais o sorriso. Mostro todos os dentes a ela.

E, quando Annie faz nossa saudação de escoteiras, eu retribuo.

Só mais tarde, quando já estou em casa, trancada no quarto, escondida de minha mãe e do resto do mundo, e me perguntando o que meu pai acharia de eu estar estragando tudo, é que me permito chorar. Pela terceira vez desde que ele morreu. Essa torneira foi definitivamente aberta.

CAPÍTULO 25

# DAVID

De repente, as pessoas querem falar comigo. Ficam me parando o tempo todo quando estou atravessando os corredores, e eu nem me preocupo com os fones de ouvido. Deixo-os pendurados no pescoço do jeito casual, como se fosse um cordão de um astro do rock.

— Cara, você é um monstro!

— Você é o cara! Não sabia que você tinha essa força!

— E aí, David!

Frases animadas são atiradas em minha cara, geralmente acompanhadas por gestos loucos de mão ou falsos golpes de caratê. Algumas pessoas até ofereceram a mão para um cumprimento típico, high five, que não deixa muita alternativa para interpretação a não ser *mandou bem*. Tenho quase 97 por cento de certeza de que nenhuma dessas pessoas quer que eu morra. Pelo menos não hoje.

— Você está atrasado — declara José, quando chego à reunião do decatlo. Não estou atrasado. Estou 23 segundos adiantado. Em vez de dizer isso, mostro a ele o celular, que está sincronizado com o horário de Greenwich. — Tudo bem. Mas, tradicionalmente, pedimos aos membros para chegarem às 14h57.

— Bem, você deveria ter me dito isso — replico, observando o grupo. Há sete pessoas aqui. Duas garotas. Cinco caras, incluindo José e eu. Não sei o nome de ninguém e não posso procurar, porque não trago mais meu caderno para a escola.

— Eu aprecio especificidade.

— Tudo bem — concorda José. — O que aconteceu com sua cara?

— Como você não sabe ainda? Ele, tipo, acabou com todo o time de futebol. Joe Mangino, que é oficialmente a pior pessoa do mundo, está no hospital por causa desse cara! — conta um garoto com um corte de cabelo que, se não me engano, é chamado de *mullet*, e que depois dá um soco no ar. Miney faz isso às vezes, embora o gesto seja acompanhado pelas palavras *será que eu mereço um uhu?* Eu nunca faço. Não sei o que é um *uhu*.

Considero corrigir Mullet, já que provavelmente existe no mundo alguém pior que Carniça — tipo os membros do ISIS ou até mesmo Justin —, mas me lembro de que é rude corrigir as pessoas. No entanto, esta é a Liga Acadêmica, então era de se esperar que eles gostassem de fatos corretos.

— Eu chorava todos os dias no primeiro ano por causa de Joe Mangino — conta José.

— Drucker é nosso herói — declara Mullet, abrindo os braços. — Venha conhecer a equipe.

Uma garota com tranças amarelas e óculos e uma camiseta muito legal que diz "NÃO CONFIE NOS ÁTOMOS; ELES INVENTAM TUDO" sorri para mim e estende a mão, que presumo querer que eu aperte, então é o que faço. A palma é fria e macia. Procuro em meu cérebro seu nome, mas tudo que me vem à mente é Garota de Cadeira de Rodas. Acho que ela talvez seja a segunda garota mais bonita da escola, mas ainda é muito cedo para oficializar isso, principalmente porque ainda não falei com ela. Aquela camiseta é muito pouco para seguir adiante. Ela deve estar no terceiro ano, porque não fazemos nenhuma aula juntos.

— Me chamo Chloe. Em nome de todos que já enfrentaram tantos abusos verbais e ofensas daqueles caras durante anos, e também em nome das lágrimas de José, nós o saudamos e lhe agradecemos — declara Chloe, e faz um pequeno giro com a cadeira.

— Não precisa agradecer — digo, e me pergunto se estou a azarando. Será que minha habilidade de fazer brincadeirinhas se estende além de Kit? Provavelmente não, mas não faz mal tentar, como minha mãe costuma dizer.

— Tudo bem, Drucker, esperamos que você mande ver por nós no encontro da semana que vem contra Ridgefield Tech. O time deles é todo de asiáticos, e eles são incríveis — declara Mullet.

— Isso foi racista — comento.

— Mas eu sou asiático, então posso falar. Meu povo manda muito bem nessa merda. — Não respondo nada, porque não sei se ser asiático permite que você diga coisas racistas sobre outros asiáticos. Não tenho informações sobre uma situação assim.

— Diga tudo o que você sabe sobre mecânica quântica — pede José, e, então, exatamente como quando chutei Carniça, meu corpo inteiro suspira de prazer.

— Onde você estava? — pergunta Trey, com um grande sorriso contraditório no rosto, quando volto para casa e o encontro esperando por mim na varanda da frente. Seu violão está no colo, e, como sempre, ele está de chinelo de dedo, mesmo que esteja do lado de fora por, pelo menos, 17 minutos. Não gosto de olhar para os dedos expostos e os tufos de pelos.

— Ah, não, eu me esqueci de nossa aula! — exclamo, sentindo um aperto no coração. — Nunca me esqueço de compromissos pré-agendados, mas a reunião passou de preparação da Liga Acadêmica para um debate sobre a existência do multiverso e a mecânica do continuum espaço-tempo, e eu devo ter me perdido na conversa. Surpreendentemente, Chloe tem muitos conhecimentos sobre o mundo quântico e sabe quase tanto quanto eu. Mullet é perito em matemática teórica. José é um grande conhecedor de história. Toda a experiência acabou sendo estimulante de um jeito bom, não do jeito do cabelo louro de Jessica nem do perfume de Abby. — Sinto muito.

— Sério? Você esqueceu? — pergunta Trey, enquanto me segue até o quarto no andar de cima, onde sempre fazemos as aulas. — Isso é ótimo!

— Foi um dia cheio. — Estou arrasado. Como pude esquecer minha aula? E por que Trey acha isso uma coisa boa? Rotina é importante. É por isso que hoje à noite, exatamente como em todas as noites de quinta-feira, é o dia do macarrão, e, também, ao contrário do que minha mãe diz, risoto não conta. (A não ser que fosse uma noite italiana, e não uma noite do macarrão. Nesse caso ela estaria certa.)

— Sua irmã me mandou uma mensagem de texto contando sobre a briga. Você está bem? — pergunta ele, apontando para seu nariz, que decididamente está menos azulado e inchado que o meu.

— Sim.

— Ouvi dizer que você entrou para a Liga Acadêmica. Isso é demais.

— Presumo que vamos ter de pagar a você a hora completa, mesmo que a aula seja mais curta, então, vamos começar logo. — Toco alguns acordes, como uma dica de que nosso trabalho começou, só para o caso de eu estar sendo sutil demais.

— Sem pressa. Vamos conversar primeiro — sugere Trey, colocando o violão no chão, como se não tivéssemos necessidade de usar nossos instrumentos. — Podemos ultrapassar um pouco o tempo.

— Você vai cobrar mais caro de minha mãe?

— Não se preocupe com isso.

— Não estou preocupado. Só estou tentando esclarecer.

— Não, eu não vou cobrar mais caro de sua mãe — me tranquiliza Trey e, então, enche a bochecha de ar e o sopra profundamente, exatamente como Miney faz. Trey se vira para olhar para mim. Ele está sentado em minha cadeira giratória; eu estou na cama. E ele faz aquela coisa esquisita que me obriga a manter contato visual. Tal técnica invariavelmente precede uma pergunta que vai me deixar desconfortável.

— David, por que você nunca pergunta como estou?

Ufa, que alívio. Essa pergunta é fácil. Achei que ele ia falar sobre a apresentação de novo. Apesar dos eventos recentes e não característicos, como sair com Kit e brigar com o time de futebol e entrar para a Liga Acadêmica, isso não significa que subirei em um palco para tocar na frente de *pessoas*. Isso não vai acontecer. Tenho meus limites.

— E por que eu faria isso?

— Porque é de bom tom fazer perguntas sobre as pessoas de vez em quando — responde Trey.

— Só temos sessenta minutos por semana dedicados a meu aprendizado de violão, e prefiro não os desperdiçar.

— Fala sério. A gente já está trabalhando juntos há dez meses, e você não sabe quase nada sobre mim. Se eu tenho irmãos ou irmãs. Qual é meu curso na faculdade. Onde eu moro. Quantos anos tenho. Você não tem nenhuma curiosidade?

— Não.

Eu tinha presumido que ele era filho único, por causa de toda a sua insistência para conversarmos, o que sugere desespero por companhia. Minha mãe me disse que ele está no último ano da faculdade, então deve ter uns 21 anos. Eu diria que estuda literatura comparada ou história da arte.

— As pessoas apreciam quando você conversa com elas. Isso faz com que sintam importantes — continua Trey.

— O que você está cursando? — pergunto, porque, embora eu aprecie eficiência, não gosto de magoar as pessoas. E agora que ele tocou no assunto, fiquei curioso. Pode ser que minha avaliação sobre ele esteja errada. Certamente não seria a primeira vez.

— Estou cursando duas faculdades: matemática e psicologia.

Ele diz a última palavra com firmeza, e, se estivesse transcrevendo nossa conversa, eu colocaria aquela palavra em letras maiúsculas. *Matemática e PSICOLOGIA.* Mas estou distraído com seu pescoço vazio. Pela primeira vez, ele não está usando o cordão com concha. E aquela falta, junto à consequente pele clara à mostra, é mais uma quebra de nossa rotina, provocando uma onda repentina de depressão e falta de esperança. Sinto vontade de chorar ou me deitar no escuro, o que é bastante inconveniente, uma vez que estou prestes a começar a aula semanal de violão.

Talvez eu compre um cachecol de Natal para ele. Para cobrir seu pescoço, que, em comparação com seus dedos dos pés, tem surpreendentemente pouco cabelo.

— Não teria imaginado matemática, e, se você está estudando psicologia, aposto que também gosta de ler o *DSM* — argumento, enquanto um pensamento se forma em minha mente do mesmo jeito que vou escavando algoritmos complexos. Peças de lego se empilhando uma sobre a outra até formarem algo reconhecível. Como pontilhismo.

A onda de depressão se afasta e é substituída por uma certeza vívida.

Dessa vez, eu compreendo. Com um atraso de dez meses, talvez. Mas finalmente entendi.

— Você não é meu professor de violão, não é? — pergunto.

— Como assim?

— Meu pai disse para a diretora Hoch que eu tenho um tutor de habilidades sociais. É você, não é?

— Gosto de pensar que nosso trabalho é multifacetado — declara Trey. Ele pega o violão do chão e começa a dedilhar.

— Tipo, eu ensino você a tocar violão, mas também espero poder ensinar outras coisas.

— Eu não tinha percebido. E me sinto burro. — Por que eu preciso passar a vida com apenas uma parte da imagem quando todo mundo consegue enxergar tudo? Como se meu nível de ampliação de pixels fosse definido em dez mil por cento. — Gostaria que você tivesse me dito. Desse modo, eu não teria me apressado em terminar nossas conversas.

— Sério?

— Bem, sim. Eu provavelmente posso aprender a tocar violão no YouTube, mas não tem nada lá sobre como conversar com as outras pessoas da escola. Pode acreditar, eu já pesquisei — confesso.

— Tudo bem, então. — Trey coloca o violão no chão e olha para mim.

— Então, você tem irmãos ou irmãs? — pergunto.

# CAPÍTULO 26

## *KIT*

— Filha, abra a porta.

Acordo com as batidas altas e invasivas de minha mãe. Meu rosto está úmido de lágrimas e baba. Meus olhos parecem inchados, difíceis de abrir. Estou envergonhada de novo pelo que parece provocar a torrente de lágrimas hoje em dia. Coisas pequenas em vez de grandes.

Não é como se esse fosse um sonho de uma vida inteira. Estamos falando do *Mapleview High Bugle*. E daí que não sou editora-chefe do jornal? Quem se importa? Não é como se eu fosse particularmente apaixonada pelo jornal, de qualquer forma. Não sou como David, que se deixa levar por todas as coisas pelas quais se interessa, lendo livros didáticos universitários até tarde da noite. Ainda não faço a menor ideia do que quero ser quando crescer. Isso era apenas uma forma de melhorar minha inscrição para a faculdade. Nada mais.

— Me deixe em paz! — grito. Minha voz está trêmula e triste. E me denuncia. Agora que mamãe sente minha vulnerabilidade, vai insistir. Esse é precisamente o tipo de situação em que ter um irmão ou irmã viria a calhar. Alguém com quem compartilhar a atenção de minha mãe.

— Eu vou entrar.

Ela abre a porta, usando uma chave extra para meu quarto, cuja existência eu desconhecia. Assim como minha família feliz, a privacidade era apenas uma ilusão. Eu me pergunto o que mais é uma mentira.

Não a encaro. Não lhe dou a satisfação de me ver nesse estado. Seria melhor se ela só achasse que eu estou zangada. Que eu a odeio agora. Essa versão patética de mim faz com que pareça existir um espaço para que ela volte a fazer parte de minha vida. Quero gritar: *não estou chorando por sua causa!*, mas não tenho energia para tanto.

— Precisamos conversar — declara ela, sentando na cama bem em cima de meus dedos do pé.

— Ai! — Não doeu, mas não estou a fim de ser madura sobre nada.

— Sei que está com raiva de mim — começa minha mãe, se ajoelhando para não esmagar meus dedos. — E você tem todo o direito de estar. Mesmo assim, acho que precisa me ouvir.

— Não.

— Kit.

— Não.

— Pare de agir como uma criança — ralha ela, o que, por algum motivo me faz explodir. Estou cansada de bancar a adulta. De tentar levar as coisas numa boa. De repente, estou fervendo de raiva. Deve ter sido exatamente assim que David se sentiu hoje mais cedo, quando começou a derrubar todo o time de futebol com chutes. Preciso aprender krav maga.

— Você está falando sério? Sou a criança agora? Não fui eu que transei com o melhor amigo do marido. Você é uma traidora e uma mentirosa.

— Por favor, querida — pede ela, em tom conciliatório, com braços estendidos, como se eu tivesse 4 anos e precisasse de um abraço para fazer o dodói passar. Como se minhas palavras não a tivessem atingido.

— Você tem ideia do que fez com papai? Ele ia pedir o divórcio. Ele ia acabar com a família. Foi esse o nível da mágoa que você causou! — Estou berrando, tão alto que os vizinhos, os Jacksons, devem estar me ouvindo mesmo com as janelas fechadas. Não estou nem aí. Preciso que ela entenda. — Só porque você é uma grande vadia.

— Kit!

— Pare de repetir meu nome! Você não tem o direito de dizer meu nome. Você não tem o direito de fazer nada!

— Kit! — grita ela de novo, mas não consigo ouvi-la. A raiva está borbulhando alto demais, provocando o som de estática. Ruído branco sobre ruído branco.

— Gostaria que você tivesse morrido. Não papai. Você! Isso não é justo — digo, me encolho na posição fetal e começo a chorar porque, embora eu tenha dito a coisa mais perturbadora que uma filha pode dizer para a mãe, e embora eu tenha visto as palavras a atingirem como um soco na cara (ela chegou a se encolher), não sinto nenhuma satisfação. Pior ainda, assim que as palavras saem de minha boca, percebo que não são verdadeiras. Eu amava meu pai, talvez até mais que amo minha mãe. Mesmo assim, apesar de tudo, preciso mais dela do que dele. Sempre foi assim.

Minha mãe leva a mão à boca, como se quisesse abafar um grito silencioso. Está mais pálida que o usual, tão pálida que está quase de minha cor. E, ao ouvir minhas palavras, sua compostura se dissolve.

— Ai, meu Deus! — exclama ela, e, então, começa a soluçar alto. — Ai, meu Deus. Você está certa. Não é justo. Ele realmente morreu sem saber o quanto eu ainda o amava. O quanto sempre o amei.

— Mãe — sussurro, mas não faço nenhum movimento para confortá-la. Só me sento e dobro os joelhos na frente do peito. Ainda estou encolhida, mas agora estou sentada.

— Entendo que você esteja me punindo. Mereço tudo isso, mas só quero que você saiba que não vai conseguir me causar mais dor do que já estou sentindo. Ele era meu marido, o pai de minha filha, passamos nossa vida adulta inteira juntos. Nem sei quem sou sem ele — declara ela, levando a mão ao peito. — O amor de minha vida morreu. Ele *morreu,* Kit. E exatamente no único momento de nossos 26 anos juntos que duvidou de mim.

E aí está. Pela primeira vez, minha mãe diz as três simples palavras — *ele morreu, Kit* —, e, pelo menos essa parte, a parte do ele *morreu,* é a coisa mais verdadeira que ela já disse.

— Por que você fez isso? — pergunto, e viro o jogo de novo. Voltei a soar como uma adulta. — Não me diga que era porque estava solitária. Quero saber por que você estava disposta a sacrificar tudo.

Ela suspira, fecha os olhos e os reabre, como se estivesse se preparando.

— Eu *estava* solitária. Isso não é desculpa. Apenas a verdade. Ou parte dela, pelo menos. Seu pai tinha os livros, o consultório e você. Não era de seu feitio dizer *ei, querida, você está linda.* Ele não dizia *eu amo você* com muita frequência. Simplesmente não era esse tipo de homem. Eu sabia disso quando me casei com ele e, no início, não precisei desse tipo de coisa. Eu me sentia bem comigo mesma. Não apenas em relação à aparência, mas em relação a tudo: nosso casamento, você, o trabalho. Durante anos, tudo funcionou muito bem. Parecia, sei lá, tão mesquinho e americano pedir mais que isso. Então, um dia, eu me olhei no espelho e, de repente, tinha 45 anos e percebi que não conseguia me lembrar da última vez que alguém, incluindo seu pai, tinha realmente prestado atenção em mim. Atenção de verdade. Eu me senti... Como se as pessoas não me dessem mais tanto valor. Como se eu fosse invisível — explica minha mãe. — Você é jovem demais para saber como é isso. Na sua idade, todo dia é como estar no centro do palco.

É claro que minha mãe pensaria que ter 16 anos é assim. Na escola, ela era uma deusa indiana de pele perfeita entre garotas brancas de pele oleosa e espinhenta. Ela era como Lauren Drucker, e não como Kit Lowell.

— Conversei com seu pai sobre como estava me sentindo, e ele não deu a mínima, disse para eu fazer as unhas ou umas luzes no cabelo, o que soou muito condescendente para mim. Ele disse que eu estava criando problemas em minha cabeça. Que estava tudo bem. Que *a gente* estava bem. Que todos os casamentos passam por mudanças. Sei lá. Ele não estava me ouvindo. Parecia que ele só queria me acalmar. Eu estava com medo de que as coisas tivessem mudado para sempre. Meia--idade não significa que a vida acabou, não é?

Não respondo. Parece que a meia-idade está a uma eternidade de distância.

— Jack estava deprimido com o divórcio, e seu pai achou que seria uma boa ideia se ele passasse mais tempo com a gente, para animá-lo. Às vezes, a gente conversava, e ele se tornou meu amigo também. Eu realmente precisava de um amigo naquela época. Essa vida pode ser tão solitária. Você não faz ideia.

Quero dizer que ela está sendo condescendente, mas estou cansada de falar. Minha raiva se transformou em algo amargo. De repente, não sei mais por que pedi a minha mãe para explicar. Não quero ouvir sobre sua solidão. Sobre a verdade da vida adulta. Não quero saber nada disso. Quero pedir que pare, mas ela continua a falar:

— Uma noite, quando seu pai estava em uma convenção de odontologia em Pittsburgh e você estava na casa de Annie, Jack e eu jantamos e ficamos bêbados. Não sei, por um momento foi como se eu tivesse igualado seu pai a meus pais. Comecei a sentir aquela sensação ridiculamente adolescente de que eu tinha de me rebelar, que eu precisava chacoalhar as coisas, sem me preocupar com o que aquilo poderia custar. Cometi um erro. Uma vez. Mesmo assim, um de nós deveria ter parado. Eu deveria ter pedido para ele parar.

— Isso não foi um erro. Foi uma traição — afirmo, encontrando minha voz. — Você não traiu apenas papai. Você me traiu também. Nossa família de três pessoas. E sua explicação não desfaz os danos. Um monte de gente se sente solitária. Talvez todo mundo se sinta assim. Mas as pessoas não saem por aí...

— Eu sei. Eu sei que não é desculpa. Estávamos de porre e agimos de forma idiota e pensamos... Não, nós não pensamos. Só agimos. Nós nos arrependemos na hora e, por pior que fosse, contei a seu pai. Eu tinha de contar. Nunca escondi nada dele. E foi então que ele deu entrada nos documentos de divórcio. Antes que eu tivesse a chance de explicar.

Levo um instante para reescrever a história que criei na cabeça. Na versão antiga, meu pai chegava em casa mais cedo do trabalho e encontrava minha mãe e Jack na cama. Imaginei lágrimas e socos no nível dos dramas de TV. A antiga versão trazia um caso longo, e não uma única noite de bebedeira. A antiga versão não deixava espaço para o remorso e a confissão. A antiga versão envolvia aquela palavra terrível: *amor*.

— Você é muito nova para entender tudo isso. Olhe para você. Minha bebê. Você é jovem demais para ter perdido o pai de forma tão cruel. Você nem deveria saber sobre minha ridícula crise de meia-idade. É jovem demais para tudo isso.

Quero me jogar na sua frente e ser seu escudo, e impedir que a vida aconteça com você. Mas não posso. Simplesmente não posso. — Minha mãe enxuga as lágrimas. — Sei que você vai me julgar e, talvez, até me odiar, e você tem todo o direito. Mas eu a amo, independentemente de qualquer coisa. Fui idiota e egoísta, e, um dia, quando você for mais velha, talvez entenda. Acho que seu pai estava começando a entender... Mas, agora, não posso pedir para você compreender. Só posso pedir que me perdoe.

Ela levanta meu queixo, então estou olhando diretamente em seus olhos. Nós duas estamos com o rosto molhado de lágrimas e com o corpo trêmulo de tristeza e de raiva e de arrependimento. Ela não está errada. Eu a julgo, eu a odeio pelo que fez, mas também a amo e não sei como lidar com tudo isso.

— Sabe o que me deixa mais triste em tudo isso? Não posso mais protegê-la. Não posso consertar nada disso para você. Nada disso.

— Não preciso de proteção — esclareço. Não digo *perdoo você*. Não digo *amo você*. Em vez disso repito as palavras: — Não preciso de proteção.

A questão é que nós duas sabemos que essa é outra mentira, como todo o resto.

Mais tarde, tenho uma ressaca de choro. Estou com dor de cabeça, meus olhos estão vermelhos e inchados, e parece que tenho um buraco no estômago. Com a porta trancada e uma cadeira sob a maçaneta para que minha mãe não possa entrar com sua chave secreta, respiro fundo e decido que, se eu quiser manter minhas amigas — e eu quero —, é melhor falar com elas. Mando uma rápida mensagem de texto.

Eu: Parabéns pelo cargo, meninas. Sério. Eu devia ter dito antes.

Violet: Vc tb merecia. Mas vlw.

Annie: VLW, K.

Violet: Você vai continuar no jornal, né?

Eu: Claro.

Violet: Ufa. Ei, festa na casa do Dylan na sexta. Vamos?

Annie: Vamos pfv. Pfv. 🖤🖤🖤🖤🖤

Eu: 😃 Dylan ou Dylan 😊

Annie: Dã, 😒

Eu: Tá bem.

Annie: Leve seu namorado também.

Eu: David não é meu namorado.

Violet: Talvez devesse ser. Aquela surra foi épica. Sou totalmente #TimeDavid.

Annie: Eu também! LEVE DAVID!

Eu: Não sei se ele vai querer ir.

Annie: Pela bilionésima vez, LEVE DAVID.

# CAPÍTULO 27

# DAVID

Às 7h57 de quarta-feira, cruzo com Kit quando estamos a caminho da escola. Ela dá um sorriso e gesticula como se dissesse *tire os fones de ouvido*, então faço isso. Se eu deixar a música tocando e caminhar enquanto conversamos, tenho quase certeza de que consigo virar a esquina bem na hora que uma nova música começar.

— Seu rosto parece melhor — comenta ela, fazendo careta. — Dói?

— Não muito.

Meu olho direito está com uma coloração azulada, e meus lábios continuam inchados, mas meu nariz já voltou às dimensões próximas do normal. No banho, notei sete pequenos machucados ao longo do tronco, e tenho quase certeza de que vou perder a unha do polegar esquerdo. Parece que Carniça teve de colocar dois gessos. Ele vai ficar no banco pelo resto da temporada. Não estou reclamando. Não recebi nenhuma mensagem com ameaças desde ontem. Por enquanto, meus colegas concordam que posso continuar vivendo.

— Então, vai ter uma festa na sexta-feira à noite — comenta Kit.

— Deve acontecer um monte de festas na sexta-feira à noite — respondo, o que soou muito mais legal em minha cabeça que em voz alta.

— Bem, essa festa específica é uma festa do Ensino Médio de Mapleview na casa de Dylan.

— Do Dylan ou da Dylan?

Kit ri consigo mesma, embora eu não faça ideia do que ela achou tão engraçado.

— Da Dylan.

— Certo. — Creio que Dylan é a que tem cabelo ruivo que começa curto, mas depois se abre nas costas. É espetacularmente geométrico. — Aquela com cabelo laranja triangular?

— Imagino que seja — responde Kit. — Então, eu queria saber se você quer ir?

— Com você? A uma festa do Ensino Médio de Mapleview?

— Sim. Comigo. À festa. Embora eu esteja começando a me arrepender de ter convidado, porque você está tornando isso muito mais difícil e constrangedor do que eu achei que seria.

— Eu adoraria ir à festa da Dylan com você — respondo rapidamente, antes que Kit retire o convite. Se eu não soubesse que isso seria totalmente inadequado, faria uma dancinha aqui mesmo.

De repente, compreendo o uso adequado do pedido de Miney *"será que eu mereço um uhu?"*, porque é exatamente o que eu quero — um *u* e um *hu* — seja lá o que for isso.

— Tudo bem, então — diz Kit.

— Tudo bem — repito, tentando manter a expressão neutra, mas fracassando completamente. Não, meu sorriso é tão grande que meus lábios doem. Coloco os fones de ouvido de volta, viro a esquina, e a música muda para a faixa três. Um bom começo para o dia.

Estou no shopping mais uma vez, comprando uma roupa para sexta-feira à noite. Miney declarou que era uma necessidade, embora eu não compreenda por que não posso simplesmente usar as roupas que compramos na semana passada. Tenho trocado de roupa em uma rotina mutuamente aceita por minha mãe, que me permite o máximo de repetição de roupas, mas também dá tempo para serem lavadas duas vezes por semana. O pensamento de ter de me ajustar a mais roupas novas faz meu corpo pinicar.

— Vai ter muito barulho na festa? — pergunto a Miney, já que ela sempre vai a festas e, sendo assim, é uma especialista no assunto. Digo isso bem alto, porque também está muito barulho aqui, enquanto passamos pela praça de alimentação, a parte de que menos gosto na experiência de ir ao shopping. Muitos cheiros misturados, de diferentes culinárias típicas, e crianças chorando e pessoas se empurrando enquanto carregam um monte de sacolas de compras.

— Vai.

— A ponto de me distrair? — pergunto.

— Provavelmente. Mas você definitivamente não pode levar os fones de ouvido.

— Vai ter cheiro ruim? Um monte de gente vomitando?

— Na maioria das cenas de festas em filmes de adolescentes, a heroína bebe muito e vomita no colo do pretendente. Gosto muito de Kit, mas talvez não tanto assim.

— Não. Tipo, isso às vezes acontece, em geral mais tarde, mas você vai ficar bem.

— Então, defina um número para isso. Qual você acha que é a probabilidade de alguém vomitar em mim ou perto de mim na festa da sexta-feira à noite? — peço, enquanto entramos na parte do átrio do shopping, a qual tem um teto alto de vidro e um piano. É o oposto da praça de alimentação. É vazio e aberto, e a única parte deste lugar inteiro que eu não odeio. A música não é tão ruim. Quero dizer, existe um motivo para o pianista estar tocando na frente da loja Nordstrom, e não no Carnegie Hall, mas o som é tolerável.

— 2,4 por cento — responde Miney, com uma precisão que não lhe é característica. Não pergunto como ela chegou a tal número, mas, considerando que ela costumava ir a pelo menos uma festa por fim de semana por meia década, isso significa que ela já deve ter vomitado aproximadamente seis vezes.

— É uma porcentagem razoável.

— Dezinho, você vai ficar bem.

— E se o pessoal do time de futebol estiver lá?

— Eles vão fugir e se esconder de você, já que aparentemente você é campeão de UFC agora.

— No UFC eles não seguem tantas regras. Eu sigo muitas regras com honra.

— Certo.

— Será que você poderia, por favor, me dar instruções sobre como se dança?

— Como é?

— Preciso de instruções sobre como se dança. Sobre como devo mover meu corpo no ritmo da música enquanto outras pessoas assistem. Explique tudo para mim. Passo a passo.

— Sério? Dançar não é uma das coisas que vem com instruções. Não é como montar um móvel ou algo assim.

— Por favor, me ajude.

— Bem, para começar *este* não é o tipo de música que vai estar tocando.

Ela faz um gesto para o pianista, que é careca e tem barba, uma combinação que sempre achei bizarra. É de se imaginar que você gostaria de ter cabelo no crânio e na mandíbula em nome da coerência.

— Nada de *Bolero* de Ravel. Entendi.

— Nenhuma música clássica, ponto. Provavelmente vai tocar o tipo de música que ouvimos no rádio.

— Corrigindo meu pedido original. Preciso de instruções sobre como se dança ao som de meros barulhos.

— Você só precisa mexer o corpo no ritmo das batidas. Sinta a música. — Miney ergue os braços e balança no ritmo de sons que não escuto. Ela fecha os olhos, coloca o peso na ponta dos pés e pula. Aproximadamente noventa segundos depois, ela para e olha para mim. — Sua vez.

— Acho que não. — Miney não responde. Apenas espera.

— Está bem.

Copio seus movimentos, dou saltos, sem saltar, o que é um uso equivocado da palavra. Deixo a gravidade fazer seu trabalho Meus tênis provocam um barulho agudo no piso de mármore.

— Não. Pare. Parece que está tendo uma convulsão. Pense em dançar como se fosse uma conversa, mas com a música em vez de com outra pessoa. Tudo é intuição e instinto.

— Certo. Porque sou muito bom nessas três coisas. Intuição, instinto e conversar com outras pessoas.

— Dezinho, sarcasmo combina muito com você. Mas é sério, você vai conseguir. Exatamente como quando está conversando com Kit. Siga o ritmo dela. Procure dicas. Se a música for acelerada, o movimento é mais rápido. Se for mais calma, o movimento fica mais lento e íntimo. Talvez para você a dança não seja algo instintivo.

— E vai ser o quê? — pergunto.

— Bem, você é bom com detalhes, não é? Em notar coisas pequenas? E você sabe como ouvir. Tipo, ouvir de um jeito que ninguém mais consegue. Então talvez seja melhor usar essas habilidades? Faça de seu jeito.

— Isso não faz o menor sentido. Dançar de meu jeito? Eu não tenho um jeito.

— Claro que tem. Todo mundo tem. — Chegamos ao centro do átrio, e o sol está brilhando bem forte. Está quente demais aqui. Ravel, de repente, parece uma opção agressiva demais para o shopping. Penso através de números, aplicando valores de análise custo-benefício, as chances de eu me humilhar se eu decidir dançar na festa. A matemática parece desconfortavelmente aleatória, como se eu tivesse usado números apenas para me sentir melhor. — E essa pode ser sua chance. Digamos que você esteja dançando com Kit. Talvez você se incline um pouco para ela e *bum*! Vocês se beijam.

— Você acha que essa é única oportunidade de minha vida de beijar Kit Lowell? Em caso positivo, quais são minhas chances? — pergunto.

— Acho sim e acho que suas chances são de 2,4 por cento.

— Então você está dizendo que na sexta à noite as chances de alguém vomitar em mim são as mesmas de eu ser beijado?

— Bem-vindo ao Ensino Médio — diz Miney.

CAPÍTULO 28

# *KIT*

— Você está linda — diz David bem em meu ouvido, tão perto que eu estremeço.

Minhas costas estão pressionadas contra um alto-falante emitindo música alta e horrível, e jogo o cabelo de um jeito que vi Jessica fazer, da direita para a esquerda e para a direita de novo. Eu me arrependo na hora, porque tenho um tipo de cabelo que fica frisado em vez de voltar ao lugar. Estou usando o vestido vermelho e justo de minha mãe, além de sapatos caros de salto alto, e trouxe uma garrafa cheia de vodca escandinava extravagante. E tudo isso faz com que eu me sinta fantasiada para o Halloween. Vestida para uma *festa de adultos*. Peguei — ou melhor, roubei — tudo, sem pedir, é claro, apesar do fato de que minha mãe ficaria feliz em me emprestar suas roupas, mesmo que não me desse a bebida. Mas isso implicaria em ter de falar com ela, e ainda não estou pronta para isso. O silêncio entre nós se tornou maleável e suave. Desconfio que estejamos nessa quietude por proteção mútua. Nós duas ainda estamos sofrendo demais para ter uma conversa.

Ainda estou jantando sozinha no quarto.

Ainda odeio e amo minha mãe.

A festa está cheia demais — a maior parte dos alunos de Mapleview High veio, e estou vendo alguns caras que se formaram no ano passado e frequentam a faculdade comunitária local —, e as pessoas estão dançando em qualquer lugar onde tenha espaço. Em cima do sofá, nas mesinhas de apoio. Eles se chocam uns contra os outros, como se isso fosse uma *rave*, e não a sala da casa dos pais de Dylan. Gabriel e Willow parecem estar se devorando bem no meio da pista de dança improvisada, o tipo de beijo exagerado e de mau gosto.

Abby e Jessica ficam rindo. Com base nos olhos vermelhos e o pacote de Cheetos que estão dividindo, acho que estão drogadas. Nenhuma das duas seria pega comendo algo tão fluorescente, quero dizer, *comendo qualquer coisa*, se estivessem sóbrias.

— Obrigada — agradeço a David, e espero que ele não perceba que estou ficando vermelha. Minha mãe, quando sente vontade de me elogiar, quase sempre sugere algum ajuste (*Talvez seja melhor experimentar com outra blusa, Kit? Amarelo não combina muito com seu tom de pele*), então, apenas quando sigo seu conselho e troco de roupa é que ela diz que estou *adorável*. *Linda* parece um avanço.

— Está muito barulho — diz David de novo em meu ouvido, e eu quero que ele continue falando. Porque a sensação é boa, o jeito que ele se inclina para mim, sua respiração fazendo cócegas em minha pele. Ele está certo, o barulho está ensurdecedor. Não faço ideia do porquê frequento essas festas. Não é como se eu realmente quisesse falar com as pessoas ou, Deus me livre, dançar. Teria sido muito melhor se David e eu tivéssemos ido ao McCormick's sozinhos para comer hambúrguer e tomar milk-shake.

Pego a mão de David e seguimos, passando por Justin, que é o DJ da festa, para a cozinha, fugindo do barulho e das batidas. Se na sala estava um caos, aqui parece um cenário pós-apocalíptico. As luzes estão acesas. Garrafas, vidros de ketchup e pacotes vazios de salgadinhos cobrem as bancadas.

Tem uma poça amarela no chão, e, pelo bem de Dylan, espero que seja cerveja, não xixi, embora, para ser sincera, ambos têm o mesmo gosto e o mesmo cheiro.

Violet e Annie estão apoiadas em uma bancada, tomando algo em um copo de plástico vermelho, e nos cumprimentam com entusiasmo cauteloso.

— Oi! — dizem em uníssono, e me dão um abraço meio bêbado e depois se inclinam para David, que, a princípio, não sabe bem o que fazer, mas depois se inclina também.

— Isso é nojento. Por que as pessoas não limpam o que sujaram? — David está usando uma blusa de cashmere azul bem ajustada e calça jeans que é surpreendentemente apertada. Está com a jaqueta de couro pendurada no braço. Está lindo, e é difícil parar de encará-lo. Ele arregaça as mangas e começa a juntar o lixo.

— Pode deixar — digo. Lauren deve ter escolhido as roupas. Elas têm o estilo descolado sem esforço que são sua marca registrada. Eu me pergunto se ela me daria aulas. Eu pagaria. Sério.

— É mesmo? Então eu realmente não sei o que a gente deve fazer aqui — confessa David.

— A gente tem de se divertir.

— Divertir. Claro. Acho que consigo fazer isso — concorda ele, mas parece desconfortável e está com aquela expressão que interpreto como cara de "download em processo". Como se estivesse traduzindo minhas palavras para o idioma que ele fala na própria cabeça. — Mas está muito barulho. Tipo, muito, muito barulhento mesmo. Até mesmo aqui. E as luzes são muito fortes.

— Beba alguma coisa. Isso deve ajudar. — Sirvo quatro doses da garrafa de minha mãe.

— Estou dirigindo — declara ele.

— Boa resposta. Mais para mim, então, meu MP — grace-jo, fazendo uma piadinha com *motorista particular*. Ainda bem que ele é responsável, mas não quero pensar em dirigir.

Entrego a Violet e Annie suas doses e viro a minha e a de David bem rápido, uma depois da outra. Elas descem queimando. Assim como David, não sei mais como me divertir, *como simplesmente ser eu*, então, decidi que, se vou sobreviver à festa, realmente preciso de um pouco de ajuda. Não vejo outra forma.

— Devagar — aconselha Violet, olhando para os dois copos vazios que acabei de virar. Eu já bebi antes, mas não muito e não com muita frequência. — A noite é uma criança.

— E nós também — declaro, e tomo outra dose bem rápido. Violet lança um olhar para Annie, mas Annie fica de meu lado dessa vez.

— *Touché* — diz Annie, servindo mais bebidas. Ela até serve um copo de refrigerante para David. — Um brinde para *hashtag* Time David!

— Para David — saúdo.

— Para mim? — pergunta ele, adoravelmente confuso.

Alguns minutos mais tarde, ou talvez muito mais tarde, realmente não dá para saber, David pega minha mão e me leva para o jardim dos fundos, que felizmente está silencioso. Minha cabeça está latejando, e o mundo, embaçado e girando muito. Estou bêbada. Isso é bastante óbvio. O nível da bebedeira e do arrependimento certamente só vou descobrir amanhã.

— Você quer minha jaqueta? — oferece David, e eu nego com a cabeça, o que obviamente é um erro. O movimento faz com que eu seja instantaneamente tomada por uma forte onda de náusea.

— Vamos nos sentar — sugiro, e nos acomodamos nos degraus da varanda. Fico bem perto de David, porque está frio do lado de fora. Somos os únicos idiotas o suficiente para sair. Até mesmo os fumantes abandonaram os cigarros e voltaram para o interior quentinho da casa.

— Você está bem? Você não vai vomitar nem nada, vai? — pergunta ele, e eu não sei por que acho isso hilário, mas acho. Caio na risada, e ele me acompanha, e o riso e o frio, de alguma forma, afastam o enjoo.

— Não. Eu juro que não vou colocar as tripas para fora. — David faz uma careta, e, é claro, fico vermelha de vergonha. Por que fui dizer *colocar as tripas para fora*, que é a expressão menos romântica de todas? Eu poderia ter dito apenas "não".

— Tipo, estou bem.

— Você combina, sabia? Seu exterior e seu interior são bonitos — afirma David, e então coloca um braço rígido sobre meu ombro.

O movimento é estranho e desajeitado, e, por causa da estranheza e da falta de jeito — e não apesar disso —, fico encantada. Ou talvez sejam as quatro doses de vodca e seja lá qual foi a outra mistura que Annie me serviu. De qualquer forma, gosto de me sentar aqui, com o braço pesado de David sobre os ombros. Gosto de olhar para seu perfil e me aquecer no brilho de seus elogios. Quero erguer a mão e sentir a barba por fazer ao longo de seu queixo. Diferente dos caras aqui, ele é mais homem que menino.

— Eu gosto de combinar — revelo, o que percebo que não faz sentido, mas acho que soou sedutor.

É bem mais fácil flertar quando se está bêbada. Como nunca percebi isso antes? Esse é o tipo de informação básica que, com certeza, alguém como Lauren Drucker já sabe. David é cheiroso, e seu pescoço parece tão convidativo. O tipo de lugar onde eu deveria descansar minha cabeça tonta. E é o que faço. Aconchego-me bem ali. O que eu jamais faria sem a coragem proporcionada pelo álcool.

— A gente combina — declaro, e, assim que as palavras saem de minha boca, já sei que amanhã vou me lembrar desse momento e me encolher de vergonha. *A gente combina?* Mesmo através da névoa da bebedeira, sinto-me aliviada quando ele não ri de mim. Em vez disso, ele me aperta um pouco mais e me puxa mais para perto, então, meu corpo está contra o dele e é bem quente. Nossos corpos se encaixam. Eu o cheiro disfarçadamente e sou recompensada por um aroma fresco e cítrico.

Percebo que quero que ele me beije. Eu não tenho muito mais para querer. Não posso desfazer tudo o que aconteceu nos últimos dois meses. Não posso trazer meu pai de volta à vida. Nem fazer com que minha mãe não seja uma adúltera. Não posso desfazer a tragédia, e não sou ingênua a ponto de achar que os cálculos sobre o acidente me farão sentir melhor. Não posso me tornar editora-chefe. Não posso consertar nada disso. Mas beijar David seria bom, bom o suficiente para eu não pensar no aviso de Lauren para não magoar seu irmão, bom o suficiente para eu não pensar se David é capaz de entender o conceito de ficar sem compromisso com alguém, bom o suficiente para eu não pensar no verdadeiro motivo de eu ter começado o Projeto Acidente.

Bom o suficiente para eu não pensar em meu pai nem em minha mãe nem em nada mais.

David me disse que sou linda, não apenas uma, mas duas vezes, e, nesse momento, realmente não acho que ele esteja mentindo, que eu realmente sou, ou que talvez, um dia, possa ser, bonita; por dentro e por fora.

Beijar David me faria esquecer.

Será que isso é tão errado assim? Querer esquecer tudo só por um tempo?

Beijar David seria bom.

Será que preciso de mais motivos que isso?

Time David, penso. Estou totalmente no Time David.

CAPÍTULO 29

# *DAVID*

A cabeça de Kit está em meu ombro. Ela usa um vestido vermelho que a faz parecer uma múmia. É feito de bandagens superjustas e vermelhas, o tipo de vestido que deveria ser ilegal para uma adolescente, porque a deixa com cara de 25 anos, e não 16. Quero tocá-la. Quero lhe dizer que é a primeira garota que já amei, pois acho que o que estou sentido é isso: amor.

Jamais me senti assim. Nunca alguém ocupou um lugar tão importante de minha mente e fez com que o resto das coisas ficasse do lado de fora. Aqui, nesse quintal tranquilo, posso me desligar da batida alta da música. Aqui, com sua cabeça no ombro e o cheiro de seu shampoo — amêndoa e mel — e a sensação do cabelo macio contra meu rosto, posso esquecer que sou David Drucker. Posso me esquecer de tudo. Que sou o tipo de pessoa cuja mãe precisa contratar um tutor de habilidades sociais que a ensine a manter uma conversa humana básica. Que sou o tipo de pessoa que costuma receber mensagens que dizem *morra, fracassado*. O tipo de pessoa idiota o suficiente para entrar em um banheiro com Justin só porque ele prometeu que tinha um "lance maneiro para me mostrar".

Como eu a beijo? Miney me deu uma tonelada de conselhos, tipo, não enfiar a língua pela goela de Kit ou babar muito. Ela até me obrigou a assistir a alguns tutoriais no YouTube sobre a técnica. Mas nunca chegamos à questão de como aplicar tal técnica. Como saio de estar a seu lado, ostensivamente observando as estrelas e ouvindo o rangido do balanço, para unir nossos lábios?

— Kit? — Decido que vou simplesmente pedir que ela me beije. Ou melhor: vou perguntar se posso beijá-la. Melhor ser direto e claro. Não deixar espaço para problemas de comunicação, minha especialidade.

— Hum — responde ela, que presumo significar *o quê?*

— Como você se sentiria se eu... quero dizer, o que você acha da ideia... — Não consigo dizer as palavras. *Como você se sentiria se eu a beijasse?* Talvez *posso beijá-la?* seja melhor. Sim. Isso seria mais preciso. Quero uma permissão, e não uma discussão complexa sobre seu estado emocional.

*Posso beijá-la?* Uma frase simples. Posso fazer isso.

Viro-me para ela novamente, e, enquanto falo, meus lábios roçam sua testa. Quase um beijo. Apenas alguns centímetros de distância.

— Posso...?

Mas, antes que eu consiga formular a pergunta, ela vira a cabeça, se inclina e suas mãos envolvem minha nuca, e ela acaba com a distância. Poucos centímetros apagados completamente. Seus lábios estão sobre os meus, e estamos nos beijando.

Tudo em que consigo pensar é *Kit me beijou*, e esse pensamento fica se repetindo em minha mente diversas vezes até eu parar de pensar completamente.

# CAPÍTULO 30

# *KIT*

Estou beijando David Drucker. Estou beijando David Drucker. Estou beijando David Drucker.

Eu estava errada. Achava que esse seria seu primeiro beijo. Que seria desajeitado e um pouco difícil, mas legal mesmo assim. Não pode ser. Não pode ser mesmo. Esse cara sabe exatamente o que está fazendo. Como segurar minha nuca com as mãos. Como se mover de forma suave e lenta, e, então, aumentar o ritmo e, depois, desacelerar. Como roçar pequenos beijos em meu rosto, e como descer até o queixo e seguir até minha testa, suavizando o ponto de preocupação bem no meio das sobrancelhas. Como parar e olhar bem em meus olhos, olhar de verdade, com tanto carinho que consigo sentir bem no meio do estômago.

Ele até traça a pequena cicatriz em zigue-zague que tenho em uma das sobrancelhas com a ponta dos dedos, como se ela fosse bonita.

Eu poderia beijá-lo para sempre.

Vou beijá-lo para sempre.

Estou beijando David Drucker, e sim, eu me esqueci de todo o resto.

Porque seus lábios estão em volta dos meus.

Porque é o melhor beijo de minha vida.

Nós nos beijamos e beijamos, e só paramos quando David se afasta, pega meu rosto com as duas mãos enormes e diz:

— A polícia está aqui. Temos de ir.

Até isso parece romântico. Ele se transformou de um colega desajeitado de turma em um parceiro de crime. De mãos dadas, corremos até seu carro, e ele abre a porta do passageiro para mim. Oferece sua jaqueta uma última vez.

— Eu estou bem — asseguro. — Você me manteve aquecida. — Ele sorri para mim, e, mesmo no escuro, percebo que ele ficou vermelho. E eu também. Estou quente.

— Pelo menos o cachecol. — Ele tira um cachecol do bolso da jaqueta e o enrola em meu pescoço. Cashmere, tão macio quanto o suéter. Tudo o que ele usa é macio. Ele pega as duas pontas e me puxa para si. Um gesto suave, e nos beijamos mais uma vez. Meu peito se aperta, meu corpo formiga, e eu me dissolvo em David. Parece ser errado ter de sair do momento. Quero ficar aqui para sempre.

— Vão para um quarto! — Eu ouço Gabriel gritar quando passa por nós. Mas não me importo. Time David, penso novamente. Com certeza, estou no Time David.

Não conversamos no caminho para casa. Não precisamos. Eu me sinto quente e exultante, como se tivesse um segredo que quero guardar só para mim. David Drucker, que consegue ser tantas pessoas ao mesmo tempo: o cara que sempre se senta sozinho, o cara que conversou sobre física quântica enquanto estava sendo atendido por meu pai, o cara que segurou minha mão na neve. Eu beijei David, o cara com quem mais gosto de conversar, e foi perfeito.


Quatro horas da manhã. Sozinha no quarto. O frio na barriga que senti a noite toda de repente se esvai. Minha boca está com um gosto amargo. Tudo gira. O cachecol de David está esquentando e pinicando meu pescoço. Está apertado demais. Sinto-me o oposto de bonita.

Os arrependimentos começam a cantar sua canção cruel em meu ouvido. Repetindo-se automaticamente.

Então, de repente, começo a ver o acidente no teto do quarto. Faróis. Pneus cantando. Meu pé reage de forma muito lenta. Sempre lenta demais.

Eu me lembro de tudo.

Faça isso parar.

Eu me arrasto para o banheiro e chego bem na hora.

Coloco as tripas para fora até o amanhecer.

## CAPÍTULO 31

# DAVID

Passei gloriosos noventa e seis minutos beijando Kit Lowell. Noventa e seis minutos, nos quais seus lábios estavam contra os meus, ou minha boca estava em seu pescoço, ou naquele círculo incrível de sardas bem na clavícula. Eu poderia passar o resto da vida beijando Kit sem me entediar, sem parar, a não ser para as necessidades fisiológicas ocasionais, como dormir e me alimentar e ir ao banheiro.

Melhor. Noite. De. Minha. Vida.

Depois de deixar Kit em casa, fico deitado na cama. Minha mente está um turbilhão, mas, dessa vez, é de um jeito bom. Não preciso me convencer a deixar essa sensação. Beijar Kit não foi uma experiência sufocante no sentido olfativo, auditivo ou sensorial. Nem foi bruto ou úmido demais, como eu temia que fosse. Não teve nada de esmagador. Foi perfeito. Beijar Kit foi um *privilégio*.

Repasso a noite repetidas vezes na mente, principalmente aquele primeiro minuto. Como Kit puxou meu rosto em direção ao seu, a sensação de suas mãos se fechando em minha nuca, a ausência de ambiguidade sobre o que ela queria.

Tudo estava claro.

Ela me escolheu.

*Ela me* beijou.

A mim.

Por essa noite, pelo menos, posso fingir que sou algo próximo de incrível. Usei uma jaqueta de couro que parece propositalmente desgastada. Minha calça jeans era ajustada ao corpo, como a de um garoto de alguma banda. Enrolei o cachecol no pescoço de Kit e o deixei lá, só para ela ter de devolvê-lo. Essa ideia foi totalmente minha. Eu não aprendi no YouTube nem com as instruções de Miney nem em um filme de adolescente.

E agora, que fui exposto a essa sensação, lábios perfeitos contra lábios perfeitos, a ordem natural das coisas, eu me pergunto por que as pessoas não se beijam o tempo todo, todos os dias. Como conseguem fazer qualquer outra coisa?

Sinto que renasci. Não sou mais o esquisito de Mapleview que bate as asas. Existe esperança para mim no mundo lá fora, esperança de que eu possa, um dia, sair daqui e começar como outra pessoa. Minha versão 2.0. Minha versão um pouco suavizada.

Amor. Testo a palavra na mente algumas vezes. Deixo-a tomar meu cérebro do mesmo jeito que faço com uma fórmula, lentamente no princípio, e acelerando aos poucos, até chegar ao outro lado inteira e resolvida.

Amor.

Sim, está claro o que aconteceu aqui. O que Kit fez comigo. *Ela me beijou.*

E a biologia tomou conta do resto.

A onda de dopamina. E talvez um toque de serotonina e adrenalina também.

Uma linda reação química.

E, simples assim, estou loucamente apaixonado por Kit Lowell.

★ ★ ★

Como o amor é uma coisa nova para mim, começo por onde eu começaria qualquer outro exercício intelectual, e faço uma pesquisa no Google: *o que fazer quando você ama alguém?* A partir daí, chego a regras de conquista, que é um jeito leigo de dizer "ritual de acasalamento de humanos". Ao que parece, o indicador mais certeiro do grau de atração que uma pessoa exerce é a simetria de seu rosto. Então, meço o meu e fico aliviado ao descobrir que minhas metades têm dimensões praticamente equivalentes. Ótimo. Depois, para provar que são capazes de sustentar potenciais crias, os homens precisam gastar dinheiro com o objeto de sua afeição. Embora eu não tenha renda no momento, decido que a melhor forma de mostrar para Kit que sou um parceiro adequado é exibir meus outros atributos genéticos. Talvez eu não seja bom em bater papo nem fazer amigos nem seguir a etiqueta social do Ensino Médio, mas é incontestável que sou excepcionalmente talentoso em ciências e matemática. Preciso mostrar isso a ela, exatamente como as aves-do-paraíso exibem suas longas penas. Pego meu caderno e anoto as duas partes de meu plano.

Primeiro, vou ficar acordado durante toda a noite e concluir o Projeto Acidente. Vou mostrar a Kit as aplicações práticas de meu conjunto de habilidades, além da miríade de modos inesperados em que elas podem beneficiá-la.

Segundo, vou convidar Kit para uma reunião da Liga Acadêmica. É um pouco óbvio usar o evento como uma forma de conquista, mas, como Miney costuma dizer, *quem pode, pode*.

Em vez de dormir, desenho diagramas, calculo eixos e velocidade, pesquiso modelos de carros e seus vários sistemas de frenagem. Minha calculadora científica esquenta por excesso de uso. Na Internet, encontro peritos em colisões de carro e mergulho profundamente nos grupos forenses de trocas de mensagem. Aprendo sobre concussões, fraturas da cavidade torácica e perfurações no coração. Pego as fotos que tirei do local do acidente e amplio a que Kit me mandou do carro de seu pai em meu monitor de trinta polegadas. Uso meu novo software para dar zoom na foto. Examino o sangue no painel do lado do passageiro. Copio o padrão de borrifo de sangue. Leio as reportagens sobre o acidente e encontro uma foto do outro carro, um Ford Explorer azul-marinho, com um para-brisa estilhaçado, dobrado ao meio. Um carro mais parecido com um aviãozinho de papel. No fundo, há um Mini parado na calçada, com danos mínimos: apenas dois faróis quebrados e um grande amassado no capô. A reportagem não menciona seu envolvimento no acidente, mas, com base em minha análise, presumo que estivesse atrás do Volvo. Outro carro muda as coisas. Acrescenta uma camada de complexidade. Gostaria que Kit tivesse mencionado isso antes.

Alinho as três fotos uma do lado da outra, como se fosse uma tirinha em quadrinhos, embora essa não seja nem um pouco engraçada.

Não importa quantas vezes eu confira meu trabalho — e faço isso várias vezes, talvez tantas quanto revivi os beijos de Kit —, a matemática não faz sentido. Pelos meus cálculos, os únicos cálculos, o pai de Kit não deveria estar morto.

— O que foi? — pergunta Miney, quando entra em meu quarto no sábado de manhã e me encontra na escrivaninha, usando as mesmas roupas de ontem à noite. Estou balançando as mãos. — A festa não foi boa? Achei que a jaqueta de couro fecharia o negócio.

— Que negócio? — pergunto. Minha cabeça está pesada. São nove horas da manhã, e eu não dormi nada. Esfrego o rosto, tento afastar o cansaço, o que é um desperdício da energia que, no momento, eu deveria estar economizando. Fadiga não é algo que dê para afastar como se fosse uma sujeira. Não estou pensando de forma clara. — A festa foi ótima. Perfeita, na verdade. Bem, não a festa em si. Festas são horríveis, não sei por que as pessoas vão a festas. Mas todo o resto. *Kit* foi ótima. Incrível.

— Sério? Então por que você parece uma pessoa que foi atropelada por um cachorro?

— Nós não temos um cachorro.

— Concentre-se, Dezinho.

— O quê?

— Conte o que houve. — Miney está de pijama, embora seja um limpo e que eu não reconheço. Seus olhos estão menos vermelhos. Seja qual for a misteriosa doença que a assolou, parece ter se resolvido. — Você não parece uma pessoa que acabou de ter uma noite "incrível". Você a beijou?

— Sim. Bem, na verdade, foi ela que me beijou.

— Ela beijou *você?*

— Sim.

— E?

— Estou apaixonado.

— Que bom. Embora talvez você deva ir mais devagar. É um pouco cedo demais para declarações de amor. — Ela se recosta em minha cadeira giratória, como se fosse uma treinadora de futebol pronta a fazer uma preleção.

— Não importa. Nada disso importa — digo, e estremeço porque já sinto a perda mesmo antes de ela acontecer. Nunca mais vou beijar Kit. Tudo acabou menos de doze horas depois de começar. Estranhamente, essa noção não apenas me transporta de volta a minha vida antes de Kit, o David 1.0, quando beijá-la parecia algo tão impossível quanto cruzar o continuum espaço-tempo. Quando eu estava resignado a uma vida inteira de solidão. Agora é muito pior. Não consigo conceber a ideia de voltar a almoçar sozinho na segunda-feira. Voltar a ser o cara que todo mundo chamava de *Merdalhão*. O desejo por Kit parece físico. Como se meu coração estivesse piscando. Alfred Lord Tennyson era um idiota. Estava errado. Não é melhor ter amado e perdido que jamais ter amado. Se eu nunca tivesse amado, não estaria aqui balançando as mãos. Estaria lá embaixo, depois de uma noite restauradora de sono, lendo o *DSM* e comendo as panquecas do café da manhã dos sábados. Não sabia como era a vida para o restante das pessoas. Como é não estar sozinho. Não saberia o quão distante e por quanto tempo vivi longe do planeta Normal.

— O Projeto Acidente. Não consigo resolver — confesso.

— Fale de forma clara — pede Miney.

— Kit me pediu para fazer uma coisa, para ajudá-la a descobrir como seu pai morreu. Bem, não exatamente como, mas quando, o momento da frenagem, então é um "como" mais amplo, acho. Mas a matemática não está funcionando. E a matemática sempre funciona. É a única coisa que sei como fazer, e não estou conseguindo.

— Dezinho, você precisa se acalmar. — Ela estende a mão para tocar minhas costas, mas me afasto com um sobressalto. Não quero ser tocado. Meu corpo está queimando. — Você tem muito mais que a matemática. Não foi por isso que Kit o beijou. Você sabe disso, não sabe?

— Ele não deveria estar morto. O dentista não deveria estar morto.

— Quem é o dentista? O pai de Kit? É claro que ele não deveria ter morrido. Foi uma tragédia...

— Não, você não está entendendo. A matemática não funciona.

— E daí?

— Não é uma tragédia. É uma mentira.

## CAPÍTULO 32

# *KIT*

Meu primeiro pensamento quando acordo no sábado de manhã é: quero morrer. Porque, se eu morrer, então o enjoo vai passar e o quarto vai parar de girar e eu não vou ter de enfrentar o buraco de merda que minha vida se tornou. Deitada na cama e olhando para o teto branco, penso na confissão de minha mãe. Ela encheu a cara e cometeu um erro. O álcool anuvia seus pensamentos, disse ela. Faz com que você ouça a voz errada em sua cabeça.

*Só porque você tem 45 anos não significa que, às vezes, não se sente e age como uma garota de 16,* alegou ela, o que provavelmente foi a coisa mais deprimente que já ouvi na vida, porque vocês querem saber meu grande plano secreto? A única coisa que tenho para me consolar? É a ideia de que vou acabar superando esse terrível estágio de minha vida e nunca, jamais olhar para trás.

Fico imaginando o que David está pensando agora. Com base em suas incríveis habilidades no quesito beijos, é bem possível que ele tenha uma vida secreta. Depois da noite de ontem, percebo que não sei nada sobre ele. Percebo o quanto é tolo — e ingênuo — presumir que você realmente conhece alguém. Veja minha mãe e eu. Somos feitas de mentiras e farsas.

Puxo o celular e encontro várias mensagens.

Mãe: Você está bem? Deixei um copo d'água e dois comprimidos de Advil ao lado da cama. Você estava mal ontem à noite.

Em uma situação normal, eu receberia um sermão, mas, de alguma forma, duvido de que minha mãe tenha coragem de me criticar hoje. Eu tenho 16 anos e estou agindo como uma garota de 16 anos. Ela não pode me julgar.

Mas eu não me lembro de ter visto mamãe ontem à noite, e essa parte, não me lembrar — o que foi um dos motivos de eu ter começado a beber —, faz com que eu me sinta ainda pior.

Eu: Sobrevivendo aqui.

Mãe: Posso ir aí ver como você está?

Paro por um segundo antes de responder. Estou enjoada, cansada e fraca. Por mais patético que seja, quero minha mãe. Estou de ressaca e frágil demais para sentir raiva. Parece que estou no fundo do poço.

Eu: Pode.

Abro meu grupo com Annie e Violet.

Annie: OMG. OMG. OMG. KL + DD! SHUASHUASHAS.

Rindo aki apesar da ressaca.

Violet: Annie, quantas xícaras de café você já tomou?

Annie: 4. E vc?

Violet: TANTAS ABREVIAÇÕES. QUEM É VOCÊ?!

Annie: Pare de gritar. Estou com dor de cabeça.

Violet: K, td bem? Vc bebeu MUITO. QUEREMOS DETALHES. Muito bem, David!

Annie: Muito bem, David? Não, muito bem, Kit! V, vc viu a jaqueta de couro? Uau!

Violet: Gosto da barba por fazer.

Eu: Argh. Estou tão enjoada. As doses de vodca foram um erro. Beijar David... não.

Pronto. Pareço quase a antiga Kit. Engraçada e leve. A antiga Kit era feliz, pelo menos, feliz o suficiente. A antiga Kit não sabia o que era depressão.

Violet: É como se, de uma hora para outra, ele saísse do nada e passasse a ser o cara mais lindo da escola.

Eu: D sempre foi bonito. Só que nunca ninguém olhou para ele.

Annie: Menos você. Quem poderia saber que K tem um ótimo radar para caras gatos?

Eu: Não é porque ele é gato que gosto dele.

Annie: Fala sério.

Eu: Tudo bem, não é SÓ pq ele é lindo que gosto dele. Ele tb é incrível.

Annie: Vc que está dizendo.

Violet: Pode me chamar de fútil, mas aquela barbinha já é o suficiente para mim.

Annie: Será que quando ele sussurra besteiras em seu ouvido, ele usa seus conhecimentos científicos? Tipo, oooh, você faz minhas partículas entrarem em ebulição.

Eu: Fala sério.

Violet: Quando estamos juntos é como uma reação química.

Annie: Quero inserir meu próton no seu nêutron.


Leio as mensagens de David por último. Talvez eu devesse me permitir curtir esse inesperado desdobramento. Uma noite incrível de beijos. A deliciosa possiblidade de, talvez, beijar David novamente. Até mesmo curtir as provocações e brincadeiras de minhas amigas, porque isso me faz lembrar de como eram as coisas. Talvez nesse momento, isso seja o suficiente para me fazer levantar da cama... me deixar levar pela onda de David, que faz o tempo avançar.

David: Obrigado por uma noite incrível! Pena que a polícia chegou.

David: Não consigo parar de pensar em você.

David: Você vai ao evento da Liga Acadêmica na semana que vem?

Então, cerca de duas horas mais tarde:

David: Kit, você está aí? PRECISAMOS CONVERSAR.

David: Kit, ligue imediatamente para mim.

David: É sério, ligue para mim no instante que acordar. Preciso falar com você.

David: Kit?

David: É sobre o Projeto Acidente.

As mensagens chegaram ao longo da noite. As duas primeiras são de logo depois que ele me deixou em casa. Mas as últimas cinco chegaram no começo da manhã, com intervalos de exatamente 15 minutos. Quando leio as palavras *Projeto Acidente*, elas me atingem em cheio. Um soco no estômago. Não, é mais como uma pulverização de todos os meus órgãos internos. Um lembrete do qual não preciso.

O Projeto Acidente.

Corro novamente para o banheiro.

Dessa vez, não chego a tempo.

— Você está bem, Kit? — pergunta minha mãe novamente, quando me encontra encolhida no corredor. Seu tom não é de raiva. É de medo. Nunca fui o tipo de filha que quebra as regras. Qualquer ato de rebeldia até agora foi cuidadosamente pensado e deliberado e distante dos olhares dos adultos. Estou caída em meu próprio vômito, obviamente de ressaca por causa da noite anterior. Meu queixo está vermelho e sensível da barba de David. Quero dizer que estou bem. Com certeza, perfeitamente bem. Cem por cento bem. Que não foi a bebida que me fez vomitar. Pelo menos, não dessa vez. Tudo isso é muito maior que uma saída à noite. Quero dizer a ela que estou quebrada, que estou começando a desconfiar que nem mesmo o tempo será capaz de me curar.

Quero dizer a ela que eu cometi, que todos nós cometemos um grande erro.

Quero dizer a ela para me deixar em paz. Que fico melhor sem ela.

Quero pedir para ela ficar e me abraçar até que tudo melhore.

Quero que ela me diga que existem coisas piores do que dizer a verdade.

Mas, quando ela se senta no chão a meu lado e cruza as pernas uma na outra, eu não digo nada. Em vez disso, eu me deito de lado e coloco a cabeça em seu colo. Simplesmente entrego o fardo que é meu cérebro.

Em vez de falar, choro.

— Vai ficar tudo bem, querida. Juro. Tudo vai ficar bem — tranquiliza ela, acariciando meu cabelo.

— Como? — pergunto. Não consigo dizer mais que isso. E é tudo que quero saber: *como, como, como. Como vai ficar tudo bem?*

— Não faço ideia. Tudo bem, talvez nem tudo fique bem. Não de verdade. Não como antes, mas nós vamos sobreviver. Isso é um começo, não é? A sobrevivência? Ainda temos uma a outra.

— Certo — sussurro contra sua coxa. Não quero morrer. Não de verdade. Eu só não sou muito boa em viver. Será que é verdade? Que eu ainda tenho minha mãe? Às vezes não parece.

— Para começar, podemos decidir não ficarmos sentadas no vômito. — Começo a me levantar. Afinal, minha mãe está com uma camisa de seda que, às vezes, me deixa pegar emprestada. Mas ela me segura. — Espere mais um pouco. Preciso contar uma coisa enquanto você está em meu colo. Sei que estraguei as coisas. Mas amo você e seu pai. Quando os pais de seu pai morreram, seus avós, seu pai... Bem, isso acabou com ele, e, por um longo tempo, ele parecia alguém sem energia. Como você está agora. Patético e fraco. Vazio e triste.

— Valeu.

— Como *nós* estamos agora. Eu estou tão patética e fraca quanto você, mas, vamos ser sinceras, estou mais cheirosa. — Dou um sorrisinho para minha mãe. Apesar de tudo, consigo fazer isso. — Mas, com o tempo, seu pai voltou a ser ele mesmo. Não a mesma pessoa de antes. Nem perto, na verdade. Mas ele ficou melhor, mais forte, uma versão remendada de si mesmo, e foi nesse momento que eu realmente me apaixonei por ele. Perdidamente. Decidi que não importava o que meus pais diriam em relação a isso, mas ele seria meu. A questão é que, às vezes, as pessoas evoluem com o sofrimento. E é isso que acho que estava acontecendo comigo e com seu pai quando ele morreu. Realmente acredito que íamos resolver as coisas. E é o que acho que nós duas devemos tentar fazer agora. Não apenas sobreviver, mas precisamos nos tornar versões melhores de nós mesmas. Para honrar seu pai. Devemos isso a ele. É o mínimo que podemos fazer pelas pessoas que amamos.

Deixo suas palavras me banharem. Eu me encharco em seu otimismo direto. Posso ser uma pessoa melhor. *Nós* podemos ser pessoas melhores. A nova Kit pode ser alguém de quem eu me orgulhe. Alguém que daria orgulho a meu pai.

Tudo bem que eu não volte a ser a pessoa de antes. Não é algo que eu deva ser.

Talvez possamos encontrar um significado em algo completamente sem sentido, mesmo que seja para nos sentirmos melhores.

Ou talvez isto: posso ser a antiga Kit *e* a nova Kit. Posso ser *as duas*. Posso acrescentar um *e*.

— Você sempre supera as expectativas, mãe — declaro.

— Você também. — Concordo com a cabeça. Decidida. Reanimada. Corajosa. — Uma das únicas vantagens que podemos encontrar quando as coisas dão completamente errado é que você descobre quem são seus verdadeiros amigos. É o único jeito de superar. Então, certifique-se de que encontrou os seus.

— Pode deixar — respondo, começando a montar uma equipe em mente.

Penso na época do Ensino Fundamental, quando tínhamos que escolher o time na aula de educação física. David era sempre o último a ser escolhido. Imagino-o parado ali, olhando 60 centímetros acima da cabeça das pessoas, as mãos batendo ao lado do corpo — um movimento que ele, às vezes, ainda faz, e acho que ele nem percebe —, e quero voltar no tempo e abraçá-lo e sussurrar em seu ouvido que ele pode ficar a meu lado. Dizer que, se ele cansar de balançar as mãos, pode segurar a minha.

— Espero realmente que você pense em me incluir — declara minha mãe bem baixinho, e percebo que esse é o mais próximo que alguém como minha mãe chega de implorar. Quando eu não respondo imediatamente, ela acrescenta: — Pelo menos na *hashtag* torcida organizada.

Dou risada. Minha mãe adora tentar conversar como uma adolescente. Algumas semanas atrás, eu a ouvi reclamar de como estava farta de *agir como uma adulta*, e, na última vez que assistimos a uma comédia romântica, ela queria *juntar* todos os personagens secundários.

— Acho que podemos dar um jeito nisso — decido, e percebo o quanto senti saudades de minha mãe. Percebo que não sou capaz de superar tudo sem ela. Que ela sempre terá um lugar em minha equipe.

Tiro o cachecol sujo do pescoço. Entrego para minha mãe. Uma oferta de paz bizarra e encharcada de vômito.

— Você acha que dá para lavar a seco? — pergunto.

Eu: Oi. Acabei de acordar. Podemos conversar. Só estou com uma ressaca horrorosa. Então, você pode me dar algumas horas?

David: Você estava bêbada na noite passada?

Eu: Hum, sim.

David: Tipo bêbada o suficiente para ter uma ressaca?

Será que David não notou o quanto bebi? Em determinado momento, Annie e eu começamos a virar diretamente da garrafa. Ele estava bem do lado.

Eu: Ao que tudo indica.

David: Então, isso significa...

Há uma longa pausa, aquela elipse terrível pulsando, e fico imaginando o que ele está fazendo. Ele está escrevendo? Está sem palavras? O que será que ele tem a dizer sobre o Projeto Acidente? No que eu estava pensando ao envolvê-lo naquilo? Parece tão sem sentido agora. Um ato de desespero. Ou de autossabotagem. Não tem como desfazer o que aconteceu. A morte de meu pai não é um tipo de problema de lógica. É uma tragédia.

David: Isso significa que não foi de verdade? Que você só me beijou porque estava bêbada?

Eu: O quê? Não. Sim. Não.

David: Explique, por favor.

Eu: O que quero dizer é que eu queria beijar você, e a bebida me deixou mais confortável.

David: Você se sentiu desconfortável me beijando?

Eu: Não! Não foi isso que eu quis dizer. Eu estava tímida. Você está falando sério com todas essas perguntas?

David: É claro. Sempre falo sério.

Eu: Não é nada demais.

David: O que não é? O beijo? Ficar bêbada? Ou o Projeto Acidente? Você está abrindo novos círculos, e tudo está confuso.

Eu: Eu estava falando sobre ontem à noite. ONTEM À NOITE, não foi nada demais.

David: Foi para mim.

Eu: Oh, não foi isso que eu quis dizer. Eu só... Deixe para lá. Vamos conversar pessoalmente. Mandar mensagem não está funcionando.

David: Qual sua operadora?

Eu: Por quê?

David: Se seu plano de dados não está funcionando, e suas mensagens não estão sendo enviadas, o problema pode estar na operadora. Vou procurar qual operadora oferece a melhor cobertura de Mapleview.

CAPÍTULO 33

# DAVID

Miney quer me ajudar, mas não deixo. Preciso descobrir como fazer isso sozinho. Estou pronto. É o mínimo que posso fazer por Kit. Tenho quase certeza de que, depois de hoje, ela não vai querer mais me beijar nem se sentar comigo no almoço. Tenho a pequena esperança de que ela talvez receba a informação como uma boa notícia, que irá me considerar um herói por ter descoberto a verdade. Era isso que ela queria, não é? Que eu descobrisse tudo?

Não posso confiar em meus instintos. Quando faço isso, acabo preso em um armário com a merda de alguém no cabelo.

Chego ao McCormick's 15 minutos mais cedo e consigo a mesa onde nos sentamos da última vez. Peço dois milk-shakes, um para mim e um para Kit, enquanto espero. Se existe um multiverso, em um outro lugar, não aqui, em vez de me sentar e aguardar pelo terrível momento em que vou contar para Kit que o acidente não aconteceu do jeito que ela acha que aconteceu — que tudo aquilo é mentira —, estaríamos nos beijando. Sim, poderíamos estar nos beijando e, talvez, até mesmo em uma cama.

E, então, ela finalmente chega, o rosto sem maquiagem, usando seu pingente com a letra K e uma camisa masculina que ela tem usado duas vezes por semana. Não fez qualquer tentativa de esconder as olheiras azuladas. Parece mais essencialmente ela mesma.

Percebo que gosto mais quando ela está ao natural. O vestido de múmia vermelha de ontem à noite foi um pouco intimidador. Agora ela parece uma garota. Minha garota favorita, talvez. Mesmo assim, uma garota.

— Uau! — exclamo, as letras escapando de minha boca antes de eu ter a chance de pensar no que vou dizer.

— O quê? — pergunta ela, sentando-se em frente a mim e pegando o milk-shake, para tomar um gole, e acabando com uma bigode de leite, que ela limpa com um guardanapo.

— Você. Eu gosto de você mesmo com bigode de leite.

— Pare com isso. Eu vou ficar vermelha — diz ela, e, então, como em um passe de mágica, as bochechas morenas ganham um toque rosado. — Olhe só, suas mensagens, sei lá, me assustaram um pouco.

— Antes, posso beijá-la? — pergunto, e ela dá de ombros, e não sei ao certo se isso quer dizer sim ou não. Decido ser corajoso e seguir em frente. Mudo para o lado dela da mesa, coloco as mãos em seu rosto e me inclino lentamente para tocar seus lábios com os meus. Foi diferente da noite passada. Mais suave e doce, nos dois sentidos da palavra, e curto demais. Quando Kit se afasta, seus olhos estão úmidos. Ela meneia a cabeça.

— Foi você que disse que queria conversar, lembra?

— Certo — respondo. — Certo. Então, a questão é...

— O quê?

Pelo jeito que está sentada, parece se preparar. As mãos estão na frente do rosto, como se fosse se defender de um soco. Por que ela acharia isso? Ou será que está se protegendo de meus lábios? Não consigo interpretar a situação.

— Eu pesquisei muito, e não acho que seu pai estava dirigindo o carro — declaro.

— Do que você está falando? — pergunta Kit, e sua voz está grave e baixa.

— Bem, fiz os cálculos e estudei o borrifo de sangue e as fotos e, bem, todo o resto. E, considerando que seus ferimentos foram fatais, não existe a possibilidade de que ele estivesse dirigindo aquele carro. O jornal nunca especificou se havia mais alguém, e tenho certeza de que ele ocupava o banco do passageiro. Então, alguém está mentindo para você, e sinto muito ser a pessoa a lhe contar isso, e peço para que você não me odeie, por favor. Tudo o que eu queria era resolver uma equação e ajudá-la.

— Tudo bem — responde ela, mas não sorri nem agradece nem me dá um tapa na cara, possibilidades que me pareceram igualmente razoáveis quando imaginei a cena em minha mente.

— Talvez ele estivesse tendo um caso, como sua mãe. E a amante fosse a motorista, e por isso ninguém contou nada para você?

— O quê? Meu pai não estava tendo um caso. — A voz fica ainda mais baixa. Quase um sussurro. Como se ela fosse água e estivesse evaporando.

— Pode haver um monte de explicações. Mas você queria saber como aconteceu, não é? A forma como tudo aconteceu? Não foi o que pensamos. E você sabe que não gosto de círculos abertos, e este é um círculo escancarado — determino.

— Sinto muito.

— Na verdade, não é um círculo aberto. — Ainda bem baixo. Tão baixo.

— Era definitivamente uma mulher ao volante. Pude notar, pela posição do banco, que o motorista não poderia ter mais de 1,65 metro. Provavelmente tinha 1,62 metro. A não ser que ele estivesse tendo um caso com um homem muito baixo.

— Meu pai não estava tendo um caso! — grita ela, e de uma hora para outra, tudo muda. Kit está berrando tão alto que as pessoas no restaurante começam a se virar para olhar.

— E meu pai não era gay, seu idiota.

— Sinto muito — peço de novo, e ergo as mãos antes, como ela fez quando achou que eu talvez fosse lhe bater.

Não entendo o que está acontecendo. Saímos de um beijo para gritos em menos de três minutos. Achei que ela fosse ficar com raiva, que eu poderia arruinar as coisas ao contar a verdade, porque isso parece sempre ser minha queda. Minha predisposição genética pela honestidade e pela descoberta. Mesmo assim, não imaginei que fosse ser assim. Achei que Kit fosse diferente dos outros. Que ela jamais fosse usar as palavras que tanto feriam — *idiota, burro, retardado* — para se referir a mim só porque podia.

Eu estava errado, como sempre.

Mas diferente do que sempre acontece, dessa vez o sentimento é devastador. Como se me recuperar desse momento fosse impossível.

— Sinto muito — repito pela terceira vez. Não sei por que estou pedindo desculpas, a não ser por simplesmente ser eu mesmo. Kit baixa a cabeça na mesa e começa a soluçar. Seu choro é molhado, barulhento e desagradável. Estendo a mão para acariciar seu cabelo — porque, mesmo depois disso, mesmo depois do *idiota*, ainda não consigo superar a vontade de tocá-la, mas decido não fazer isso. Ela me odeia, e talvez eu a odeie também.

Minha mente está acelerada. Nunca mais vamos comer sanduíches um de frente para o outro. E, quando penso nisso, nos 73 dias de aula que restam nos quais vou ter de me sentar sozinho, como meu mundo agora será um mundo sem Kit, minhas mãos começam a balançar. Cubro uma com a outra e me sinto aliviado porque Kit está com a cabeça baixa. Não posso deixar que ela veja essa versão de mim.

Começo a recitar o número $pi$ silenciosamente para que o balão em minha cabeça não se solte de novo. Fico olhando para a nuca de Kit. Estudo o contorno de seu cabelo. Eu me imagino o desenhando. Imagino que estou contornando o desenho com a ponta do dedo.

E espero.

## CAPÍTULO 34

# *KIT*

A mesa tem cheiro de batata frita, e meu rosto está melado com resto de ketchup ou talvez geleia. Melhor nem saber. Levanto a cabeça, pego um guardanapo e enxugo o rosto com o pouco de dignidade que ainda me resta. Quem diria que é possível chegar ao fundo do poço duas vezes no mesmo dia?

— Sinto muito — sussurro, porque é difícil encontrar minha voz. Não quero ser a garota que passou a manhã sentada no próprio vômito e a tarde chorando em público e com rosto sujo de condimentos. Quero ser melhor que isso. — Eu não deveria ter gritado com você.

A caminho do McCormick's, resolvi ser corajosa e honesta. Percebo que não posso continuar, não dessa forma. Minha mãe queria que a gente construísse e vivesse em uma casa de vidro construída com mentiras. Mas chegou a hora de começar a jogar algumas pedras. Deixá-la se estilhaçar e cair em uma chuva de cacos que vai nos cortar.

Vou dizer as palavras em voz alta, a verdade: *eu estava dirigindo o carro. Fui eu.*

Não. Não consigo dizer nada. Minha boca está seca.

David está olhando para meu ombro. Suas mãos estão firmes no colo. Ele provavelmente quer me esganar. Não o culpo. Minha mãe estava errada ao tentar enterrar a verdade dessa forma, como se fosse algo físico. Como se manter meu nome fora do jornal significasse que aquilo jamais acontecera. O trabalho de minha mãe é mudar as coisas, então ela fez o que faz de melhor. Dez minutos depois que o médico informou que meu pai havia morrido, ela entrou em ação, como a super-heroína que sempre achei que ela pudesse ser — *Mandip Lowell ao resgate!* —, transformando o que tinha acontecido em algo mais digerível.

*Todos nós sabemos que foi um acidente,* disse ela ao repórter, um homem mais velho, com um bigode branco eriçado, que parecia irritado porque nossa tragédia familiar tinha interrompido seus planos para o jantar. *Por que arruinar a vida de uma garota de 16 anos?* Como se minha vida não estivesse arruinada, como se a realidade pudesse se transformar nas notícias que as pessoas leram no café da manhã do dia seguinte.

*Vamos simplesmente deixá-la fora disso,* disse ela, e eu fiquei a seu lado, totalmente dormente, sem nunca pensar em dar minha opinião nem discordar. *Não estou pedindo para você mentir,* insistiu ela. *Eu nunca faria uma coisa dessas. Só gostaria que mantivesse o relato vago o suficiente para que as pessoas tirem as próprias conclusões.* Na manhã seguinte, uma fotografia da cena do acidente ganhou a primeira página do *Daily Courier,* e o repórter fez exatamente o que minha mãe sugeriu. Não foi feita nenhuma menção à segunda pessoa no carro; qualquer um que lesse o artigo chegava à conclusão de que meu pai estava dirigindo. Minha mãe e eu não fizemos nada para corrigir essa impressão equivocada. Mais um truque verbal.

*Puf!* Simples assim, jamais estive no carro, meu envolvimento foi completamente apagado. Não houve um acompanhamento, nenhum interrogatório adicional, apenas meu nome em um relatório de acidente enterrado nas entranhas da delegacia de polícia. Aparentemente, as pessoas morrem em acidentes de carro o tempo todo.

Minha mãe disse, *seu pai ia querer que eu a protegesse*. Eu acreditei nela porque eu quis.

Mas poderíamos ter falado a verdade. Quando a coisa toda não é minimizada com eufemismos como *acidente*, quando minha mãe não dá tapinhas em minhas costas e diz *não foi culpa sua*, quando ela não torce a verdade. Existem palavras para o que eu fiz: homicídio culposo.

— Não entendo o que está acontecendo aqui — declara David.

— Sei que ele não estava dirigindo. — Eu paro, porque as lágrimas estão me atrapalhando. Quero fazer isso da forma certa, mas não sou ingênua. As palavras não são algo que possa ser simplesmente passado de uma pessoa para outra, esquecido. Existem amarras. Você continua segurando uma parte nas mãos. — Tem uma coisa que não contei a você...

David é confiável. Consegue guardar segredos. Ele vai me ajudar a melhorar. Ele vai segurar a outra ponta.

Talvez fosse exatamente isso que eu quisesse o tempo todo quando comecei o Projeto Acidente — que David descobrisse a verdade, para que eu finalmente pudesse ser franca e honesta. Para que eu me sabotasse de forma extraordinária para depois me reerguer.

Quando eu era criança, meu pai costumava cantar "You Are My Sunshine" para mim antes de eu dormir, até mesmo aquela segunda estrofe triste, que ninguém sabe ou da qual ninguém se lembra: *Outro dia, querida, sonhei com você enquanto dormia, sonhei que a abraçava. Quando acordei, querida, vi que estava errado, então, baixei a cabeça e chorei.*

A música ecoa em minha mente, com sua voz, e me faz pensar na teoria de David sobre a consciência. Talvez meu pai viva em algo tão intangível quanto a letra de uma música. Talvez ele possa estar comigo quando eu precisar.

*Quando acordei, querida, vi que estava errado, então, baixei a cabeça e chorei.* Será que posso cantar essa estrofe como minha confissão para David? Essas palavras são mais simples. Mais fáceis do que *era eu que estava dirigindo. Fui eu.*

— Já entendi — declara David, antes que eu tenha a chance de me explicar. — É claro. Como não percebi? Eu *sou* um idiota. *Você* estava dirigindo. — As palavras saem com entusiasmo, como se ele tivesse gabaritado uma prova importante, com ênfase na palavra *você*. Ele está sorrindo e está falando alto demais.

Dessa vez, é diferente de todas as outras, quando a honestidade de David pareceu boa e revigorante: ar embaixo d'água. Dessa vez, foi aguda, fria e precisa, como levar uma facada, e ele arranca a voz de meu pai e sua canção de meus ouvidos.

As pessoas nas outras mesas estão nos ouvindo. Tenho certeza. Preciso fazê-lo parar de falar; preciso desfazer o que quer que isso tenha iniciado. O mundo começa a girar, e seu rosto se transforma de lindo para cruel. Eu me encolho.

— Era você que estava dirigindo, não é? Seu pai era o passageiro. Tudo faz sentido agora! Você tem exatamente 1,62 metro de altura. Não acredito que não pensei nisso antes!

Ele parece perversamente animado. Como se fosse uma coisa para acrescentar à lista de vitórias. Como se eu devesse comemorar com ele com uma batida de mãos e dizer: *isso, David! Você acertou. Eu matei meu pai!*

— Pare, por favor. Não vamos... — Imploro. Não posso fazer isso. Não posso. Não aqui. Não desse modo, com seu sorriso maníaco e a voz trovejante e comemorativa. Entendo as mentiras de minha mãe. A verdade é feia demais. Quero enfiar as palavras de volta no bolso. No que eu estava pensando?

*Ajude-me, pai.*

*Eu estava errada.*

*Eu estava errada.*

Eu queria que David me dissesse que nada poderia ser feito para parar o carro a tempo.

Queria que David me inocentasse.

Não queria isso.

— Não entendo por que mentiu para mim, Kit — continua David, e a expressão de seu rosto muda de novo, e agora ele parece me acusar. Não existe a menor delicadeza e nenhum sinal de compaixão nem humanidade. Ele é Hannibal Lecter analisando uma tigela cheia com minhas entranhas.

— Por favor... Por favor... pare. — Mas minhas palavras se perdem na mesa de fórmica. Não consigo levantar a cabeça. As lágrimas inundam meu rosto, mas não estou mais chorando. Estou no momento pós-choro.

*Então, baixei a cabeça e chorei.*

*Onde você está, pai? Para onde você foi?* Não consigo mais ouvir sua voz. Ela se foi.

— Como pôde fazer isso, Kit? — exige David, como se isso tivesse alguma coisa a ver com ele.

— David...

— Você é igual a todo mundo. Uma mentirosa. Você estava dirigindo o carro naquela noite. Você mentiu! — grita David, e, então, como em um filme de terror, porque é exatamente no que a situação se transformou, meu pior pesadelo, tudo fica em silêncio.

Alguém solta o garfo. Ouço um arfar a distância.

Eu esperava tolamente ter um pouso suave. E não uma queda livre.

Mas eu estava errada mais uma vez, porque é claro que eu não tinha chegado ao fundo do poço ainda. Aqui é o fundo do poço. Ainda mais frio, mais escuro e mais solitário do que alguém pode imaginar.

*Eu estava errada.*

Viro a cabeça e é quando noto: Gabriel e Willow em uma mesa ao lado da nossa, comendo panquecas cobertas com creme batido. O tipo de comida que pessoas felizes e simples podem comer.

Eles ouviram cada uma das palavras.

## CAPÍTULO 35

# *DAVID*

Desvendei o enigma. Fiz exatamente o que Kit pediu. Mas foi uma armadilha. Uma busca impossível. Uma mentira. Uma mentira que *ela* contou.

O McCormick's fica em silêncio, e, em seguida, ouço um arfar coletivo. Um homem que nunca vi antes desdobra as pernas compridas e se levanta de uma mesa próxima, vindo em direção à nossa. Eu deveria me levantar e sair do caminho, embora não saiba bem o porquê. Kit está deixando muitas perguntas abertas: por que ela não confiou em mim o suficiente para contar a verdade? Ela não quer saber a matemática? Tenho dados concretos para ela. Fatos e cálculos tranquilizadores. Fiquei acordado a noite inteira trabalhando nisso.

O homem envolve Kit com os braços e começa a tirá-la do restaurante. Tudo acontece tão rápido que quase não percebo. Kit não olha para mim. Ela não diz nada a não ser "Jack?", como se fosse uma pergunta, embora claramente não seja, porque esse deve ser o nome do homem. Ele parece um Jack.

Eu o odeio.

— Estou aqui, Kitty Cat — afirma ele. Kitty Cat é um apelido perfeito para ela, porque gatos são imprevisíveis e estranhamente espertos e conseguem se contorcer. Consigo ver um gato usando as mangas do suéter como se fossem luvas.

— Espere! — peço, mas eles não param. Kit olha para mim, um último olhar chocado, e vejo que seu rosto está molhado e pálido e, pela primeira vez, consigo interpretar seus olhos, mesmo que eu não queira.

E então, somente então, quando eu me obrigo a fazer contato visual, é que finalmente entendo o que aconteceu. O que eu quebrei e como quebrei.

— Ah, merda — pragueja Miney, quando conto toda a história para ela.

Voltei correndo para casa direto do McCormick's, tão desnorteado que deixei o carro no estacionamento. Estou com frio e molhado, e meu corpo está tremendo por causa da chuva. Eu me esforço muito para não perder a cabeça, porque isso não vai ajudar em nada.

Não permito que minha mente pense em *pi*. Não mereço a dormência e o alívio que esse número me proporciona. Também não me permito pensar no rosto de Kit, porque dói demais. Como ser exposto à radiação.

— Fiquei tão nervoso que me esqueci da regra número quatro. *Pense na situação a partir do ponto de vista da outra pessoa.* Todo mundo ouviu, Miney. Todo mundo. O que vou fazer?

— Eu não sei — responde Miney, em voz baixa.

— Como assim, você não sabe? Você tem de saber. Você precisa me ajudar! — Eu me exaspero, a voz se enche de pânico.

— Não sei se posso. Deixe-me ver se entendi direito. Primeiro você sorriu como se tivesse feito algo de bom? E, depois, você começou a gritar com ela e a acusou de ter matado o próprio pai, e todo mundo no restaurante ouviu?

Concordo com a cabeça, envergonhado demais para explicar a sequência dos eventos. Eu estava feliz por ter resolvido o enigma e, depois, com o coração partido por ter descoberto a mentira e, então, tarde demais, tarde demais mesmo, percebi que eu estava vendo tudo ao contrário.

— Eu estraguei tudo — declaro. Noto que a mala de Miney, que costumava estar aberta e com roupas espalhadas pelo chão nas duas últimas semanas, está fechada ao lado da porta. Ela está vestida; o cabelo, penteado. E ela está com um cheiro bom. — Espere aí! Você vai embora? Tipo, agora?

— Daqui a umas duas horas. Eu disse que eu ia. Dei avisos diariamente, exatamente como você pediu.

— Mas, Miney, você não pode ir. Preciso que conserte isso para mim.

— Não posso consertar sempre as coisas para você. Sinceramente, preciso voltar para a faculdade. Tenho meus próprios erros para arrumar, David.

— Por favor, não me chame assim.

— Tudo bem, sinto muito, Dezinho. Não sei se ela vai perdoá-lo, mas acho que você sabe o que precisa fazer. Não precisa mais tanto de minha ajuda.

— É claro que preciso. Hoje foi uma demonstração de que eu real e indubitavelmente preciso de sua ajuda.

— Não. Hoje foi uma demonstração de que você ainda é você e que ainda vai cometer erros por causa do Asperger. — Ela respira fundo. Nunca usamos o termo *Asperger* entre nós. Mesmo assim, fica claro que a palavra combina muito mais comigo que *David*. Não sei por que resisti tanto a isso. E daí que a síndrome de Asperger não está mais no *DSM*? Isso não significa que não pode ao menos descrever minha condição.

— Mas veja como você logo percebeu o que fez de errado. Antigamente, talvez nem tivesse notado como Kit estava chateada. Ou talvez tivesse insistido que ela estava sendo sensível demais. Você está melhorando na questão da empatia. Como tudo na vida, isso demanda prática.

— Você não precisa.

— Bem, não conte para papai, mas estou basicamente me dando mal em física, então, veja bem, nós dois temos coisas onde melhorar. Aparentemente, porém, você pode aprender qualquer coisa em dez mil horas.

— Então em 4 anos e 4,8 meses eu talvez seja normal?

— Não. Provavelmente não. — Ela sorri para mim e aperta meu braço de leve. — Mas a normalidade é superestimada. Pode acreditar.

— Preciso pedir desculpas a Kit.

— Sim, é exatamente o que você deve fazer. Mesmo que ela tenha mentido.

— E talvez comprar um presente para ela. Como algo para comer, ou um pijama de patinho igual ao seu. — Olho para a mesa de Miney. Não quero olhar sua mala, nem para ela. Parece que ela já foi embora.

— Talvez o presente não seja uma boa ideia.

— Todo mundo gosta de ganhar presentes.

— Pode confiar em mim em relação a isso.

— E se ela não me perdoar? — Imagino minha mesa de almoço vazia de novo. Se Kit não me perdoar, talvez eu possa me sentar à mesa de José, Mullet e Chloe, que fica a três mesas de distância da minha. Talvez eu demore um pouco para me acostumar com a nova acústica e perspectiva, mas posso fazer isso. Embora não seja tão bom olhar para eles quanto é olhar para Kit.

Miney encolhe os ombros.

— Ela que vai sair perdendo. Existem outras garotas no mundo.

— Não vai embora — peço, embora eu não esteja sendo sincero.

Só estou colocando em palavras o impulso que sinto de me agarrar a suas pernas para impedi-la de partir, como eu fazia com minha mãe quando era pequeno. Sei que ela precisa voltar para a faculdade, que meus sentimentos em relação à questão deveriam ser irrelevantes.

— A propósito, seu tutor de física não é tão inteligente se não percebe o quanto você é maravilhosa.

Miney abre um sorriso, seu antigo sorriso, o tipo que ela costumava dar o tempo todo, e, então, me dá um abraço apertado. Embora não esteja com vontade de ser abraçado, eu deixo, porque ela é minha irmã e minha pessoa favorita no mundo e, em algumas horas, ela vai estar muito, muito longe.

— Amo você, Dezinho. Exatamente do jeito que você é. Então, sim, você pode mudar, mas não muito, OK?

— OK — concordo, embora eu não faça ideia do que ela quer dizer. — Estou com medo, Miney.

— Todas as melhores pessoas também sentem medo — declara ela.

# CAPÍTULO 36

# KIT

— As pessoas são surpreendentemente legais quando descobrem que você matou seu pai — anuncio na hora do almoço, brincando com uma nova persona agora que meu segredo foi descoberto. Brincalhona, como se eu não estivesse afogada na vergonha, como se tratar algo assim de forma leve pudesse fazer tudo desaparecer. Estou, é claro, de volta à antiga mesa. Não vi David desde o encontro no McCormick's. Jack, que sempre aparece quando mais preciso e quando não preciso, estava, miraculosamente, no restaurante com Evan. Ele me deu uma carona para casa. Eu estava abalada demais para registrar que aquela era a primeira vez que eu o via depois da confissão de minha mãe. Durante o trajeto de cinco minutos, ele era o tio Jack e me entregou a minha mãe, que deu uma olhada em meu rosto e seguiu direto para o armário do banheiro para pegar um calmante para mim.

O que aconteceu no McCormick's se espalhou, exatamente como o caderno de David, embora, em meu caso, tenha sido apenas por mensagens e cochichos entre as pessoas. Você ainda pode procurar meu nome no Google e não descobrir nada.

— Pare de dizer isso — pede Violet, embora não se encolha. Tanto ela quanto Annie passaram o domingo em meu sofá, depois de aparecem lá em casa com uma pizza e um pacote gigante de M&M's. A princípio, eu não disse nada, e elas não perguntaram. Ficamos sentadas, comendo e assistindo à TV. E, em vez de me ressentir, realmente gostei de como estavam sendo gentis comigo. Eu me lembrei de que elas sempre foram de meu time. Só mais tarde é que as palavras começaram a tomar forma, e, quando comecei a falar, descobri que não conseguia mais contê-las.

— Meu pai e eu estávamos com vontade de comer chocolate — expliquei, olhando para a frente. Não conseguia encará-las. — Foi por isso que saímos naquela noite. Mas dissemos a mamãe que íamos comprar leite. Meu pai disse para eu dirigir e assim praticar mais. Sabem o que é mais estranho? O acidente aconteceu no caminho de volta para casa, e a caixa de leite ainda estava no banco traseiro. Não sofreu nenhum dano, nenhum amassado. É tão estranho. Ainda tenho metade da barra de chocolate que comprei naquela noite. Deixo na escrivaninha, como um souvenir macabro.

— Seria totalmente inadequado fazer a piada de "não adianta chorar sobre o leite derramado", não é? — perguntou Annie, e por motivos que não consigo explicar, tanto eu quanto Violet achamos isso hilário, e rimos até as lágrimas começarem a escorrer pelo rosto. Percebi, então, que talvez o humor me ajudasse a superar tudo. Uma outra forma de fazer o tempo passar.

— Foi um *acidente*. Não foi culpa sua — afirma Annie. Esse é seu mantra favorito. Novamente as palavras *acidente* e *culpa*, como se fossem mágicas. Estou absolvida. *Puf!* Tudo está melhor. Eu não me importo de ouvi-las, porque preciso de tudo que eu conseguir para não me sentir tão mal. Eu não deveria ter esperado tanto tempo para falar com minhas amigas. Elas estão me apoiando, diferentemente de David.

— Não entendo por que sua mãe quis manter tudo em segredo — comenta Violet.

— Ela só estava tentando me proteger — respondo, e não consigo evitar o reflexo de olhar para a mesa de David. Mas ele não está lá. Está algumas fileiras atrás com o pessoal da Liga Acadêmica. Ele percebe meu olhar, e eu rapidamente volto a atenção para as meninas. — Se ninguém soubesse, então talvez isso não me complicasse. E vocês conhecem minha mãe. Ela é totalmente durona com tudo. Ela me obriga a vir dirigindo para a escola todos os dias, e me obriga a fazer todas essas coisas de carro, porque se preocupa que eu possa ter problemas com guiar. Desenvolver uma fobia ou algo assim.

— Está funcionando? — pergunta Annie.

— Mais ou menos — respondo. — Ainda fico um pouco trêmula no carro, mas fica um pouquinho mais fácil cada vez que dirijo.

Já avisei a minhas amigas que a garota que conheciam e amavam se foi. Que deveriam desistir de tentar reviver a antiga Kit. Não estou mais corajosa nem mais forte, como minha mãe desejava. Sou uma nova versão. Talvez alguém de quem elas possam gostar mais um dia. Quem sabe? Talvez eu fique mais engraçada.

Minha mãe encontrou um terapeuta de luto para mim, e um para ela. Está falando até de encontrarmos um terceiro terapeuta para fazermos terapia familiar. Estamos nos mexendo.

— Vi e eu decidimos ir sozinhas ao baile, e vamos de Uber. Não precisamos de carro. Então, você quer vir com a gente? Só as meninas? — pergunta Annie. — Por favor! Por favor!

— Sinto muito, não posso — respondo.

— Por que não? Se eu posso assistir Gabriel e Willow se beijarem a noite toda, você pode, pelo menos, fingir que está se divertindo.

Encolho os ombros. Meu pai teria ficado animado com o baile. Teria tirado mil fotos e postado no Facebook sem minha permissão, e implorado para eu enviar uma mensagem listando as músicas que o DJ escolheu.

— Poxa vida, vamos! — choraminga Violet.

— Foi mal, meninas.

— É David, não é? Esqueça esse cara. Ele é um esquisito — declara Annie. — Claro que não somos mais do time David.

— Isso não tem nada a ver com ele — esclareço, embora talvez tenha, só um pouco. Porque talvez por um segundo lá, antes de David virar o inimigo, eu *tinha* imaginado nós dois arrumados e dançando uma música melosa. Eu *tinha* imaginado outra noite como a da festa de Dylan, quando ele tinha me olhado como se eu valesse a pena, quando eu me permiti esquecer.

Depois do que aconteceu no McCormick's, ele me mandou apenas uma mensagem. Composta de apenas duas palavras: *sinto muito*.

Eu até posso ter matado meu pai, mas acho que merecia mais que isso.

CAPÍTULO 37

# *DAVID*

Passo a primeira semana depois de ter estragado tudo com Kit envergonhado demais para fazer qualquer coisa, exceto escrever uma mensagem idiota. Tento ser breve, usando apenas as palavras que não têm erro: *sinto muito*. Não confio em mim para não piorar ainda mais as coisas, caso escreva mais que isso. Sempre que pego o telefone para escrever uma mensagem, congelo de ansiedade. Acho que não mereço a chance de explicar. Nem mereço compartilhar as mesmas moléculas de ar que Kit.

Passei todas as horas em que estou acordado seguindo a regra número quatro, tentando imaginar o que ela deve estar pensando. Acho que presumiu que sou um sociopata. Eu sorri. No McCormick's, enquanto estávamos conversando sobre o acidente, aquele em que ela estava dirigindo e o pai ocupava o banco do passageiro. O acidente que resultou na morte do dentista. *Eu sorri.*

E, então, tive a coragem de *gritar*.

Já que estou em meu próprio cérebro, compreendo o motivo de ter feito tudo isso — a sequência faz total sentido para mim —, mas, para ela, uma pessoa do lado de fora de minha mente, uma pessoa que não sabe nada sobre minhas respostas sinápticas, devo ter parecido um monstro.

Eis o que aconteceu no restaurante, com Kit sentada em frente a mim e um milk-shake gelado no estômago e as estranhas dimensões de minhas roupas novas: meu cérebro se estreitou. Fez o que faz de melhor. Se afunilou. Se aquele momento fosse uma *matrioska*, aquele tipo de boneca russa em que uma é colocada dentro da outra, todo meu foco estaria na menor boneca. Abrindo caminho pelos detalhes do borrifo de sangue e dados de frenagem e um algoritmo que desenvolvi elegantemente. Encontrei a resposta, bem ali, no centro de tudo. Minha pequena boneca. Era tudo que eu conseguia enxergar. A solução para uma equação matemática que estava me incomodando há semanas. A informação que faltava.

Não vi todas as outras bonecas. Aquela que envolvia a menor e que envolvia a segunda menor e a terceira, e assim por diante.

O que pessoas neurotípicas costumam chamar de *contexto*.

Não vi Kit nem as outras pessoas ao redor. Não percebi a natureza delicada do assunto que estávamos discutindo. Para ser sincero, não vi mais nada.


— David, se eu desistisse toda vez que chateei alguém, também não teria nenhum amigo — explica Trey uma semana mais tarde, depois que contei a história a ele, até mesmo as partes que são difíceis de admitir enquanto conto. Nossa lição de hoje será cem por cento focada em habilidades sociais, pois estou tão abalado por conta de Kit que nem me dou o trabalho de pegar o violão.

— Ela provavelmente não vai me perdoar — comento.

— Talvez não. Mas você precisa ao menos tentar. E, se você realmente se esforçar para isso, e ela não o perdoar, então você segue em frente. Você fez besteira. Isso acontece. Existem outras garotas.

— Na verdade, não. O que quero dizer é: é claro que existem outras garotas no mundo, mas, por definição, não existe nenhuma outra exatamente como Kit, com sua carga genética exata e modo de ser. — Estou arrependido de ter deixado o violão no armário. Minhas mãos querem se mexer. As cordas seriam úteis agora.

— Qual é a pior coisa que pode acontecer se você tentar? — pergunta Trey.

— Ela me odiar ainda mais por causa do que eu disser. Eu me humilhar de novo. Eu sair de minha mente, deitar na posição fetal e começar a ficar balançando para a frente e para trás na frente de toda a escola.

— Estou vendo que você já pensou bastante nisso.

— Você não está ajudando — respondo.

— E que tal isso: você não pode controlar a reação de Kit, mas pode controlar o que você vai fazer. Então faça sua parte. Seja você mesmo e espere o melhor.

— Estamos pagando a você quarenta dólares a hora, e tudo o que você tem a dizer é *seja você mesmo*?

— São seus pais que estão me pagando, espertinho.

— Justo — respondo, porque é verdade. São eles que pagam.

Então, cinco dias depois de minha conversa com Trey, cinco dias em que aplico meu foco de bonecas russas em reconquistar a amizade de Kit, cinco dias em que penso muito no que significa para mim ser eu mesmo — embora eu não esteja bem certo de poder passar a expressão da terceira para a primeira pessoa —, estou pronto para colocar meu plano em ação.

Começo com comida. Afinal, nós nos encontrávamos em minha mesa do almoço.

## CAPÍTULO 38

# *KIT*

Na segunda-feira seguinte, chego em casa e encontro uma bolsa térmica etiquetada com meu nome, na porta. Lá dentro, há um grande pote de frango *tikka masala* e arroz branco feito em casa. O bilhete não tem nada escrito. Só três desenhos de meu rosto nos quais eu pareço mais triste e mais bonita do que realmente sou. É claro que sei imediatamente que foi David quem mandou, mas demoro um minuto para descobrir a diferença entre eles.

No primeiro, as sardas em meu peito estão do formato normal. Quase um círculo.

No segundo, David as colocou no formato do símbolo de *pi*.

No terceiro, elas formam o símbolo do infinito.

Coloco os três atrás da porta do armário, alinhados, os desenhos de meu rosto voltados para minhas roupas na cabine. Um lugar onde apenas eu posso ver. Eu transformada em arte.

Naquela noite, minha mãe e eu nos sentamos na bancada da cozinha e comemos a comida que David mandou. Nos acomodamos, uma do lado da outra, nos bancos, o peso da verdade aninhado no espaço entre nós. Estamos lentamente nos acostumando com a sinceridade nessa casa, aceitando os milhares de modos diferentes de se abrir e ficar vulnerável. Estamos tentando abrir a possibilidade terrível de sermos compreendidas. E o contrário também, que é ainda mais assustador. Nos abrirmos para a terrível possiblidade de não sermos compreendidas.

O frango está delicioso. Quase tão bom quanto o de minha avó e muito melhor que o do Curryland's.

Na terça-feira, abro meu armário na escola e encontro um livro grosso e empoeirado, uma edição antiga do *DSM*. Há um grande Post-it e uma seta apontando para uma seção com o título "Síndrome de Asperger".

*Tenho quase certeza de que tenho Asperger. Esta é uma antiga edição do DSM (a nova coloca meu diagnóstico sob distúrbios do espectro do autismo). Acho que isso vai explicar para você por que sou do jeito que sou (e por que agi daquele modo), embora eu não possa usar essa condição como uma desculpa. É mais uma explicação que uma desculpa.*

*Existe uma expressão famosa que diz que, se você conhece alguém com autismo, então... você conheceu uma pessoa com autismo.*

*Você me conheceu.*

*Só eu.*

*Não um diagnóstico.*

*Sei que a magoei. Eu me esqueci de pensar em você primeiro. Não me coloquei em seu lugar, como diz a expressão. (Embora, à guisa de comentário, sei que é impossível ocupar o lugar de outra pessoa, pois dois objetos não podem ocupar o mesmo lugar no espaço. Mas aceito a expressão como uma metáfora.)*

*Então, só para você saber: eu só penso em você.*

*P.S.: Recomendo que você mude a combinação de seu armário por motivos de segurança, mas só na semana que vem. Descobri seu código na quinta tentativa.*

Na quarta-feira, durante a aula, três ingressos para o jogo de basquete de Princeton caem de meu notebook, acompanhados de mais um desenho e um bilhete. Dessa vez, estou sentada nas arquibancadas de um jogo lotado ao lado de Annie e Violet. Eu não pareço triste. Em vez disso, estou sorrindo, e meu cabelo está diferente — solto nos ombros e caindo em um padrão perfeito —, de um jeito que me faz parecer, de alguma forma, livre.

*Porque você me disse que ama assistir a jogos. E depois eu é que sou o esquisito. (A propósito, isso foi uma piada, mesmo que eu não saiba se já tenho permissão para brincar com você. Provavelmente não, já que não nos falamos desde o Incidente do McCormick's. Só para você saber, este é meu novo objetivo de vida: um dia ter permissão para fazê-la rir de novo.)*

Na quinta-feira, encontro um *bonsai* em minha caixa de correio.

*Você disse que seu pai amava este tipo de árvore. Achei que você também poderia gostar.*

Na sexta-feira, abro meu armário e encontro um novo desenho colado no lado de dentro. A imagem de dois números, 137 e 139, mas foram desenhados para parecerem humanos. O 139 tem uma mochila como a de David e seu novo corte de cabelo. O 137 carrega uma bolsa tipo a minha, e está vestindo uma camisa masculina como a de meu pai. Os números estão de mãos dadas, caminhando pela rua Clancy.

*Só queria que você soubesse que estes são meus números favoritos e meus números primos gêmeos favoritos: 137 e 139. E já que são meus favoritos, eu queria dá-los a você.*

*137 e 139.*

*São seus agora.*

*Por favor, cuide bem deles.*

No sábado, quando verifico meu e-mail, tem uma mensagem de David com o assunto "Isso me dá esperanças..." e o link para um artigo sobre um cientista russo que, sob condições definidas em um laboratório, criou dois flocos de neve idênticos. Dou um sorriso bobo para a tela do computador.

No domingo, David deixa um rádio antigo de manivela na varanda de minha casa.

*Para que sempre possamos ouvir as ondas um do outro. Eu claramente preciso disso mais que você, no entanto comprar um presente para mim mesmo não parecia ser o espírito desse pedido de desculpas em várias etapas.*

Na segunda-feira, depois da última aula, Annie me chama antes que eu possa entrar no carro. Minhas mãos estão um pouco trêmulas, como sempre ficam antes de eu começar a dirigir, mas, dessa vez, não tento esconder.

— David me pediu para entregar isso a você — diz ela, e me entrega um pedaço de papel que parece ter sido arrancado de seu caderno. Eu a encaro com expressão interrogativa: o que devo fazer? Ela encolhe os ombros.

— O que eu pensava sobre David nunca fez diferença para você. Isso deveria continuar assim — responde ela, dando um soquinho encorajador em meu ombro.

Desdobro o papel.

*KIT LOWELL — altura: 1m65; peso: aproximadamente 55 kg. Cabelo castanho ondulado, preso em um rabo de cavalo nos dias de prova, nos dias chuvosos e na maior parte das segundas-feiras. Pele morena, porque seu pai — um dentista — é branco e a mãe é indiana (do sudoeste asiático, e não uma índia americana). Classificação na turma: 14. Atividades: jornal da escola, clube de espanhol, clube preparatório.*

Eu já tinha lido aquilo antes, quando suas palavras foram publicadas na Internet, tiradas do caderno roubado. Mas agora há um grande X cobrindo todo o verbete e, escrito por cima, com letras maiúsculas:

*MINHA GAROTA FAVORITA DO MUNDO TODO. AINDA MINHA AMIGA?*

*Por favor, me encontre na arquibancada depois da aula. Por favor. Eu sinto muito. Muito mais que qualquer pessoa já sentiu na história de pessoas que sentem muito. Vou pedir mais um por favor para dar sorte, embora eu não acredite em sorte. Eu acredito na ciência. Sinto muito. De novo.*

# CAPÍTULO 39

# DAVID

Espero na arquibancada, exatamente no mesmo lugar onde nos sentamos naquele primeiro dia, quando Kit era apenas Kit Lowell para mim, um verbete em meu caderno e alguém que coloquei com cautela na lista de Pessoas Confiáveis. Alguns Encontros Dignos de Nota. Nada mais. Agora penso que, tirando Miney, ela é a única amiga que já fiz. Se ela não vier, ficarei de coração partido. Não literalmente, é claro. Meu coração vai continuar a bater. Acho. Mas sentirei uma dor literal e metafórica.

Fecho os olhos e me lembro de nosso primeiro beijo. Como ela estendeu a mão e me abraçou pela nuca. Parece que faz muito mais tempo que apenas 14 dias. O tempo mudou depois que conheci Kit. Será que o amor pode ser uma força tão poderosa a ponto de afetar o continuum espaço-tempo? Será que tem a partícula e a onda de uma coisa semelhante à consciência? Faço uma anotação mental para mais tarde pensar sobre as implicações de se aplicar a teoria quântica ao amor, ou, pelo menos suas aproximações químicas e hormonais. Isso seria uma tese satisfatória para meu futuro Ph.D.

Ela não vai vir. É óbvio para mim que esta última semana não passa de uma série de atos desesperados e inúteis. Observo os alunos saírem das aulas, em grupos de dois ou três, suas formações são orgânicas de um modo intimidador. Átomos em moléculas.

Como sempre, estou sozinho.

Meus fones de ouvido emitem o canto da sereia de dentro da mochila. Eu me obrigo a deixá-los lá. Vou passar por todo o barulho à volta e deixá-lo saturar meu cérebro. O sinal distante. O motor dos carros sendo ligado. A ansiedade vibrando por meu corpo.

Eu arrisquei e perdi. Kit não precisa de mais amigos. Certamente não de um como eu.

Volto a atenção para a remota possibilidade de que Trey esteja certo. Que um dia eu não vá mais precisar de Kit. Que vou encontrar um jeito de preencher minha vida com outras pessoas. Que existem outras garotas no mundo e que, talvez, uma delas também possa ser a pessoa certa para mim. É claro que toda a estatística diz que Kit é um ponto fora da curva. Que isso nunca mais vai acontecer.

Fecho os olhos e não consigo mais resistir.

Coloco os fones de ouvido e começo a recitar suavemente o número *pi*.


— David?

Cento e trinta e quatro dígitos depois, levanto os olhos e lá está Kit, diante de mim, com sua aparência de sempre. Não é necessário qualquer ajuste para esse novo encontro, isso já é um alívio. Ela não está sorrindo.

O céu agora está baixo, cinzento e carregado. Se isso fosse um livro, seria descrito como agourento.

— Oi — cumprimento, tiro os fones de ouvido e percebo que estou completamente sem palavras para o momento. Eu deveria ter escrito um discurso. Ou feito um desenho. Pelo menos ter pensado no que eu queria dizer. Percebo que jamais acreditei que Kit realmente apareceria. — Você quer se sentar? Ela concorda com a cabeça e se acomoda a meu lado. Depois, protege os olhos de um sol não existente com as mãos. Ficamos em silêncio por alguns minutos.

— Então? — pergunta ela. — Você me pediu para vir até aqui.

— Você já pensou em como seu nome não combina com você? O que quero dizer é que, geralmente, você é Kit em minha mente, mas eu realmente acho que seu nome deveria ter um Z, porque você é confusa e faz zigue-zagues e aparece em lugares surpreendentes... como em minha mesa no almoço e nesta arquibancada. Eu realmente não achei que você fosse vir. E talvez também o número oito, porque... Deixe para lá. E a letra S também. Porque é minha favorita. Então, sim, Z8S-139. Ou 139-Z8S. É assim que penso em você, às vezes. Em minha mente — confesso, feliz porque as palavras, pelo menos, estão saindo de minha boca. Estou nervoso demais para avaliar se são as palavras certas.

— Não sei se consigo fazer isso — responde Kit.

Eu continuo:

— E meu nome também não combina comigo. David. Sério? Você sabia que existem aproximadamente 3.786.417 Davids nos Estados Unidos? Meus pais não poderiam estar mais errados a meu respeito. Eu deveria ser um... um... Não sei o quê. Algo com um Y.

— Eu não faço a menor ideia do que você está falando no momento.

— O que estou tentando dizer, muito mal, ao que tudo indica, é que o mundo vê cada um de nós de um jeito, e você foi a primeira pessoa nesta escola, talvez a primeira pessoa em qualquer lugar, fora minha família, que olhou para mim e viu mais que o garoto esquisito que bate as mãos e que todo mundo aqui conhece como David ou *Merdalhão*. Você me ouviu de verdade. E eu não sei nem dizer o quanto isso é importante para mim. É o equivalente a ter recebido um nome melhor. — Ela concorda com a cabeça, e fico imaginando se ela vai se levantar e ir embora e tudo estará acabado. Nem amigos, nem inimigos. Digo para mim mesmo que isso já é uma vitória.

— Eu ainda... tipo, a gente não vai falar sobre o que aconteceu? Sua esquisitice não foi legal nem charmosa no outro dia. Foi cruel. Você me magoou — declara Kit. — Eu realmente não me importo em como você se chama. Pare de mudar de assunto.

— Nós nunca começamos a falar sobre esse assunto... — Kit suspira, então eu pigarreio e recomeço: — Você está certa. Sinto muito mesmo. Posso tentar explicar o que aconteceu em meu cérebro, porque espero que você saiba que eu nunca, jamais, seria intencionalmente cruel, principalmente com você. Você é minha pessoa favorita. A questão é que fico hiperfocado, e era nisso que eu estava pensando, na solução do problema, na resposta. E não no que tudo aquilo significava na verdade. Isso faz sentido?

Kit dá de ombros, um gesto que faz parte de meu *Dicionário Mental de Gestos Ambíguos,* e não sei o que fazer. Se devo continuar falando ou parar.

— Sinto muito e espero que você possa me perdoar — continuo, e me viro para olhar para ela. Não para sua clavícula, seu maxilar nem para o braço esquerdo. Mas direto nos olhos, onde é mais difícil.

— Não sei. Acho que sim — responde Kit, mas ela afasta o olhar primeiro. — Mas isso não significa que a gente vai ser, tipo, melhores amigos de novo ou algo assim.

— Nós éramos melhores amigos? — pergunto. É claro que ela era a minha, tirando Miney, que é da família e não conta. Nunca achei que eu fosse o melhor amigo de Kit, porém.

— Só estou dizendo que sei que fui eu que pedi para você participar do Projeto Acidente. Sei disso. Tudo o que aconteceu foi muito errado. Eu sei que não contei a verdade a você, pelo menos não toda a verdade, mas você saiu gritando meu maior segredo, a pior coisa que já aconteceu em minha vida, espero que não aconteça coisa pior, para o mundo inteiro ouvir. Como se não fosse nada. Como se você não estivesse nem aí para meus sentimentos.

— Sinto muito. Não apenas por ter gritado. Ou por ter agido de forma tão inadequada. Faço coisas idiotas assim às vezes. E peço desculpas por tudo isso, é claro, mas sobre o que realmente sinto muito é por isso ter acontecido com você e por não ter dito isso a você. Não foi justo. O fato de você estar dirigindo aquele carro. A crueldade daquela falta de sorte, a única coisa em que consigo pensar no mundo que não pode ser explicada pela matemática nem pela teoria quântica. Não costumo usar palavras como *azar* ou *falta de sorte*, ainda assim existem coisas que estão tão fora de nosso controle que a ciência nem sabe como se referir a elas. E elas são péssimas. E você não merece nada disso. O acidente não foi culpa sua. Até a matemática diz...

— Tudo bem — interrompe-me ela, como se isso fosse algum tipo de decisão, como se ela não tivesse interesse em meu algoritmo. É claro que não faço ideia de qual é a decisão que ela está tomando, ou se tem alguma coisa a ver comigo.

— Você não poderia ter freado. Não havia nada que você pudesse ter feito e não fez — continuo, pensando que esse é o último presente que tenho a oferecer, mesmo que ela não saiba se quer ou não ouvir. Depois disso, vou embora. Nada de comida nem de desenhos. Sou eu.

— É claro que eu poderia ter freado. Eu poderia ter sido mais rápida em minha reação. Deve ter havido um momento. Isso era tudo o que eu queria saber. O quando. Para que eu pudesse ver as coisas de forma diferente. Mesmo que fosse apenas em minha cabeça — declara ela, olhando para um ponto distante. Sigo seu olhar, mas não sei o que Kit está encarando. Toda Mapleview, suponho.

— Na verdade, não. Você não poderia. Se você tivesse freado, tudo seria ainda pior. Outra pessoa teria morrido, Kit. Havia um Mini atrás de você, então, se você tivesse parado de repente, aquele carro seria atingido em dois lados. Os dois carros teriam batido. Posso mostrar a você o modelo e a simulação que fiz, se você quiser.

— Acho que não — decide Kit. — Tipo, eu agradeço e tudo, mas existem coisas... Eu simplesmente... não consigo.

— Não foi culpa sua. Tanto em termos matemáticos quanto em termos legais. Não havia nada que você pudesse ter feito. Então, em vez de tentar ver tudo acontecer de forma diferente, por que você não tenta parar de ver?

Ela olha para mim, seu rosto cheio, mas não sei de quê.

— Eu não a conheci. A mulher do Mini. Nem sei seu nome.

— Você salvou a vida dela — declaro.

— Talvez — responde ela, concordando com a cabeça, mas ela é como água mais uma vez. Seu sorriso é escorregadio e começa a desaparecer do rosto. — Obrigada. De novo. Foi muito legal de sua parte.

— Você salvou a vida dela — repito, porque acho que ela não está detectando minha certeza de que isso é um fato.

— Você realmente acha isso? — pergunta ela.

— Eu não acho. Eu sei. A matemática não mente.

— Mas as pessoas sim — retruca Kit. — O tempo todo.

— Não eu.

— Não, não você — concorda ela, e seu sorriso fica um pouco mais forte.

— Então somos amigos de novo?

— Acho que sim.

— Tipo, nós não precisamos sentar na mesma mesa durante o almoço. Você pareceu feliz de voltar a se sentar com Annie e Violet. Mas seria legal se a gente pudesse conversar às vezes. Por exemplo, na escola em outros horários.

— É claro que a gente pode conversar — declara ela, e sinto o estômago se encher de alívio. Eu não perdi tudo.

— Só para deixar as coisas bem claras: presumo que não vamos mais nos beijar? — pergunto. Ela dá risada. Uma gargalhada forte, e eu me sinto tão bem quanto da primeira vez que a fiz rir. Quando se trata do riso de Kit, eu não me importo muito com minhas intenções iniciais.

— Veremos.

— Então... Então... talvez a gente se beije?

Ela me dá uma cotovelada amigável, acho, e eu retribuo. Acho que isso significa um *não, obrigada* caloroso.

— Certo. E quanto a ficar de mãos dadas? A gente pode fazer isso? — pergunto.

— David?

— Tudo bem. Vou parar de falar. Podemos ficar juntos aqui em silêncio.

— Ótima ideia.

— Tudo bem, então.

— Obrigada — agradece ela.

## CAPÍTULO 40

# *KIT*

David e eu estamos sentados na arquibancada, e a cidade parece se estender diante de nós, como o cardápio de um restaurante, e está bem naquela hora do dia em que, no inverno, tudo fica do mesmo tom lavado de cinza. O ar está tão pesado que sou capaz de cortá-lo e servi-lo, como um pedaço de torta. Nossa cidadezinha parece ainda menor aqui de cima.

Deixo as palavras de David me acalmarem. A ideia de que eu não poderia ter mudado nada. Que existem cálculos matemáticos e, aparentemente, um modelo em seu computador. Ainda não sei como me sinto em relação a isso tudo, se as coisas vão mudar. Talvez não. Talvez não exista alívio para mim, apenas o tempo.

Tenho certeza de que David tem teorias quânticas a consultar — a revelação de quem seremos no futuro, a existência de universos alternativos, como a cura pode ocorrer no nível molecular... Mas eu não tenho. Acredito que tudo é muito mais simples que isso. Meu pai estava certo: coisas inimagináveis e horríveis acontecem. Cabe a nós escolhermos se vamos crescer ou nos encolher. Se vamos perdoar ou nos exasperar. Escolho crescer e perdoar, tanto a mim mesma quanto minha mãe. Ela merece a mesma clemência.

Olho para David, e ele devolve o olhar, sorrindo. Eu sorrio de volta. Encaramos, mais uma vez, a paisagem da cidade. Penso, por algum motivo, naqueles três retratos que agora estão pendurados na porta de meu armário. Meu peito tatuado com possibilidades de sardas. *Pi*. O infinito. Um aberto, um fechado. Ambos eternos. O pensamento faz com que eu me sinta mais leve, mais perto de estar inteira. Maior, de certa forma.

— 139-Z8S? — pergunto. — Sério?

— Se você preferir, posso chamá-la de Z8S-139. Ou Z8 para facilitar.

— Vou pensar no caso — respondo. Olhando para ele agora, percebo que faz sentido. Ele não é um David. Nem um pouquinho. — E como devo chamá-lo, então?

Ele encolhe os ombros, aquele gesto nada natural que ele faz, e que hoje acho adorável.

— Vou pensar em algo — prometo.

— E você vai pensar mais sobre me beijar? — pergunta ele, e eu dou risada de novo e imito seu gesto de encolher os ombros. Se ele soubesse o quanto eu penso em seus beijos. — E quanto a ficarmos de mãos dadas?

Em vez de responder, eu movo meu braço para que fique alinhado com o seu. Costura com costura. Ele levanta o mindinho e enlaça o meu, e um tremor quente e delicioso sobe meu braço.

Ficamos assim por um minuto, como se estivéssemos fazendo um juramento, que parece a menor das promessas.

Então, pego sua mão e entrelaço todos os seus dedos nos meus.

Uma promessa um pouco maior. Ou talvez uma exigência: *por favor, faça parte de meu time.*

É bem simples, na verdade. Pelo menos uma vez, as coisas não são complicadas. Bem aqui e agora, só nós dois, juntos, assim. De mãos dadas.

O mais honesto dos gestos.

Uma das maneiras de seguir em frente.

Talvez a melhor.

# AGRADECIMENTOS

Embora meu nome esteja na capa deste livro, a verdade é que escrever um romance envolve uma vila inteira. Então, se você não gostou desta história, aqui estão todas as outras pessoas que pode culpar. Brincadeirinha. Todos os erros são meus. Todo crédito é deles.

Em primeiro lugar, muito obrigada a Beverly Horowitz, minha editora, que me incentivou a continuar trabalhando e editando e lapidando até conseguir um resultado melhor. Eu conheci uma perfeccionista como eu, e sou muito grata. Tenho uma enorme dívida de gratidão com minha agente, Jenn Joel, uma das pessoas mais inteligentes e ligadas que conheço; me sinto sortuda por tê-la em meu time. Um agradecimento eterno para Elaine Koster, que deixou uma profunda saudade.

Um grande obrigada e um grande abraço para todas as pessoas incríveis da Random House Children's Books: Jillian Vandall (a melhor relações-públicas que uma garota pode desejar), Kim Lauber, Hannah Black, Dominique Cimina, Casey Ward, Alissa Nigro, John Adamo, Nicole Morano, Rebecca Gudelis, Colleen Fellingham e para a maravilhosa Laura Antonacci. Tenho um profundo apreço pela equipe de direitos internacionais da ICM, a Sharon Green e a meu grupo de autores de ficção na internet. Um abraço monstro para Julia Johnson. E um brinde para Kathleen Caldwell e para a livraria

A Great Good Place for Books, que é, sem sombra de dúvidas, a melhor livraria de todo o mundo.

Fiz muita pesquisa para escrever este livro. Se você tem interesse em aprender mais sobre o espectro do autismo ou como ser um aliado, mande-me um e-mail pelo meu site, e eu ficarei muito feliz em compartilhar minha lista de leitura e por onde comecei. Ainda estou aprendendo. Espero que você se junte a mim.

Para todos os leitores que tornaram este livro possível, vocês são meu time favorito. Não tenho como agradecer o suficiente por vocês permitirem que eu faça todos os dias o que eu apenas sonhava em fazer. Obrigada pelos e-mails, cartas e tweets, postagens em blogs, fotos e por participarem dos encontros da tour e virem me dar oi e por todo o apoio. Vocês são demais. Minha eterna gratidão a vocês.

Por fim, obrigada a meus amigos e família. A meu pai e a Lena por obrigarem todas as pessoas que conhecem a aparecerem em meus eventos. A meu irmão por sempre me estimular. A Mammaji por todo cuidado com crianças e por se certificar de que eu acertei todos os detalhes da família de Kit. Aos outros membros do clã Flore por permitirem que eu entrasse na família. A minha mãe e a minha avó, que, se os físicos quânticos estiverem certos, gosto de pensar que, de alguma forma, vivem nestas páginas. Por fim, para Indy, Elili e Luca, que trazem sentido e amor a todos os dias de minha vida. Sou a mulher mais sortuda do multiverso.

Este livro foi composto na tipologia Dante MT Std,
em corpo 11,5 / 14,8, e impresso em papel offwhite,
no Sistema Cameron da Divisão Gráfica
da Distribuidora Record.